# Abseits

Axel Rüffler

## Der Autor

Axel Rüffler, 1963 in Halle/Saale in der DDR geboren, machte eine Ausbildung zum Elektriker in den VEB Leuna Werken und reiste 1988 in die BRD aus. Danach absolvierte er eine Ausbildung zum Krankenpfleger in der forensischen Psychiatrie, wo er bis heute arbeitet. Er entdeckte erst spät, im Alter von 50 Jahren seine Leidenschaft am Schreiben, als er in der bierseligen Runde eines Bildungsurlaubes aufgefordert wurde, die Geschichten, die er erzählte, zu Papier zu bringen. Er sagte zu und begann am nächsten Tag seinen autobiografischen Roman „Letzter Ausweg Staatsfeind".

Mit „Abseits" erscheint nun sein erster Kriminalroman.

Axel Rüffler

# **Abseits**

Kriminalroman

Impressum

Bibliografische Information der Deutschen Nationalbibliothek:
Die Deutsche Nationalbibliothek verzeichnet diese Publikation
in der Deutschen Nationalbibliografie; detaillierte
bibliografische Daten sind im Internet über http://dnb.dnb.de
abrufbar.

TWENTYSIX – Der Self-Publishing-Verlag
Eine Kooperation zwischen der Verlagsgruppe Random House
und BoD – Books on Demand

© 2016 Axel Rüffler
© 2016 Coverfoto: Sabine Schultz

Herstellung und Verlag:
BoD – Books on Demand, Norderstedt

ISBN: 9-783740-711375

Der Wagen lag auf dem Dach. Lutz wusste gar nicht, an was er zuerst denken sollte. Der Schock saß tief, was war denn passiert? Der schöne neue Sportwagen, jahrelang hatte er davon geträumt, so etwas fahren zu können, und jetzt das.
So langsam fühlte er den Schmerz, sein Bein tat ihm weh: „Scheiße", war sein erster Gedanke, „nicht die Beine!", sie waren sein Kapital, sein Arbeitsgerät. Er konnte sich nicht befreien, er hing kopfüber im Gurt, der ihn sicher in dem Sportsitz hielt. Eigentlich schnallte er sich nie an. Nur heute. Er wusste, dass er eigentlich nicht mehr hätte fahren dürfen. Es waren ganz einfach ein paar Bier zu viel. Aber der neue Profivertrag, das Fernsehinterview. Er war in einer unbeschreiblichen Hochstimmung. Die anderen hatten doch genau so viel getrunken, wenn nicht noch mehr. Das geht schon, hatte er gedacht, er war ja ein guter Autofahrer, aber die 250 PS seines neuen Porsche flößten ihm schon Respekt ein. Überhaupt kein Vergleich mit seinem Wartburg.
Alles war überhaupt kein Vergleich mit seinem früheren Leben, dementsprechend euphorisch war er auch vor den Fernsehkameras aufgetreten. Er hatte sich hinreißen lassen, mehr zu sagen, als er eigentlich wollte. Er wusste, dass er dadurch seine Frau und die Kinder in Schwierigkeiten gebracht hatte. Aber es war nun mal passiert. Jahrelang hatte er sich jeden Satz genau überlegt, den er öffentlich gesagt hatte. In seinem Kopf hatte er so etwas wie eine automatische Zensur platziert, die ihm wie ein Roboter immer zuverlässig geholfen hatte, sich nicht in Schwierigkeiten zu bringen.
Manchmal, wenn er seine Interviews im DDR-Fernsehen sah, dachte er sich: „Was für eine gequirlte Scheiße habe ich denn da erzählt." Aber das war ja normal. Jeder seiner Mannschaftskameraden erzählte öffentlich so einen Stuss, aber wenn sie unter sich waren, privat im Partykeller seines neuen Hauses in Ostberlin, kamen schon mal ganz andere Töne. „Du

bist doch mindestens genauso gut wie der Beckenbauer, mindestens, wenn nicht noch besser. Überlegt doch mal, was wir hier verdienen, und mit was für Kohle der nach Hause geht."
Aber immerhin hatte er schon sechs Spiele in der DDR-Nationalmannschaft spielen dürfen. Er hatte damit auch das Interesse von einigen Bundesligaclubs auf sich gezogen. Der Manager von Bayern-München hatte es bei seinem letzten Spiel im Westen trotz der ganzen „Betreuer", die mit der DDR-Mannschaft mitreisten, geschafft, ihm unbemerkt ein schriftliches Angebot zukommen zu lassen. Als er es abends auf der Toilette im Hotel heimlich las, blieb ihm fast die Luft weg. Er fing vor Aufregung an zu zittern und spülte den zerrissenen Zettel im Klo runter. Er wusste, dass er die Kontaktaufnahme durch den Klassenfeind sofort, unverzüglich hätte melden müssen. Doch die ganzen Nullen hinter der Zahl des Gehaltsangebotes hatten ihn für einen Moment unvorsichtig werden lassen. Der Zettel war nun vernichtet, aber die Zahl hatte sich in seinem Kopf festgesetzt und war fortan nicht mehr zu löschen gewesen.
Die Kontaktadresse, an die er sich bei Interesse wenden sollte, war ebenfalls in sein Gedächtnis eingebrannt. Nach seiner Rückkehr nach Hause war nichts mehr wie vorher. Jeden Tag musste er an das Angebot denken. Seine Frau bemerkte seine Veränderung und sprach ihn direkt darauf an: „Hast du eine andere, Lutz?"
„Quatsch, wie kommst'e denn da drauf" hatte er geantwortet, er konnte ihr dabei nicht in die Augen sehen. Er hatte sich in seinem Unterbewusstsein schon von ihr und den Kindern verabschiedet.
Dann endlich war es soweit, ein Europameisterschafts-Qualifikationsspiel in Frankfurt am Main. Lutz hatte es wieder geschafft, er war im Aufgebot und konnte mitfahren. Als der Bus vor dem Mannschaftshotel hielt und die „Betreuer" damit

beschäftigt waren, die Koffer auszuladen, war er für einen Moment unbeaufsichtigt und rannte los. Er lief, bis er das Brennen in seinen Oberschenkeln nicht mehr aushielt. Er blieb kurz stehen und schaute sich um. Niemand war ihm gefolgt. Er sah einen Taxistand, ging zielstrebig darauf zu, stieg in das erste Taxi und gab die Kontaktadresse an.

„Nach München?" fragte der Taxifahrer erstaunt.

„Ja! Bitte fahren sie schnell los!"

Der Taxifahrer sah ihn noch eine ganze Weile durch den Rückspiegel an. „Irgendwie kenne ich den" dachte er sich und freute sich über die fette Tour.

Lutz versuchte nun schon eine gefühlte Ewigkeit, sich aus seiner Lage zu befreien. Er bekam den Gurt nicht gelöst. Die Schmerzen in seinem Bein wurden langsam unerträglich. Er erinnerte sich, warum hatte der denn vorhin aufgeblendet, der Wagen, der ihm entgegenkam. Genau in dem Moment, als er sich in der engen Kurve befand. Er hatte ihn auch nicht kommen sehen. Der war urplötzlich da. Für einen Moment hatte er nichts mehr gesehen, verriss vor Schreck das Steuer und war deswegen aus der Kurve geflogen.

Plötzlich kam jemand auf den Wagen zu. Lutz rief nach Hilfe. Der Mann zog mehrmals an der Tür, bevor er sie aufbekam. Er sagte kein Wort und zog Lutz scheinbar mühelos mitsamt dem Gurt nach oben, damit er das Schloss des Gurtes öffnen konnte. Er hatte kurz überlegt, den Gurt durchzuschneiden, hatte das Messer dann aber wieder weggesteckt. Lutz schlug mit dem Kopf auf dem Dach auf, er stützte sich dann mit den Händen ab und versuchte, sich zu drehen, um sich aus dem Auto ziehen zu können.

In diesem Moment legte der Mann ihm seinen Arm um den Hals. Der Unterarm, den Lutz in diesem Moment sah, war unglaublich stark, austrainiert bis in die letzte Muskelfaser, da kannte er sich aus.

„Das ist ein Spitzensportler" dachte er, gerade als er die großflächigen Verbrennungen an dem Unterarm bemerkte vernahm er ein Knacken in seinem Genick, das letzte Geräusch, welches er in seinem Leben hörte.




Lieselotte kam zur Arbeit. Sie hatte wieder ihren gequälten Blick aufgelegt, den sie immer hatte vor dem langen Wochenenddienst. Eigentlich war sie ja froh, unter Menschen zu kommen. Ihr Mann hatte sie schon vor Jahren verlassen und die Kinder waren aus dem Haus. Sie ließen sich nur selten blicken, wohnten irgendwo im Norden.
Am liebsten machte sie Frühdienst, sie konnte sowieso nicht mehr so gut schlafen, war eh immer sehr früh wach. Meist klappte das auch, dieses Privileg hatte sie sich erarbeitet, sie war nun schon seit fast zehn Jahren in dem Kinderheim. Am Anfang hatte sie sich schwergetan, Kontakte zu finden, war nicht gut angesehen. Doch irgendwann hatte sie gemerkt, wenn sie die Pflegedienstleitung mit Informationen über ihre Kollegen versorgte, wurde es einfacher für sie. Es war jetzt nicht gerade eine große Überwindung, die sie das kostete. Sie war eigentlich schon immer recht angepasst gewesen, linientreu, wie man so sagte. Der große Vorteil des Frühdienstes war, dass die „Blagen" nicht auf Station waren, sondern in der Schule. Sie widmete sich dann ihren geliebten Akten und dem Medikamentenschrank, den sie unter ihre Fittiche genommen hatte. Eigentlich kriegen die alle viel zu wenig Medikamente,

hatte sie mal geäußert. Waren eh alle zu aufmüpfig. Früher hätte es so was nicht gegeben.

Lieselotte hatte lange in einem Kindergarten gearbeitet. Irgendwie hatte sie dort gehen müssen. Ihr sei wohl öfter die Hand ausgerutscht, hieß es. Einmal hatte sie das falsche Kind gemaßregelt. Dessen Vater war ein hohes Tier bei der SED-Kreisleitung, und das war dann zu viel. Aber genaues wusste natürlich keiner. Dann sollte sie hier anfangen. Die Arbeit in dem Kinderheim war nicht gerade beliebt, das bedeutete, die Bewerber standen nicht gerade Schlange, wenn eine Stelle zu besetzen war, deswegen wurden öfter mit Zwangsumsetzungen aus anderen kommunalen Einrichtungen die freien Stellen aufgefüllt.

Lieselotte hatte sich dann doch irgendwann damit arrangiert, hier gelandet zu sein. Ein Heim für schwer erziehbare Kinder. Sie war zwar nicht mehr gut zu Fuß, was einerseits an ihrem Alter lag, sie war schon weit über fünfzig Jahre alt. Andererseits aber auch an dem einen oder anderen Pfund, das sie zu viel auf die Waage brachte. Aber wenn Not am Mann beziehungsweise an der Frau war, konnte sie sich durchaus durchsetzen. Kraft hatte sie noch. Sie hatte allerdings gelernt, vorsichtig zu sein. Es war ein neuer Wind eingezogen in der Psychiatrie und den Pflegeheimen. Die jüngeren Leute wollten was verändern an den Umständen und Methoden. Das „Magdeburger Modell" brachte neue Behandlungsansätze, die nicht nur in der DDR, sondern angeblich weltweit als fortschrittlich galten. Alles Blödsinn in ihren Augen. Sie hatte als Kind auch einstecken müssen, und es ist trotzdem was aus ihr geworden.

Nun das lange Wochenende, der größte Knackpunkt an ihrem Job, Nachtdienste machte sie ja schon lange nicht mehr. Aber dieses schien ruhig zu werden. Dieser nette gutaussehende Mann mit seiner Frau hatte sich angekündigt. Sie wollten heute mal die zwei „Neuen" übers Wochenende mit nach Hause nehmen.

Konnten angeblich selbst keine Kinder bekommen, wurde gemunkelt. Suchten halt schon länger, um die passenden Kinder für eine Adoption zu finden.

Heute nun die zwei. Basti, der ältere der zwei Brüder, hatte am Anfang total dichtgemacht. Fühlte sich verantwortlich, dass er und sein Bruder hier waren. Mit seinen sieben Jahren hatte er schon erstaunliche Kräfte entwickelt, er schlug und trat wie wild um sich, als er hierhergebracht wurde. Er hatte sich dann irgendwann gefügt, seitdem redete er nicht mehr, nur noch mit seinem jüngeren Bruder Günter. Sie waren allerdings auf verschiedenen Stationen und sahen sich daher nur selten, höchstens mal am Nachmittag auf dem Hof, aber auch nur, wenn es keinen Ärger mit einem von ihnen gab.

Nun sollten die noch zusammen zu den Krügers, so als Belohnung für den ganzen Stress, den die gemacht haben. War auch so eine neumodische Idee, Geschwister nicht zu trennen, hatte doch früher auch funktioniert, dachte sich Lieselotte. Gerade die beiden waren doch selbst dran schuld, dass sie hier waren.

Die Eltern Republikflüchtlinge, hieß es, wollten von Schierke im Harz aus abhauen. Im Winter, die Mutter hatte für alle vier weiße Schneeanzüge aus Bettlaken genäht. Sie arbeitete als Bedienung im Hotel „Heinrich Heine", einem Hotel für die DDR-Prominenz, und er auf dem Brocken für die sowjetische Armee als Betriebs-, Mess- und Regeltechniker. Sie gehörten voll dazu, waren privilegiert, wohnten im Sperrgebiet, wo nicht jeder leben durfte, gerade „solche" dachte sich Lieselotte sauer. Sie hatten es wohl auch schon fast geschafft, waren schon auf der anderen Seite der Kalten Bode, als einer von ihnen unvorsichtig wurde, einen Signaldraht übersah und Alarm auslöste.

Nun saßen die Eltern in Bautzen. Da sollte man nicht lang fackeln. Die Kinder sind noch jung, vielleicht kann man da doch noch was machen, ihre verantwortungslosen Eltern sehen die sowieso nicht wieder.


Ralf saß in der Frühlingssonne auf dem Campingplatz in Cassis. Sie hatten es mal wieder geschafft, waren gut durchgekommen. Die zwei Tage Fahrt von Eisleben bis nach Südfrankreich waren schon anstrengend. Regina war gerade an der Rezeption, um die Formalitäten zu erledigen. Ralf hatte sich schnell einen Campingstuhl vor sein Wohnmobil gestellt, um die letzten Sonnenstrahlen zu genießen. Zu Hause war noch mal der Winter zurückgekehrt. Dieses nasskalte Wetter, welches er so hasste, geschneit hatte es auch noch mal, einfach fürchterlich.
Er hatte seinen Pullover ausgezogen und saß mit freiem Oberkörper da, als Regina von der Rezeption zurückkam. Sie genoss den Anblick. Ralf war zwar schon Mitte fünfzig und hatte ein paar Kilo zugelegt, aber sein athletischer Körper reizte sie immer noch.
„Sei vorsichtig", sagte sie, „denk an deine empfindliche Haut."
„Ich weiß", entgegnete Ralf. „Die Sonne geht eh' gleich unter."
Es war der 15. März, der erste Tag, an dem der Campingplatz geöffnet hatte, wie jedes Jahr. Nur diesmal hatten sie etwas länger gebraucht. Die Batterie des Wohnmobils hatte den Geist aufgegeben. Sie mussten den Pannendienst anrufen, der Gott sei Dank helfen konnte.
Überhaupt war das Wohnmobil nicht mehr das jüngste. Auch innen mussten noch einige Reparaturen durchgeführt werden.

Aber Hauptsache, sie waren erst einmal hier. Unten in der Altstadt gab es ja einen kleinen, aber gut sortierten Baumarkt. Da würde er morgen schon finden, was er brauchte.
Der Wasserhahn tropfte, schon seit letztem Jahr in Les Saintes-Maries-de-la-Mer, als sie dort zum europäischen Zigeunertreffen waren. Dieses Fest, das er eigentlich nicht mochte. Aber er hatte Regina schon einmal verloren. Sie wollte dort hin, also bitte, dann fuhren sie halt hin, diese paar Tage waren ihm seine Beziehung zu Regina wert gewesen.
Ralf hatte wieder diese Unruhe verspürt, die sich Woche für Woche verstärkte, bevor es dann endlich losging. Da waren einerseits die Vorbereitungen über den Winter, die er treffen musste für die lange Campingsaison, andererseits sein Körper, den er mit jedem Jahr, das er älter wurde, mehr spürte, vor allem im Winter. Vor drei Jahren war es dann soweit, er musste in Frührente gehen. Die Jahrzehnte mit diesen Scheiß Medikamenten, die seine Knochen kaputt gemacht hatten. Er hasste dieses Zeugs. Andererseits wäre ein halbwegs normales Leben ohne diese Tabletten nicht möglich gewesen. Er hatte nun mal dieses chronische Leiden, das seit seiner frühen Jugend versuchte, sein Leben zu zerstören. Nun ja, aber er wollte sich nicht beschweren. Er hatte sein Leben trotz aller Schwierigkeiten recht erfolgreich gelebt. In seinem Job war er einer der Besten gewesen. Hatte gut verdient, auch über seine jetzige Rente konnte er sich nicht beschweren.
Aber im Privaten war einiges schiefgelaufen. Seine Ehe mit Bärbel war ein Desaster gewesen. Und das Schlimmste, seinen Sohn hatte er seit seinem sechsten Lebensjahr nicht mehr gesehen. Bärbel hatte damals nach der Scheidung das Sorgerecht bekommen und ihm jeglichen Kontakt untersagt. Bärbel, die große Katastrophe seines Lebens.
Damals, nach der Trennung von Regina, war er bindungsunfähig gewesen, hatte jahrelang keine andere Frau angesehen.

Regina war die Liebe seines Lebens. Dieses bildhübsche Mädchen mit ihren langen schwarzen, gelockten Haaren und ihrer knabenhaften Figur. Viele seiner Kumpels waren verständnislos, als er sie kennenlernte: „An der ist doch nichts dran, die hat doch noch nicht mal ordentliche Brüste, und Zigeunerin ist die auch noch." Aber sie hatte Ralf nur einmal angelächelt, und fortan war es um ihn geschehen. Die oder keine, das wusste er sofort.

Doch dann hatte ihre Familie einen Ausreiseantrag gestellt. Ausgerechnet zu der Zeit, als er sich für drei Jahre zur Nationalen Volksarmee verpflichtet hatte und ein Angebot erhielt, nach Berlin zu gehen, zum Wachregiment, einer Elitetruppe. Er hatte eigentlich vorgehabt, nach dem Grundwehrdienst sich dort eine Wohnung zu suchen und Regina nachzuholen, und dann das. Regina war noch nicht volljährig, ihre Eltern hatten für sie mitentschieden, auch sie sollte in den Westen.

Ihre Familie war es gewohnt, nirgends richtig willkommen zu sein, aber in der DDR waren sie unter besonderer Beobachtung. Und Chancen bekamen sie auch keine, weder bei der Vermittlung einer Wohnung, noch bei der Suche nach einer Ausbildung für Regina oder einer Arbeitsstelle für die Eltern. Diese hatten sich dann entschieden, in den Westen zu gehen, da konnten sie wenigstens ihr traditionelles Leben führen, auf Reisen gehen, der Arbeit hinterherfahren.

Ralf musste dann irgendwann zu seinem Führungsoffizier. Er müsse sich entscheiden, seine vielversprechende Karriere oder Regina. Die schwerste Entscheidung seines Lebens.

Ralf hatte Elektriker in Leuna gelernt. Er wurde im zweiten Jahr zum Starkstrom-Elektriker qualifiziert. Muffen löten für Erdkabel, die einfachste Arbeit in diesem Beruf. Ansonsten hätte er die Ausbildung wahrscheinlich nicht geschafft. Und dann die Möglichkeiten beim Wachregiment. Umso fanatischer stürzte er sich fortan an seine neuen Aufgaben.

Nach der Wende hatte er dann Regina wiedergetroffen. Dieser denkwürdige Moment, dieser Einschnitt in sein Leben. Er hatte mit der DDR alles verloren, woran er geglaubt hatte, vor allem seine Arbeit. Man hatte keine Verwendung mehr für ihn. Eine der größten Krisen seines Lebens. Dann der private Sicherheitsdienst, den sein Ex-Kollege eröffnete, später seine neue Aufgabe als Geschäftsführer in dem Unternehmen, als seine körperlichen Beschwerden zu groß wurden für den Außendienst.

Alles hatte sich neu geordnet. Regina und er hatten beschlossen, noch mal von vorn anzufangen. Alles fügte sich langsam wieder, nur seine Beschwerden wurden immer schlimmer. Ralf hatte vor drei Jahren beschlossen, seine Tabletten abzusetzen. Irgendwie würde er mit seinem Leiden klarkommen, klarkommen müssen. Er hatte keine Lust, irgendwann im Rollstuhl zu sitzen wegen des Knochenschwunds, den seine Tabletten als Nebenwirkung verursachten.

„Komm, lass uns zum Hafen gehen", sagte Regina. Ralf schreckte hoch, er war in seine Gedanken versunken gewesen. Er saß immer noch mit freiem Oberkörper da, die Sonne war hinter den Bergen der nahen Provence verschwunden, was zur Folge hatte, dass es sofort merklich kühler wurde. Es war halt erst März.

Er sah Regina an. Sie hatte ihr neues Kleid an, das sie in ihrer Lieblingsboutique in Eisleben extra für den Urlaub gekauft hatte. Sie war wunderschön. Sie hatte sich ihre knabenhafte Figur über die Jahrzehnte erhalten.

„Komm, zieh' dir ein Hemd an. Ich möchte mir noch ein wenig die Beine vertreten und vielleicht noch im '8½' eine Pizza essen."

„Ja", meinte Ralf, „da hab' ich mich schon den ganzen Winter drauf gefreut."

Später nach dem Essen gingen sie noch ins „Le France" auf

einen Absacker. Als an dem Felsen am Hafen, auf dem die alte Burg stand, die Scheinwerfer angingen und die Burg in ein warmes grün-weißes Licht tauchten, machten sie sich auf den Rückweg zum Campingplatz.
„Es war ein langer Tag, schlaf schön", sagte Regina, um kurz darauf im Tiefschlaf zu versinken. Ralf lag noch die halbe Nacht wach. Seine Unruhe hinderte ihn am Einschlafen. Es war eine recht stille Nacht, es war noch nicht viel los auf dem Campingplatz. Kurz nachdem die Glocke der Kirche drei Uhr geschlagen hatte, musste er eingeschlafen sein.

Der Geruch von Kaffee kroch Ralf in die Nase. Regina war dabei, Frühstück zu machen. Sie hatte ein Baguette vom Bäcker geholt, der im letzten Jahr in der Nähe aufgemacht hatte und diese wunderbaren Schokocroissants herstellte, die es so nur in Frankreich gab. Sie küsste ihn zärtlich: „Komm, wir können das erste Mal in diesem Jahr draußen frühstücken, ich habe den Tisch in die Sonne gestellt. Es ist schon richtig warm."
Ralf brauchte eine Weile, um aufzustehen. Er war nicht wirklich ausgeruht. Es war schon fast zehn Uhr. Er würde schon wieder besser schlafen, es dauerte halt immer ein paar Tage, bis er sich umgestellt hatte, wenn sie unterwegs waren.
Ralf wollte sich heute um den Wasserhahn kümmern, der schon so lange tropfte. Er wusste gar nicht so genau, warum er den noch nicht zu Hause repariert hatte. Vielleicht, weil er diesen kleinen, gut sortierten Laden so mochte, der auf dem Weg vom Campingplatz zum Hafen lag. Kein Vergleich mit den ganzen Baumärkten, die es mittlerweile in Deutschland gab. Die alles können wollten, aber nichts richtigmachten. Er lief dort immer hektisch durch die Regale. Tierfutter, Pflanzen, das ganze Angebot überforderte ihn, und dann räumten die auch noch jeden Monat um. Wusste man einmal, wo was stand, einen Monat später musste man wieder suchen.

Er hatte in seiner Ausbildung gelernt, sich zu spezialisieren. Man kann nicht alles gut können, aber wenn Talente richtig und intensiv gefördert werden, hat jeder die Chance, irgendwann mal richtig gut zu werden. Er war richtig gut in seinem Beruf gewesen, war sogar einer der Besten in seinem Spezialgebiet. Er wurde immer gerufen, wenn es eng wurde, wenn man jemanden brauchte, auf den man sich hundert-, ja eigentlich tausendprozentig verlassen können musste. Der Erfolgsdruck war immens, und er hatte immer standgehalten. Er musste schmunzeln, wenn er von diesem neumodischen Kram hörte, Burn Out, so'n Scheiß. Diese Jammerlappen heutzutage.

Dieser kleine Mann in seinem Heimwerker-Laden, der machte seinen Job richtig gut, der hatte sich halt spezialisiert und hatte auf kleinster Fläche alles, was man fürs Handwerken brauchte. Vor solchen Leuten hatte er Respekt. Und dann diese unkonventionelle Art. Das Rauchverbot interessierte ihn nicht. Ein Aschenbecher stand auf einem kleinen Tisch, und mit Stammkunden rauchte er auch schon mal eine.

Er mochte den französischen Lebensstil, alles in Ruhe, keine Hektik, das erinnerte ihn an seine DDR, an seine Jugend. Deshalb fuhr er so gern nach Frankreich, obwohl er die Sprache überhaupt nicht verstand. Regina hatte ihn mit ihrer Begeisterung für dieses Land nachhaltig angesteckt.

Ralf und Regina beschlossen, den Tag erst mal für die nötigsten Besorgungen zu nutzen. Regina wollte ihre Kamera mitnehmen, das Licht war gut. Sie wollte am Nachmittag noch am Hafen auf Motivsuche gehen. Das entspannte sie ungemein, damit hatte sie nach der Therapie angefangen, nach der dunklen Zeit in ihrem Leben.

Die Zeit, nachdem Ralf sie verlassen hatte. Sie mit ihrer Familie in den Westen gegangen war. Die Zeit, über die sie nicht reden konnte, nicht reden wollte. Erst als sie Ralf wiedergetroffen hatte, ihren Beschützer aus ihrer Jugend, bei dem sie sich sicher fühlte, war sie irgendwann bereit dazu gewesen. All die Jahre hatte sie ihn für ihr Schicksal verantwortlich gemacht, er hatte sie ja schließlich verlassen, einfach so. Doch dann hatten sie geredet, nachdem sie sich durch Zufall auf der „Eislebener Wiesen" wiedertrafen.

Der Ort, wo alles angefangen hatte, vor so vielen Jahren. Dieses Volksfest mit den Fahrgeschäften und Attraktionen, die einzige Abwechslung im Jahr in Eisleben für Kinder und Jugendliche. Ralf stand einfach da und beobachtete das Treiben auf dem Autoskooter, wo sie an der Kasse saß. Als sie Feierabend hatte und er immer noch dastand, hatte sie all ihren Mut zusammengenommen und ihn einfach mit ihrem schönsten Lächeln auf den Lippen angesprochen. Und wenn Ralf eines konnte, dann war es zuhören. Er war so unendlich geduldig und liebevoll gewesen.

Daran hatte sich auch nach all den Jahren nichts geändert. Sie hatte manchmal das Gefühl, sie hätten sich nie aus den Augen verloren, aber vielleicht war das auch nur ihr Wunsch danach, dass es so gewesen wäre.

Sie liefen den steilen Weg vom Campingplatz in die Stadt hinunter. Abwärts ging das noch, aber am Abend der Rückweg war immer mehr als anstrengend, dachte sich Ralf, als sich seine Knie schmerzhaft in Erinnerung riefen. Regina begleitete ihn noch bis zum Eisenwarengeschäft, es war mittlerweile kurz nach fünfzehn Uhr. Eigentlich hätte es schon geöffnet sein müssen. Aber es war noch niemand da. Ralf kannte das schon vom letzten Jahr. Die Franzosen und Pünktlichkeit, naja. Er hatte in seinem Job gelernt, wie ein Schweizer Uhrwerk zu funktionieren. Jede Sekunde Abweichung hätte entscheidend sein können für Erfolg oder Misserfolg seiner generalstabsmäßig geplanten Projekte. Aber mittlerweile konnte er auch mit der Unpünktlichkeit anderer umgehen, manchmal zumindest, wenn er ausgeglichen war. Momentan war er noch meilenweit entfernt davon. Seine

Unruhe machte ihm zu schaffen.
Als sich Regina verabschiedet hatte, setzte er sich gegenüber dem Geschäft auf eine Bank, die unter einer Palme stand, die ihm Schatten spendete. Er ging in Gedanken noch mal seine Einkaufsliste durch, die er natürlich auf dem Campingplatz liegen gelassen hatte. Regina hatte ihm extra alles, was er brauchte, ins Französische übersetzt und aufgeschrieben. Nun ja, musste es halt mit Händen und Füßen gehen. Er war aufgeregt. Er hasste solche Momente, in denen er keine Kontrolle hatte.
Im Nachbargebäude schellte eine Klingel. Auch das noch, Schulschluss, genau wie letztes Jahr. Er wollte doch schon längst wieder weg sein. Zwanzig Minuten Verspätung, das ging gar nicht. Ralf war wütend. Mittlerweile spielte eine Horde Kinder um ihn herum. So laut und ausgelassen wie es halt nötig war, um nach acht Schulstunden ihren Bewegungsdrang auszuleben. Ralf wurde immer genervter. Er fing an zu schwitzen. „Das fängt ja schon wieder scheiße an", dachte er sich.

Regina hatte sich inzwischen einen Platz in der Sonne gesucht. Hinter dem kleinen Leuchtturm, der die Einfahrt zum Hafen markierte, war es recht windstill. Sie setzte sich auf die Sandsteintreppe und ließ ihren Blick über Cassis schweifen.
Der wunderschöne kleine Hafen, die Restaurants und Bars, die wie auf einer Perlenschnur bunt aufgereiht diesen einsäumten. Die kleinen alten Fischerboote. Der Bouleplatz mit den alten Platanen, die frisch gestutzt noch auf ihr Frühlingserwachen warteten, und zu guter Letzt das gigantische Felsenmassiv mit der alten Burg, das durch die Kontinentalverschiebung entstanden war und für das geübte Auge noch Schicht für Schicht von seiner Entstehung erzählte. All das konnte sie wieder genießen. Zum Fotografieren war es noch zu früh. Sie saß einfach nur da und dachte nach.
Ein wenig erinnerte sie das ganze Bild an Saint Tropez, aber zum

Glück fehlten die großen protzigen Yachten, die sie nicht mehr sehen wollte. Zu tief saßen die Erinnerungen an das, was sie alles hatte tun müssen für diese perversen Geldsäcke, die meinten, sich alles kaufen zu können und an dem jungen bildhübschen Zigeunermädchen all ihre kranken Phantasien auslebten. Ihr Onkel hatte sie immer zu diesen protzigen Yachten gebracht, ganz diskret, wenn es dunkel wurde, und das war schon der angenehmere Teil ihrer Leidensgeschichte. Eigentlich war sie damals schon dankbar gewesen, dort arbeiten zu dürfen, weg von den dreckigen Straßenstrichs, die sie auf den Reisen ihrer Familie durch Europa kennengelernt hatte.

Irgendwann hatte sie das alles nicht mehr ausgehalten. Sie schrie und tobte, wenn sie losgeschickt werden sollte. Ihr Onkel hatte ihr dann diese Pillen eingeflößt, die alles einfacher machten, und mit dem ganzen Schampus auf den Yachten hatte sie manchmal das Gefühl gehabt, es geschehe alles nicht mit ihr, sie war nur Zuschauerin. Doch als der Ekel zurückkam, brauchte sie mehr von den Pillen, die sie ihrem Onkel mittlerweile teuer bezahlen musste.

Als sie Ralf ihre Geschichte erzählte, hatte er sie ganz einfach in den Arm genommen. „Wir haben alle Zeit der Welt" hatte er gesagt. Er hatte sie seitdem nicht bedrängt, nie Sex von ihr gefordert. Sie hatte auch genug davon gehabt. Genug Männer für zwanzig Leben.

Dieses Verständnis über all die Jahre, welcher Mann konnte das sonst. Sie war unendlich stolz auf ihren Ralf. In der letzten Zeit bemerkte sie allerdings Signale. Wenn es soweit ist, sie wäre dazu bereit, für ihn würde sie alles tun.

Lieselotte hatte Basti seine Sachen hingelegt. Der saß bockig auf seinem Bett und wollte sich nicht anziehen. „Diesen Scheiß Stress brauch ich echt nicht mehr", dachte sie sich. Scheißegal, wenn der sich nicht anziehen will, bleibt er halt hier.

Sie war gerade bei der Medikamentenbestellung gewesen, als das Telefon klingelte. Die Krügers waren da. Sie war ratlos, was sollte sie jetzt machen? Für einen Moment hatte sie mit dem Gedanken gespielt, der Blage eine Ohrfeige zu geben, dann würde der schon funktionieren. Doch dann hielt sie inne. Sie nahm den Telefonhörer ab, wählte die Nummer der Pforte.

„Ja, hallo Bernd, hier ist die Lieselotte nochmal. Der arme Basti hat Angst, der ist noch zu traumatisiert glaub ich, um schon für ein Wochenende zu den Krügers zu gehen. Also ich möchte ihn nicht dazu zwingen, das arme Kind, das tut mir schon so leid genug. Was meinst du denn, wollen wir mal versuchen, den Bereitschaftsarzt zu erreichen, damit der entscheiden kann, was passiert."

„Tut mir leid, Herr Krüger", sagte Bernd, „der kleine Basti macht Probleme, wir müssen erst den Bereitschaftsarzt anrufen. Er mag sich einfach nicht anziehen."

„Guter Mann", antwortete Herr Krüger, „das wird nicht nötig sein. Ich kenne den Direktor persönlich. Glauben sie mir, er wird nichts dagegen haben, dass ich selbst mal versuche, den kleinen Basti umzustimmen. Da müssen wir doch niemanden am Wochenende stören."

Bernd ließ die beiden durch, er erklärte ihnen noch kurz den Weg zur Station und informierte Lieselotte.

Lieselotte konnte es nicht glauben, dieser nette junge Mann und diese Frau, das passte doch überhaupt nicht. Sie hatte nie so ein Glück gehabt. War immer an die falschen Männer geraten. Und früher hätte sie mit der auf jeden Fall mithalten können. Nein, eigentlich hatte sie damals ganz sicher besser ausgesehen. Keine Ahnung, warum der die geheiratet hat, und dann kann sie noch nicht mal Kinder kriegen. Ist sich vielleicht zu fein dafür. Dieses gekünstelte Verhalten, schrecklich.

Ihr Blick schweifte wieder zu Herrn Krüger. Der hatte sich neben Basti aufs Bett gesetzt, sich vorgestellt und ihm lächelnd die Hand entgegengehalten. „Ich habe gehört, du bist so traurig, weil du meinst, du wärst schuld an dem, was passiert ist. Glaub mir, das bist du nicht, ich erzähle dir mal eine Geschichte." Er legte den Arm um Basti und fing an zu erzählen.

Nach einer halben Stunde hatte Basti sich angezogen. „Tschüss Schwester Lieselotte", sagte er mit versunkenem Blick, und ging mit den Krügers los. Auf dem Hof wartete schon sein Bruder Günter. Lieselotte war beeindruckt, was für ein Mann, aber gleichzeitig war sie das erste Mal seit langem beschämt über ihr eigenes Unvermögen.

Ralf lag im Bett, als Regina zurückkam, er hatte die Vorhänge zugezogen und den Camper verriegelt. Regina war zufrieden mit ihrem Tag, sie hatte die blaue Stunde genutzt und jede Menge Fotos geschossen, dann hatte sie noch die zwei schweren Einkaufstaschen vom Supermarkt den steilen Berg hoch geschleppt.

Eigentlich wollte sie noch was Kleines kochen. Sie hatte für Ralf ein Sixpack seines belgischen Lieblingsbiers mitgebracht und

für sich eine Flasche Vin de Sable aus der Camargue. Den hatte sie sich vor Jahren schon einmal gegönnt, wollte ihn für einen besonderen Anlass aufheben, und dann geschah Ralf das Missgeschick, beim Ausräumen des Autos zu Hause rutschte ihm die Flasche aus der Hand und zerschellte im Hof.
Ganz kurz war sie enttäuscht, dass Ralf schon schlief, dachte dann aber daran, dass er ja die letzte Nacht kaum geschlafen hatte. Der ganze Stress mit der langen Fahrt. Je näher der Termin ihrer Abfahrt rückte, um so unausgeglichener ist er geworden, fahriger, war nur noch in Gedanken, manchmal vermied sie es ganz einfach, ihn anzusprechen.
Aber sie wusste ja, letztes Jahr war es genauso gewesen. Die ersten Tage waren ähnlich, der lange Winter, die Schmerzen, die Ralf erlitt mit seinen kaputten Knochen, doch wenn das Wetter dann schöner wurde und wärmer, ging es ihm jeden Tag ein Stück besser. Sie hatten ihre Route für diesen Sommer noch nicht festgelegt. Es war ja auch noch so viel Zeit, die vor ihnen lag.
Sie erinnerte sich an letztes Jahr, die unschönen ersten Tage hier in Cassis. Ralf ging es gleich nach der Ankunft wieder richtig schlecht. Er hatte sich tagelang im Bett verkrochen, das schlechte Wetter kam noch dazu. Sie hatten im Internet nachgeschaut, in Eisleben wäre es wärmer gewesen. Nun ja, hatten sie gedacht, man kann nicht jedes Mal Glück haben. Aber als dann auch noch die Duschen nicht funktionierten, wäre Ralf fast explodiert.
„Vier Tage kaltes Wasser, das gibt's auch nur hier!", hatte er geflucht.
Erst als Erich angekommen war, besserte sich ein paar Tage darauf seine Stimmung. Erich war sein ehemaliger Arbeitskollege, ein Freund noch aus DDR-Zeiten.
Obwohl, letztes Jahr hatte sie schon das Gefühl gehabt, dass alles in die Brüche geht zwischen den beiden. Eines Abends,

zugegebenermaßen hatten beide schon einen sitzen, aber das war schon heftig. Beide standen mit hochrotem Gesicht, Stirn an Stirn voreinander, wäre sie nicht dazwischen gesprungen, keine Ahnung, was dann passiert wäre.

Während sie so nachdachte, hatte sie sich einen Stuhl vor den Camper gestellt und den Rest aus einer angebrochenen Rotweinflasche in ein Glas gegossen und sah sich das Panorama des Umlands im Licht der untergehenden Sonne an. Was für ein Fleck Erde hier. Wenn sie sich vorstellte, dass es eigentlich nur ein paar Kilometer waren bis nach Marseille, kaum zu glauben, dieser Moloch, diese Hektik, und die Stille hier.

Sie hatte sich vorgenommen, dieses Jahr mal gemeinsam mit Ralf einige Wanderungen in die Calanques zu machen, diese wunderschönen Buchten zwischen Cassis und Marseille, die nur zu Fuß zu erreichen waren, außer man fährt mit einem dieser umgebauten Fischerboote eine drei, fünf oder acht Schluchten-Tour, die sie letztes Jahr einmal gemeinsam unternommen hatten. Sie konnte sich genau erinnern, wie Ralf fluchte, als ihnen auf dem Boot eine ganze Schulklasse vor den Füßen herumturnte, nun ja, die ersten Tage halt, die brauchte er zum Akklimatisieren. Sie war dann schon mal alleine bis zur dritten Bucht gelaufen. Sie hatte so viele Fotos gemacht, einfach traumhaft dort. Das wird ihrem Ralf auch gefallen, ganz sicher. Sie hatte ihm dann noch von der Frau erzählt, die sie auf dem Weg kennengelernt hatte. Sie und die Frau hatten sich nur kurz angesehen und sich dann unterhalten. Beide hatten das Gefühl, sich ähnlich zu sein, gleiche Wurzeln zu haben.

Afra kam ursprünglich aus Marokko. Hatte sich irgendwann ein Herz gefasst und war mit ihrem Sohn geflohen, auf so einem Seelenverkäufer übers Mittelmeer. Hauptsache weg von ihrem prügelnden, trinkenden Mann. Sie hatte es in erster Linie für ihr Kind getan, das sollte es besser haben. Richtige Chancen, Schule, vielleicht studieren. Dafür war sie zu allem bereit.

Sie wohnte in Marseille in so einem tristen Betonviertel, lief jeden Tag nach Cassis zur Arbeit. Sie putzte dort in einigen Bars, Restaurants und Geschäften. Sparte sich das Geld für den Bus. Sie hatte ein Ziel, sie wollte sich im nächsten Jahr eine Wohnung in Cassis mieten. Sie wollte unbedingt, dass ihr Sohn nicht in Marseille zur Schule geht. Er hatte es schon schwer genug als Ausländerkind. Aber dort wäre er den schlechten Einflüssen schutzlos ausgeliefert. Sie hatte ja nicht so viel Zeit, um sich zu kümmern, musste ja arbeiten. Aber hier in Cassis wäre das anders, da war sie sich sicher.

Regina war schwer beeindruckt gewesen. Diese Frau, die musste sie Ralf vorstellen, sie irgendwann mal auf den Campingplatz zum Essen einladen. Sie hatten das dann auch gleich lose verabredet.

Es wurde langsam kalt. Regina hatte lange in ihren Erinnerungen verweilt. Das Buch, das sie noch lesen wollte, nahm sie unverrichteter Dinge mit in den Camper zurück. Sie war müde. Das Glas Rotwein hatte seinen Teil dazu beigetragen, dass sie das Gefühl hatte, jemand wollte ihr die Augen zudrücken und sie in den Schlaf wiegen. Jetzt war es soweit. Die schöne Zeit war greifbar, spürbar. Sie freute sich auf die kommenden Tage und ging schlafen.

Mitten in der Nacht wurde Regina munter. Ralf hatte wieder diese Albträume, sie konnte nicht verstehen, was er sagte, aber er wälzte seinen Kopf von einer Seite auf die andere. Sie konnte den Schweiß erkennen, den das Licht des zunehmenden Mondes, welches durch einen Spalt in den nicht ganz zugezogenen Vorhängen fiel, auf seiner Stirn glänzen ließ. Sie konnte nur ahnen, was er gerade wieder durchmachte. Diese Scheiß Schmerzen.

Sie überlegte, ihn zu wecken. Ihn zumindest von den Träumen zu erlösen. Sie schaute ihn an, nachdem sie sich aufgerichtet hatte und konnte die Erektion erkennen, die sich unter seiner

Decke abzeichnete. Regina überlegte, was nahm dieser Mann alles auf sich. Die ganzen Jahre ohne Sex, sein Verständnis, welchen Preis zahlte er eigentlich dafür. Sie legte sich wieder zu ihm, schmiegte sich langsam an ihn und begann, ihn zu streicheln. Die Reaktion seines Körpers bescherte ihr kein Unbehagen mehr.

Ralf schien langsam aufzuwachen. Plötzlich schreckte er auf und stieß sie von sich. Als er bemerkte, was er getan hatte, entschuldigte er sich mehrfach bei Regina. Versuchte, sie in den Arm zu nehmen. Doch all das konnte nicht verhindern, dass ihr Tränen über ihre Wangen liefen. Sie war traurig, sie hatte es vermasselt, ihn überfallen, sie schämte sich.

Beide lagen eine gefühlte Ewigkeit nebeneinander, ohne ein Wort zu sagen.

Am nächsten Morgen war die Stille greifbar. Regina war schon aufgestanden, um Frühstück zu machen. Sie kam sich unheimlich schuldig vor an der Situation, in die sie Ralf und sich selbst letzte Nacht gebracht hatte. Ralf kam später dazu, auch ihn hatte die Situation gezeichnet. Er war so völlig anders als am Vortag. Seine Fahrigkeit war verschwunden, er machte auf Regina einen verunsicherten Eindruck. Er konnte sie nur kurz ansehen, hielt aber ihrem Blick nicht stand. Sie versuchte, das Schweigen zu beenden: „Guten Morgen Ralf, möchtest du draußen frühstücken? Übrigens, wegen gestern Nacht, das tut mir leid. Ich wollte dich nicht überfallen."

„Schon gut", gab Ralf zur Antwort, „ich muss mich bei dir entschuldigen. Meine Beschwerden, meine Schmerzen, bitte nimm es nicht persönlich. Das hat nichts mit dir zu tun", schob er noch nach.

Ralf trank einen Kaffee: „Sei mir bitte nicht böse, ich möchte mich wieder hinlegen. Mir tut alles weh. Ich komme schon wieder auf die Beine, aber heute geht gar nichts."

„Natürlich", erwiderte Regina, „ruh dich aus, ich wollte eh' noch mal in den Ort."

Auf dem Weg zum Hafen ging ihr noch einmal alles durch den Kopf. Ralf war schon immer besonders gewesen. Als sie ihn kennengelernt hatte, dauerte es eine Ewigkeit, bis sie das erste Mal miteinander schliefen. Ganz anders als die anderen Jungs in seinem Alter, die wollten alle nur das eine, und danach gingen sie ihr aus dem Weg.

„Du bist ja ganz nett, aber eine Zigeunerin, da haben meine Eltern was dagegen", hatte ihr letzter Freund gesagt.

Ralf hatte sie auf Händen getragen, war zärtlich, hat sich nie über ihre nicht vorhandenen Brüste beschwert. Ganz im Gegenteil, es schien ihm zu gefallen. Früher hatte sie immer das T-Shirt beim Sex anbehalten, konnte ihr Spiegelbild nicht ertragen. Früher, bevor sie Ralf kennenlernte. Doch dann hatte sie so etwas wie Selbstbewusstsein aufgebaut.

Andere Mädchen hatten sie beneidet um den gut aussehenden Jungen. Und früher war das ja auch schon so gewesen, er brauchte halt nicht so viel Sex. Die Initiative ging meist von ihr aus. Sie würde heute Abend noch mal mit ihm sprechen, wenn er keine Schmerzen mehr hat, aber nur dann, sonst später.

Sie hatte sich vorgenommen, im Le France einen Kaffee zu trinken. Diese Bar, in der sie schon so oft zusammengesessen hatten. Sie mochte die Stimmung am Hafen. Die kleinen Fischerboote, die im Rhythmus der Wellen tanzten. Die Fischer, die am Morgen ihren Fisch fangfrisch direkt an der Anlegestelle verkauften. Alles machte so einen verträumten Eindruck, gerade jetzt in der Vorsaison.

Ein Wagen der Straßenreinigung sprühte die gepflasterte Straße hinunter zum Hafen ab. Diese kunstvoll bearbeiteten Steine aus dem nahen, mittlerweile stillgelegten Marmorsteinbruch, der in seinem Dornröschenschlaf einem kleinen Yachthafen Zuflucht

gegeben hatte in der ersten der acht sogenannten Calanques.
„Die Steine sind doch so schon glatt genug", dachte Regina und stöckelte vorsichtig über das durch das Wasser nun spiegelglatte Pflaster. Die Boutiquen auf beiden Seiten waren gerade dabei, ihre Pforten zu öffnen. Einkaufen machte ihr hier richtig Spaß. Es gab eine gute Auswahl zu immer noch bezahlbaren Preisen.
Ihr Blick schweifte über einen Laden, den sie vom vergangenen Jahr noch nicht kannte. „Lulli" stand auf dem recht stylischen Schild über dem Eingang. Regina konnte zum ersten Mal an diesem Tag schmunzeln. „Gut, dass hier nicht so viele Deutsch können", dachte sie sich.
Auch das Le France hatte schon geöffnet. Michel, der Kellner, stand gedankenversunken an der Kaimauer und blickte auf das Wasser, ab und zu warf er ein wenig Baguettebrot hinein und schaute amüsiert, wenn die Fische danach schnappten. Regina kannte das Ritual schon aus den letzten zwei Jahren, alles schien so vertraut, als wäre sie nicht lange weg gewesen, gerade erst letzte Woche abgereist und jetzt zurückgekommen. Auch Michel sah so aus, als könne er sich an sie erinnern und kam freundlich auf sie zu.
„Einen Espresso bitte, doppelt."
„Sehr wohl, Madame."
Nach kurzer Zeit brachte er den Kaffee mit einem Glas Leitungswasser, ein Zeichen, dass er Regina gar nicht so sehr als Touristin wahrnahm. Denen verkaufte man schon gern mal ein teures Mineralwasser, normales Business eben.
Michel war auch schon deutlich in den Fünfzigern angelangt, aber sein Charme war der eines Mittzwanzigers. Damit verdeckte er gekonnt die Spuren, die das Alter bei ihm hinterlassen hatte. Er gab sich in der letzten Zeit besonders Mühe, denn sein Kollege aus der Bar nebenan, ein gut aussehender junger Mann Mitte zwanzig, mit vollem Haar, austrainiertem Bizeps und trendigen Tattoos, machte ihm zu schaffen.

Nicht, dass er ihm unsympathisch wäre. Er merkte nur, dass einige weibliche Stammkundinnen abgewandert waren. Kein Wunder, gab dieser Charmeur auch mal eine gratis Nackenmassage bei der einen oder anderen Kundin als Service obendrauf. Aber in einer Sache war Michel seinem jungen Kollegen haushoch überlegen. Er kannte immer die neuesten News, seine jahrelangen Beziehungen, die er durch seine Arbeit geknüpft hatte, waren halt durch nichts zu ersetzen.
Regina bekam mit, wie er mit besorgtem Gesicht mit einem der Fischer sprach.
„Was, schon wieder ein Kind verschwunden", gab er mit gerunzelter Stirn sein Erstaunen wieder. „War da nicht letztes Jahr um die gleiche Zeit schon mal was? Ja genau, der eine Junge aus der Schulklasse aus Marseille, so ein Einwandererkind. Die Kripo war doch auch hier, dieser Moulin, der streng gescheitelte aus dem Norden. Der ist doch nach einer Woche wieder abgehauen. Angeblich gab es Anhaltspunkte, dass der Vater aus Afrika ihn zurückgeholt hatte. Dann wurde die Sache eingestellt. Die Mutter hatte sich auch nicht richtig gekümmert, hieß es. Halt immer das gleiche."
Beide nickten sich nachdenklich zu.
„Aber diesmal ist es anders, diesmal ist der Sohn von Afra verschwunden. Weißt du, die auch bei euch putzt und die Hälfte aller Bars und Läden hier in Cassis."
„Nicht wahr", meinte Michel, „deswegen ist sie heute Morgen nicht erschienen. Der Patron war total sauer und hat mich dann angerufen, ob ich eine Stunde eher anfangen könne, um mitzuhelfen beim Putzen. Helfen, du weißt ja, nachdem die vom 8½ vorbeikam, konnte ich alles allein machen, und er erzählte, erzählte, du kennst ihn ja."
Michel hielt inne, er konnte sich auch gar nicht so richtig aufregen über seinen Chef, viel zu sehr beschäftigte ihn das, was er eben gehört hatte. Afra, eine herzensgute Frau, jahrelang ist

sie von Marseille den Wanderweg, der oberhalb der Calanques entlangführt, hierhergelaufen, jeden Tag hin und zurück, um das Busgeld zu sparen. Hatte sie sich nicht erst Mitte letzten Jahres hier eine Wohnung genommen, damit Adjori, ihr Sohn, hier eingeschult wurde und nicht in Marseille.
Adjori war ein richtiger Sonnenschein, oft spielte er am Hafen, während seine Mutter früh am Morgen die ganzen Läden putzte. Michel und auch seine Kollegen hatten ihn auch gern mit kleinen Botengängen beauftragt, Zeitungen und Croissants holen. Die paar Cent, die er dafür erhielt, hatte er jedes Mal in ein kleines buntes Säckchen gesteckt, welches er immer in der Hosentasche bei sich trug. Er sparte auf ein BMX-Rad, erzählte er stolz. So eins wollte er haben, wie die größeren Jungs, die damit immer in dem alten Steinbruch herumsprangen und Kunststücke machten. Das fand er cool. Der soll nun verschwunden sein, unvorstellbar.

Afra weigerte sich, die Polizeiwache zu verlassen. Sie schrie und weinte und konnte sich nicht beruhigen. Die beiden anwesenden Kommissare waren mit der Situation völlig überfordert.
„Gute Frau, wir haben schon in Marseille angerufen. Die Unterstützung kommt."
Die Situation letztes Jahr war zwar ähnlich, aber nach zwei Tagen war der Hype abgeebbt und alles war normal weitergelaufen. Aber diese Afra wollte sich einfach nicht beruhigen.
Normalerweise war ihre Hauptbeschäftigung, Parkvergehen zu ahnden. Großartige Kriminalität gab es nicht mehr, nachdem im ganzen Ort diese Überwachungskameras installiert worden waren. Welch ein Segen, hatten sich zwar wie üblich immer die gleichen darüber aufgeregt, Überwachungsstaat und so, aber der Erfolg sprach eine eindeutige Sprache. Irgendwie musste man sich ja schützen gegen das ganze Grobzeug, was da aus

Marseille oder besser gesagt aus Afrika alles rüberschwappte.
Zugegebenermaßen, diese Afra war schon eine Ausnahme, durchaus beliebt im Ort. Aber sie musste sich jetzt ja nicht gleich so aufführen, der Kleine taucht schon wieder auf. Dieses afrikanische Temperament, daran würden sie sich nie gewöhnen.
„Madame Afra, wir müssen sie jetzt auffordern, nach Hause zu gehen. Einerseits ist es besser, wenn sie in ihrer Wohnung sind, wenn ihr Sohn doch wiederauftaucht. Andererseits haben wir auch noch anderes zu tun. Haben sie bitte Verständnis."
Afra fügte sich einige Zeit später und ging, nachdem man ihr nochmals versichert hatte, dass dieser Kommissar Moulin aus Marseille schon unterwegs sei.


Kommissar Moulin hatte es nicht besonders eilig, nach Cassis zu fahren. Er kannte den Ort recht gut. Mit der Polizeisportgruppe waren sie mit dem Rennrad schon oft die wunderschöne Küstenstraße von Marseille nach Cassis gefahren, manchmal auch noch die Route des Crètes als Bonus obendrauf, früher zumindest, vor zwanzig Jahren, als er nach Marseille versetzt wurde.
Doch seinen letzten Einsatz dort im vergangenen Jahr hatte er in schlechter Erinnerung. Naja, waren ja nur zwei Tage, wird diesmal auch nicht länger dauern.
Er wusste noch genau, als er dort ankam, in dem kleinen günstigen Hotel, neben dem sich auch die Polizeistation befand, und seine Dienststelle vergessen hatte, auch einen Platz in der Tiefgarage zu reservieren. Über eine Stunde hatte er mit der Suche nach einem Parkplatz verbracht, und das in der Vorsaison. Einfach unmöglich, als ob er nichts Besseres zu tun hatte.
Dann endlich, ein freier Platz am Casino, unter diesem Baum. Er hatte sich dann noch ein Glas Rotwein gegönnt und war durch diesen schrecklich langen dunklen Korridor in sein Zimmer gegangen. Morgen würde es reichen, mit den Ermittlungen

anzufangen. Morgen bekäme er dann auch seinen Stellplatz in der Tiefgarage, hatte er sich damals gedacht.
Am nächsten Morgen konnte er dann das Malheur kaum glauben. Ihm war schlagartig klargeworden, warum dieser Parkplatz als einziger in der ganzen Innenstadt noch frei gewesen war.
Er hatte unter einem Schlafbaum der Krähen gestanden. Dementsprechend hatte sein Wagen dann auch ausgesehen. Beschissen von oben bis unten. Die Tür konnte er nur mit einem Taschentuch öffnen. Und die gesamte Frontscheibe war voll mit diesem ekligen, schon eingetrockneten Vogelkot.
Gott sei Dank hatte er noch nicht seinen Eiskratzer aus dem Wagen genommen. War eigentlich gar nicht seine Art. Er war sonst sehr genau in jeder Art Vorbereitung, nahezu perfekt. Das hatte er sich jahrelang antrainiert, war auch notwendig in seinem Job, perfekt zu sein. Wurde auch so verlangt, na ja, aber hätte er wie gewohnt die Winterutensilien pünktlich zum ersten März aus dem Wagen entfernt, hätte er doch nichts gehabt, um diesen hartnäckigen Kot von den Scheiben zu kratzen. Nachlässigkeit, die Sinn macht. Der Kommissar Zufall, der auch manchmal in seinem Job gebraucht wurde.
Er hatte dann schon beim Waschen des Wagens, das gefühlte zwei Stunden dauerte, gegrübelt, eine Studie über die Wahrscheinlichkeit von Zufällen in Verbindung mit der täglichen Polizeiarbeit und damit verbundenen Aufklärungsstatistiken zu verfassen. Damit würde er glänzen können vor seinen Kollegen, die ihn immer hänselten mit seiner Herkunft aus dem Norden, dort wo es Gletscher gibt und es auch im Sommer nicht richtig warm wird.
Zwanzig Jahre lebte er jetzt in Marseille und noch immer gehörte er nicht richtig dazu. Aber irgendwann hatte er sich vorgenommen, es allen zu zeigen. Einen spektakulären Fall würde er im Alleingang lösen und befördert werden, am besten zu Europol.

Nun sollte er ausgerechnet wieder nach Cassis. Auch noch zur gleichen Zeit wie letztes Jahr. Das roch nicht nach Beförderung. Irgendwie hatte er instinktiv den Eiskratzer aus dem Keller geholt und in das Handschuhfach gelegt, bevor er losgefahren war.

Als er auf der Polizeiwache ankam, wurde er verhalten begrüßt. Schon wieder dieser eingebildete Affe aus Marseille. Denken immer, sie wären was Besseres. Als ob wir hier noch nicht mal in der Lage wären, so 'ne Vermisstensache aufzuklären, hatten sie gerade noch vor zehn Minuten gewettert.
Kommissar Moulin konnte die Spannungen spüren, die Vorbehalte, die im Raum lagen. Damit hatte er genügend Erfahrungen, Vorbehalte waren seine ständigen Begleiter, seitdem er hierher an die Küste versetzt worden war.
„Seien sie versichert, meine Herren, ich finde es genauso unnötig wie sie, dass ich jetzt hier bin. Ich bin mir sicher, dass sie diese Vermisstensache auch ohne mich schnellst möglichst zur vollsten Zufriedenheit aufklären würden. Aber es handelt sich um eine Anordnung, die es zu befolgen gilt, deswegen bitte ich um konstruktive Zusammenarbeit."
Kommissar Moulin hatte im Laufe der Zeit gelernt, wie er auf die ständigen Verletzungen konstruktiv reagieren konnte. Er war unendlich stolz, als er ein zustimmendes Nicken seines Gegenübers bemerkte. „Konstruktiv" war sein neuestes Zauberwort. Wenn man „konstruktiv" mit Honig verpackte, machte es das Leben sehr viel leichter.
Früher hätte er losgepoltert, aber nach seinen ganzen Magenbeschwerden hatte ihm sein Arzt geraten, nun etwas locker zu lassen. Sprichwörtlich, sich halt nicht mehr zu verbeißen in jede Kleinigkeit, in jeder vermuteten Intrige gegen seine Person. Das hatte er dann Schritt für Schritt versucht umzusetzen.

Er wusste eigentlich gar nicht mehr, wann es angefangen hatte mit dieser Verbissenheit. Früher, als er jung war, da war er eigentlich ein lockerer Typ gewesen, manchmal fast zu locker. Die anderen Kollegen hatten sich immer über ihre Jugendsünden unterhalten, am Anfang auch, als er dabei war. Nun ja, er war neu, er hatte Angst gehabt, zu viel rauszulassen.
Irgendwann verstummten dann die Gespräche, als er in den Raum kam. Mit allen Mitteln hatte er versucht, dazu zu gehören, Polizeisportgruppe, Rennradfahren und so weiter, sogar den Front National hatte er gewählt, weil das die meisten seiner Kollegen taten.
Doch irgendwann, als die gesundheitlichen Probleme zunahmen, hatte er auch mal Schwäche zugelassen, ja sogar ausgesprochen, und ab da ging es voran mit den Kollegen. Er fühlte sich langsam wohler.
„Nun meine Herren" sagte er schon deutlich gelöster, „bringen sie mich bitte auf den neuesten Stand."
„Jawohl", antwortete der Dienststellenleiter beflissen, „bei der vermissten Person handelt es sich um Adjori, einen sieben Jahre alten Jungen einer Einwanderin, Madame Afra. Beide sind vor einem halben Jahr von Marseille zu uns nach Cassis gezogen. Der Junge ist zu dieser Zeit hier in die Grundschule eingeschult worden. Die Mutter arbeitet als Putzfrau in mehreren Bars und Boutiquen im Ort. Eine komplette Liste der Läden und Lokale wurde bereits erstellt.
Ein Kollege ist schon damit beschäftigt, die Videos der Überwachungskameras auszuwerten, die sich an den zentralen Plätzen und Straßen befinden. Das kann noch einige Zeit in Anspruch nehmen. Eine komplette Personenbeschreibung und Foto der vermissten Person liegt ebenfalls vor. Das heißt, Kleidung und Farbe des Schulranzens und so weiter.
Der vermisste Adjori wurde zuletzt gestern um fünfzehn Uhr zehn von Mitschülern und Lehrern gesehen, als er sich von der

Schule auf den Heimweg machte. Auffälligkeiten in seinem Verhalten am gestrigen Tag sind nicht festgestellt worden. Über die Mutter und ihren Sohn ist des Weiteren zu sagen, dass sie im Ort durchaus beliebt sind. Die Mutter kommt schon seit Jahren nach Cassis zum Putzen, auch als sie noch in Marseille gewohnt haben.

Da gewisse Übereinstimmungen mit dem Fall letztes Jahr um die gleiche Zeit zu verzeichnen sind, haben wir die alten Akten schon angefordert. Da sie selbst derzeit der ermittelnde Kommissar waren, sind ihnen sicherlich auch schon Übereinstimmungen bei der vermissten Person aufgefallen, gleiches Alter von sieben Jahren, beide Immigrationshintergrund, beide Mütter alleinerziehend. Beide ursprünglich vom afrikanischen Kontinent zu uns gekommen. Beide in Marseille ansässig, beziehungsweise Adjori seit einem halben Jahr in Cassis.

Zu den unterscheidenden Merkmalen. Der vermisste Junge vom Vorjahr war mit seiner Schulklasse zu einem Ausflug bei uns im Ort. Der Junge dieses Jahr war zum Zeitpunkt seines Verschwindens alleine. Soweit der aktuelle Erkenntnisstand."

„Wie ich gesagt habe, meine Herren, ich werde hier eigentlich gar nicht gebraucht," bemerkte Kommissar Moulin anerkennend.

Lieselotte hatte das Wochenende fast geschafft. Ruhig war es gewesen. Sie ist endlich mal wieder dazu gekommen, den Medikamentenschrank zu putzen. Sah ja auch alles aus hier auf

Station. Den Kühlschrank der Mitarbeiter hätte sie sich auch am liebsten noch vorgenommen, aber da war ja die Sache mit dem Rücken. Sie kam nicht mehr so tief runter, wie sie wollte.

Ihre jüngeren Kollegen hatten sich mit den Kindern beschäftigt, waren spazieren, auf dem Spielplatz und so. Hatten die eigentlich gar nicht verdient, bei dem ganzen Stress, den die verursachten. Nun gut, ihr gingen die Kinder ja weitestgehend aus dem Weg, wegen ihrer klaren Linie, wegen ihrer Methoden, die heute nicht mehr modern waren. Aber was bei dem ganzen neumodischen Kram rauskam, sah man ja. Wurde alles immer schlimmer mit den Blagen.

Gegen siebzehn Uhr rief Bernd an: „Herr Krüger ist wieder da mit den beiden Kindern."

Sie hasste das, die jungen Kollegen waren alle unterwegs, und nun musste sie auch noch zur Pforte laufen. Aber na ja, sie konnte zumindest kurz mit diesem netten jungen Mann reden.

Herr Krüger begrüßte sie freundlich. Seine Frau hatte er zu Hause gelassen. Günter war schon weg, den hatten die Kollegen der anderen Station bereits abgeholt.

„Und, hat er sich benommen, der kleine Basti", fragte Lieselotte und versuchte, ihren empathischsten Blick aufzulegen, zu dem sie in der Lage war.

„Ja, wie soll ich sagen, mit Günter war alles super, da sind sich meine Frau und ich einig. Aber Basti, ich habe wirklich alles versucht, aber ich glaube, der ist nichts für uns. Die zweite Nacht hat er dann auch noch eingenässt. Ist das denn hier niemandem aufgefallen? Da hätte man uns wirklich informieren können", sagte er mit strengem Blick.

„Da gab es hier bis jetzt noch keine Auffälligkeiten" entgegnete Lieselotte schüchtern, „ich werde das selbstverständlich sofort an die Stationsleitung weitergeben."

„Ich habe schon mit dem Chef telefoniert" sagte Herr Krüger, schon im Aufbruch begriffen, „mit Günter versuchen wir es noch mal nächste Woche."

Regina hatte mittlerweile ihren Espresso ausgetrunken: „Zahlen bitte."
Michel deutete mit einem Nicken an, dass er verstanden hatte.
„Monsieur, eine Frage. Die Sache mit dem vermissten Jungen. Adjori ist der Sohn von Afra, habe ich das vorhin richtig mitbekommen?"
„Ja Madame", antwortete Michel, „schrecklich nicht wahr, und letztes Jahr um diese Zeit gab es auch so einen Fall, auch ein Junge, der verschwunden ist. Ein Kommissar aus Marseille ist auch schon da."
„Ich kenne die Frau, ich habe sie letztes Jahr mal auf einer Wanderung in den Calanques getroffen. Da kam sie gerade zu Fuß von Marseille und ist zur Arbeit gegangen."
„Ja genau" erwiderte Michel.
Regina kreisten die Gedanken im Kopf. Afra, ihre Seelenverwandte, die sie letztes Jahr kennengelernt hatte. Sie hatte sie einige Male getroffen und sie auch einmal zum Essen auf den Campingplatz eingeladen. Ralf hatte gekocht, das konnte er super, wenn er Lust dazu hatte.
Sie hatten sich nach dem Essen noch stundenlang unterhalten, und Ralf hatte sich rührend um Adjori gekümmert. Die beiden hatten sich auf Anhieb gut verstanden. Ralf hatte ein Händchen für Kinder. Sie überlegte sich dann immer, wie schwer es für ihn sein musste, seinen eigenen Sohn nicht mehr sehen zu dürfen.

Sie haben so gut wie nie über seine Ex-Frau geredet, auch nicht über seinen Sohn. Ralf wurde dann immer ungehalten, aufbrausend, der Name Bärbel triggerte ihn jedes Mal derart, dass er Stunden brauchte, um sich zu beruhigen. Die hatte ihn nicht verdient, hätte ihn auch nie bekommen, wenn damals die Umstände nicht so gewesen wären, wie sie leider waren.
Manchmal war sie etwas traurig, wenn sie Ralf mit seinem Freund Erich reden hörte, über die guten alten Zeiten, wo die Welt noch in Ordnung war. Diese guten alten Zeiten, für die Ralf sie aufgegeben hatte.
Dieser Schatten lag über ihrer Beziehung, den konnte sie auch noch nicht wegwischen. Zu tief waren die Verletzungen in ihrer Seele eingebrannt, die sie erfahren musste nach ihrem Weggang aus Eisleben, in den Westen, ohne ihren Beschützer Ralf. Aber irgendwann würde es so sein, als wären sie nie getrennt gewesen. Man musste nur hart genug daran arbeiten.

Die Tür ihres Wohnmobils war immer noch verschlossen, als Regina am späten Nachmittag auf den Campingplatz zurückkam. Sie hatte sich extra Zeit gelassen, obwohl ihr die Nachricht, die sie Ralf zu erzählen hatte, auf den Nägeln brannte.
Sie wollte ihm die Ruhe geben, die er brauchte, um aus seinem Tief heraus zu kommen. Sie hatte mit einem Bummel durch die Boutiquen versucht, auf andere Gedanken zu kommen. Vielleicht bekäme sie noch so ein super Polohemd für Ralf. So eines, wie sie letztes Jahr gekauft hatten, als es ihm dann endlich besserging. Irgendwie fand sie den Laden nicht auf Anhieb, bis sie mitbekam, dass dieser umgebaut wurde. „Schade", dachte sie, „hätte ihn sicherlich gefreut."
Sie öffnete leise die Tür, die Vorhänge waren noch komplett zugezogen. Ralf begrüßte sie mit einem leisen „Hallo". Beide schauten sich einen Moment lang an.
„Hallo", erwiderte Regina, „wie geht's?"

„Geht schon, es wird langsam besser."
Er hielt das Handy hoch: „Erich hat sich gerade gemeldet. Er kommt morgen."
„Schön", meinte Regina, „aber versucht mal bitte, euch die erste Zeit nicht so zu streiten."
„Versprochen."
Ralf stand auf, ging auf Regina zu und nahm sie in den Arm: „Du hast es schon nicht einfach mit mir", sagte er leise. Sie merkte, wie er leicht am ganzen Körper zitterte.
Regina hoffte, Ralf überreden zu können, sich mit ihr ein wenig vor den Camper zu setzen. Die Sonne stand noch recht hoch. Sie hatten auf ihrem Stellplatz einen dieser schönen alten Bäume, die an solchen Tagen ideale Schattenspender waren. Sie hatte Kaffee gekocht und einige Kekse auf einem kleinen Teller vorbereitet.
„Kann ich dir was erzählen?" fragte sie vorsichtig.
„Na klar, was gibt es denn."
„Stell dir vor, die Afra, die letztes Jahr mal hier war zum Essen, erinnerst du dich, mit dem kleinen Adjori."
„Klar, was ist mit der?"
„Mit ihr nichts, aber der Junge ist seit gestern verschwunden."
„Ach wirklich, der taucht schon wieder auf."
„Weißt du, so ein Kommissar aus Marseille ist auch schon da. Den hab' ich kurz in einer der Boutiquen gesehen, in der Afra putzt. Der befragt da die Angestellten, ob ihnen was aufgefallen ist."
Ralf hörte aufmerksam zu, sie wusste, dass in das interessierte. Gerade der Kleine, mit dem er sich so gut verstanden hat.
„Man hört das ja ständig im Fernsehen und Radio, mit Vermissten und so, aber, wenn man die dann selber kennt, schrecklich nicht wahr."

Kommissar Moulin hatte nun schon die vierte Boutique hinter

sich, in der er die Angestellten befragt hatte. Er setzte sich auf eine der Bänke, die vor dem Kiosk standen, in dem die Tickets für die Calanques-Rundfahrten verkauft wurden. Er ging noch mal seine Notizen durch, die er sich gemacht hatte.

Es war eigentlich immer das gleiche, was ihm berichtet wurde. Madame Afra war beliebt, zuverlässig, fleißig. Diese drei Merkmale tauchten in allen vier Befragungen auf. Auch über Adjori nichts Negatives. Weit und breit kein Motiv in Sicht für eine Entführung oder ähnliches. Er ging in Gedanken noch mal die Checkliste für Befragungen in solchen Fällen durch, die er selbst im Rahmen eines Qualitätsmanagements mit einer Arbeitsgruppe entworfen hatte.

Der Anblick der vor ihm parkenden Motorräder lenkte ihn etwas ab. Diesen Fremdgedanken, der sich gerade eingeschlichen hatte, kannte er schon. So eine Harley würde ihm bestimmt auch gut zu Gesicht stehen, hatte er schon letztes Jahr überlegt.

Doch dann hatte er beobachtet, wie einer dieser coolen Typen, der mit seiner Freundin aus der Bar kam und aus seinem Rucksack so ein Sitzkissen herausholte, mit Saugnäpfen an der Unterseite, die er mit der Zunge befeuchtete und danach auf das hintere Schutzblech drückte. So etwas Lächerliches, hatte er gedacht, als er laut loslachen musste, dann vielleicht doch was Anderes, so ein Naked Bike vielleicht. Nun gut, war jetzt auch nicht der Zeitpunkt für solche Entscheidungen.

Er hatte so das Gefühl, die Angelegenheit würde auch wieder im Sande verlaufen. Könnte zwar ein paar Tage länger dauern, diese Madame Afra war ja ziemlich renitent, wie man hörte, aber irgendwann würde auch sie einsehen, dass es vielleicht ganz andere Gründe gab für das Verschwinden von Adjori.

Vielleicht hat er ja Freunde aus Marseille wiedergetroffen. Vielleicht der Vater? War ja auch das naheliegendste letztes Jahr. Mädchen waren ja in der afrikanischen Tradition nichts wert. Man musste ja noch Geld beilegen, um die überhaupt irgendwann verheiraten zu können. Aber ein Junge, das war schon was Anderes. Die mussten ja auch ihre Erzeuger ernähren, wenn die alt und gebrechlich waren.

Tja, und dann meinen die Frauen ganz einfach, den nehme ich mal mit nach Europa, da wo das Geld auf den Bäumen wächst. Da sind ja Konflikte vorprogrammiert, und die fackeln auch nicht lange.

Er hatte ja eigentlich nichts gegen Ausländer, auch nicht gegen Schwarze, aber es war eine Grenze erreicht. Für diese ganze Kriminalität in Marseille zum Beispiel, da sind zu 80% diese Ausländer für verantwortlich. In manchen Vierteln war er froh über den Zentralverriegelungsknopf, mit dem man den Wagen auch von innen verschließen konnte. Das war alles einfach zu viel. Manche Kollegen weigerten sich schon mal, in die Außenbezirke zu fahren bei Gangstreitereien. Sollen die sich doch gegenseitig abschlachten. Alle in einen Sack und mit dem Knüppel drauf, trifft man eh' nie den falschen. Andere Kollegen ließen sich ganz einfach Zeit, bis die selbst ihre Geschichten geklärt hatten. War halt so, dann kehrte auch meist wieder Ruhe ein. Irgendwie schien alles zu entgleiten. Deswegen hatte er dann auch den Front National gewählt. Gruppenzwang könnte man sagen. Obwohl ihm das schon etwas Unbehagen bereitet hat. Zu der einen oder anderen afrikanischen Frau fühlte er sich durchaus hingezogen. Das musste man halt trennen. Waren eh' meist die Männer, die Probleme machten. Diese aufgepumpten Machos mit ihrem Gelaber von Respekt und so. Gegen die musste was unternommen werden.

Er nahm sich vor, morgen Madame Afra aufzusuchen, um sie zu befragen, vielleicht ist der Kleine bis dahin auch schon wiederaufgetaucht. Die Auswertung der Videoüberwachung müsste dann auch abgeschlossen sein.

Erich war auf dem Campingplatz angekommen und schon

wieder das gleiche Bild. Die Schranke war unten und die Rezeption geschlossen.

„Diese Franzosen", dachte er, „haben ganz einfach die Ruhe weg. Egal was es ist, tanken, einkaufen, anmelden auf dem Campingplatz, nichts ist möglich um die Mittagszeit. Sitzen alle beim Essen und man muss ganz einfach warten, bis sie fertig sind."

So wie man isst, so arbeitet man auch, das war seine Überzeugung. Und die Franzosen, naja, irgendwann landen die auch unterm Rettungsschirm, da war er sicher. Dann zahlen wir für ganz Europa.

Erich ließ seinen Lada Niva mit dem Anhänger ganz einfach vor der Rezeption stehen und setzte sich auf die Bank. Waren ja nur noch fünf Minuten, bis die aufmachten. Kurz hatte er überlegt, ob er schon mal schauen sollte, wo Ralf und Regina standen, aber dann entschied er sich, sitzen zu bleiben.

Seine Freundschaft zu Ralf war etwas erkaltet. Er hatte sich verändert. Damals bei ihrer Ausbildung beim Wachregiment der NVA hatte er sich seiner Meinung nach richtig entschieden, gegen diese Regina und für ihre Sache. Aber dann nach der Wende, nachdem er sie wiedergetroffen hatte, ging alles wieder los. Seine charakterlichen Schwächen kamen zurück, war ja irgendwie klar, Zigeuner, das bleibt nicht aus. Wie oft haben er und Ralf sich gestritten.

Aber diese Kameradschaft, später dann vor allem bei der Spezialeinheit, so etwas hält ein Leben lang. War ja auch sozusagen überlebenswichtig nach der Wende. Gab auf einmal nur noch Gutmenschen, waren ja alle plötzlich schon immer dagegen gewesen. Diese erbärmlichen Geschöpfe. Machte schon Sinn, die Mauer, man muss die Menschen halt manchmal zu ihrem Glück zwingen.

Er hatte schon die halbe Fahrt lang überlegt, wie er das hinkriegt mit Ralf, dass sie sich nicht gleich wieder streiten, trotz oder gerade wegen der ganzen Probleme, die sich nach der Wende aufgetan hatten, die beseitigt werden mussten, ausgeräumt, endgültig. Dann könnte vielleicht das Verhältnis zu Ralf so werden wie früher. Egal was alles schiefgelaufen war in den letzten Jahren. Ralf war dazu in der Lage, aber mit dieser Regina...

Erich sah auf die Uhr, zehn Minuten zu spät, dachte er sich, als die Dame von der Rezeption endlich auftauchte.

„Monsieur, was kann ich für sie tun", fragte sie auf Französisch. Als Erich nicht gleich antwortete, sah sie ihn genauer an. Diese weißen Tennissocken und Sandalen. Sie versuchte es mit: „Guten Tag, do you speak english?"

Englisch konnte Erich, gehörte zur Ausbildung, zwar nicht mehr so fließend wie früher, als man mit Russisch und Englisch noch auf der ganzen Welt zurechtkam, außer in Frankreich. Aber immerhin hatten die Franzosen nun auch kapiert, dass Französisch keine Weltsprache war.

Nachdem er das Anmeldeformular ausgefüllt und die Magnetkarte für die Schranke bekommen hatte, fuhr er mit seinem Gespann auf den Platz. Er konnte die amüsierten Blicke spüren, die ihn trafen, mit seinem Niva und seinem Zeltanhänger, dem legendären Klappfix, dieser überragenden Ostkonstruktion. Wie lange er den nun schon hatte und funktioniert wie am ersten Tag. Auch sein Niva, ebenfalls überragend. Nie Probleme, zumindest keine größeren, und die Geländegängigkeit, bis heute unerreicht. Diese ganze Jeep- und SUV-Scheiße, war nur bei Schönwetter zu gebrauchen. Aber wo er manchmal hinmusste, gab es nichts Anderes, nichts Besseres.

Er hatte sich nicht anstecken lassen von der ganzen Blenderei der Westprodukte. Die alle dem Wachstumsgedanken ihre Zuverlässigkeit geopfert hatten. Alle hatten Sollbruchstellen, durften nicht allzu lange halten. Ohne Wachstum war dieser Kapitalismus tot, dieses kranke System.

Ralf hatte sich anstecken lassen, war der Verrohung schon weitestgehend verfallen, aber er war immer noch ein Kamerad. Erich musste nicht lange suchen, Ralf und Regina hatten den gleichen Platz wie im letzten Jahr gewählt, mit diesen großen schattenspendenden Bäumen. Er stellte seinen Niva auf dem Platz vor dem Sanitärgebäude ab und ging zu dem Camper der beiden.

Die Auswertung der Videoüberwachung hatte keine Auffälligkeiten zutage gebracht. Die Kamera, die gegenüber der Schule installiert war, hatte zwar zuverlässig sämtliche Aktionen rund um Eingang und Vorplatz der Schule aufgezeichnet, aber auf der Straßenseite, wo sie sich befand, endete ihr Aufzeichnungsbereich. Man konnte erkennen, wie der kleine Adjori mit seinen Klassenkameraden die Schule verließ, danach überquerte er den mit Ordnern gesicherten Zebrastreifen, um in Richtung Kirche zu laufen. Das war alles, was zu erkennen war, auch die Plätze am Hafen, die Zubringerstraßen mit ihren Läden und Boutiquen, nirgendwo war der Junge zu sehen.
Nun offenbarte sich die große Schwäche des Systems, dachte sich Kommissar Moulin. Die zentralen Plätze und Straßen waren die eine Sache, aber die wie ein feines Spinnennetz die Altstadt durchziehenden Gassen die andere, wenn schon Überwachung, dann richtig. Das war rausgeschmissenes Geld. Hatte es sich mal wieder bewahrheitet, was er ständig gebetsmühlenartig predigte. Man muss Sachen richtigmachen, zu Ende denken, immer dieser blinde Aktionismus. Das war auch der Sargnagel jeder soliden Ermittlungsarbeit.
Solch ein Fehler in Marseille und sofort würden sich komplette subversive Strukturen in nicht überwachte Regionen zurückziehen, und wenn die Gassen noch so klein sind. Das Verbrechen hat überall Platz. Ja, er stammte noch aus der guten alten Zeit, wo Ermittlungsarbeit noch analog war, nicht digital

vernetzt, diese ganzen elektronischen Hilfsmittel machten seiner Meinung nach die Menschen hilflos, spätestens, wenn sie ausfallen. Sollen sie ihn nur belächeln mit seinen Standards, seinen Ratgebern, seinen Ausarbeitungen über situativ angepasstes Reagieren in konfusen, unübersichtlichen Ermittlungssituationen. Er wollte ihnen ja nur seine Hilfe anbieten, und in den allermeisten Fällen wurde diese mit einem geringschätzigen abfälligen Kommentar oder bestenfalls mit einem Lächeln aufgenommen.

Er war sich sicher, seine jüngeren Kollegen hätten spätestens jetzt nach der Auswertung der elektronischen Dateien eine Handyortung angeordnet und hätten dann erst mal die Ermittlungen auf Eis gelegt. Er aber witterte jetzt seine Chance. Jetzt erst recht, Kommissar Moulin gegen die neue Zeit. Vielleicht konnte er es diesmal beweisen, was er draufhatte. Europol, das wärs.

Kurz nachdem Erich an die Campertür geklopft hatte, öffnete Ralf. Beide lächelten sich erst zaghaft an, und dann gab es doch noch das gewohnte Begrüßungsritual. Diesen festen Männerhandschlag mit nachfolgendem Schulterklopfen. Damals zu ihrer aktiven Zeit war das so etwas wie ein letzter Check, eine letzte Versicherung des uneingeschränkten Zusammenstehens in jeder Situation. Eine Art Versprechen, dass man mit jedem dieser Momente vertiefte.

„Komm, setz dich" sagte Ralf, „möchtest du einen Kaffee?"
„Ja gern" erwiderte Erich.
Nachdem er den Kaffee gekocht hatte, setzte sich Ralf ebenfalls.
„Erich, wir müssen reden."
„OK, wo ist eigentlich Regina?"
„Besorgungen machen."
Es begann mit angespannten Mienen ein sachliches Gespräch. Man konnte beiden ansehen, dass sie es ernst meinten mit ihrem

Vorsatz, nicht zu streiten, zumindest nicht am Anfang wie letztes Jahr, eine Zäsur in ihrer Freundschaft. Diesmal würde es besser laufen. Eigentlich war man ja auch hier, um sich zu erholen, die Sonne zu genießen. Eigentlich.

Regina erkannte schon von weitem Erich's Wagen. Sie kam gerade aus dem Supermarkt, wo sie Besorgungen für das heutige Abendessen getätigt hatte. Sie wusste, dass Erich sie nicht mochte. Das lag vielleicht daran, dass er niemanden hatte, allein war.

Früher in Eisleben hatte sie Erich eigentlich vor Ralf gekannt. Sie hatten ein paar Mal etwas zusammen unternommen. Ein-, zweimal hatten sie sich auch geküsst, nichts Ernstes, und dann hatte sie Ralf kennengelernt. Für sie war dann alles klar.

Anfangs waren sie auch ein paarmal zu dritt losgezogen. Irgendwann wollte Erich nicht mehr mit, fühlte sich wie das fünfte Rad am Wagen. Aber mit Ralf verstand er sich weiterhin gut. Die beiden gingen zusammen nach Leuna zur Ausbildung, danach Wachregiment, danach die Spezialeinheit. Richtig dicke Freunde halt bis heute. So etwas akzeptierte sie, auch wenn Erich ihr es nicht immer leichtmachte. Was für Ralf gut war, das war auch für sie gut.

Die beiden waren so in ihr Gespräch vertieft, dass sie Regina gar nicht bemerkten.

„Du hast gesagt, du gibst mir die Unterlagen zurück, wir wären quitt, und nun das. Ralf, das geht so nicht weiter, ich bin zu alt für den Scheiß. Wo hast du denn den Kram liegen? Was soll das heißen, du kommst da zurzeit nicht ran. Ich erkenne dich nicht wieder, du hattest dein Leben so im Griff, und nun das. Es ist für uns beide schwer, aber das geht nicht, nicht so, ich bin dir nichts mehr schuldig, unser Konto ist ausgeglichen!"

Erich bemerkte aus dem Augenwinkel, dass jemand auf sie zukam: „Und Ralf, das Wetter soll so bleiben die nächste

Woche?"

„Ja, hoffentlich, du weißt ja, meine Knochen."

„Wir werden ja alle nicht jünger. Wenn du eines Morgens aufwachst und dir tut nichts mehr weh, dann musste dich mal kneifen, dann bist du bestimmt tot. Hallo Regina, gut siehst du aus."

„Herzlich willkommen Erich," erwiderte sie.

Beide umarmten sich kurz.

Regina war erleichtert, dass es Ralf anscheinend besserging. Die gleiche Situation wie letztes Jahr, Erich kam, Ralf ging es besser, und dann zu guter Letzt dieser heftige Streit. Erich und Ralf, manchmal hatte sie den Eindruck, die beiden wären so was wie verheiratet. Sie konnten nicht ohne einander, aber auch nicht so richtig miteinander, wie in einer langen Ehe. Kein Wunder, was hatten sie auch alles erlebt in den letzten vierzig Jahren. Die beiden redeten nicht darüber, wenn sie dabei war, aber manchmal, wenn sie sich unbeobachtet fühlten, bekam sie ab und zu etwas mit.

Wie auch an diesem Abend. Beide hatten schon gut Bier getrunken, als sie zur Toilette ging. Ralf trank eigentlich selten, aber Erich, das war ein ganz anderes Thema. Sein exzessiver Alkoholkonsum hatte schon deutliche Spuren hinterlassen. Als sie zurückkam, bekam sie noch Fetzen einer heftigen Diskussion mit.

„Was, du lässt dir die Brieftasche klauen und das schon zum zweiten Mal. Wie blöd bist du denn, und dann hast du noch deine Ident-Kennung darin?"

„Hab sie ja wieder", erwiderte Ralf.

„Dann lass uns mal Schluss machen für heute", meinte Erich, als er Regina bemerkte, „war ein langer Tag."

Er verschwand in seinem Zeltanhänger. Kurze Zeit später erlosch das Licht.

Regina ging auch zu Bett. Ralf saß noch einige Zeit vor dem

Camper und sah gedankenversunken auf das nahe Bergmassiv mit der Route des Crètes, auf der noch einige Lichter fahrender Autos zu erkennen waren. Die Nacht war sternenklar, und es wurde schon empfindlich kalt, als er dann endlich ins Bett ging.

Irgendwann wurde Regina wach, sie schaute auf die Uhr, als sie dieses typische Geräusch des robusten Reißverschlusses des Zeltanhängers hörte, zwei Uhr vierzehn. Sie schob den Vorhang etwas zur Seite und sah Erich, wie er mit einem Rucksack sein Zelt verließ. Er verschloss dieses wieder, schaute sich um und verschwand über den Campingplatz in Richtung Gineste. Regina konnte gerade noch erkennen, wie er schnurstracks darauf zulief, nachdem er in beeindruckender Art und Weise über den Zaun gesprungen war.

Kommissar Moulin hatte sich mit Madame Afra auf dem Präsidium getroffen.
„Eine durchaus angenehme Person", dachte er sich. Ihre Schilderungen waren auch plausibel gewesen. Er konnte die Geschichte mit dem Vater von Adjori vorerst ausschließen. Madame Afra hatte dort selbst schon angerufen. Er hatte die ganze Zeit sein Dorf nicht verlassen. Er hatte auch schon vorher kein gesteigertes Interesse an seinem Sohn gezeigt.
Die Schilderungen über Adjori, seinen Charakter, seine Zuverlässigkeit, sein offenes Wesen, stimmten auch mit denen überein, die er von anderen Menschen, mit denen der Junge Kontakt hatte, bekommen hatte. Mütter neigten meist dazu, ihre eigenen Kinder zu glorifizieren. Aber auch da war Madame Afra erstaunlich realistisch: „Ich habe ihm zwar ständig gesagt, er solle nicht mit fremden Menschen mitgehen oder in fremde Autos einsteigen, aber man weiß ja nie."
Als Madame Afra gerade wieder gehen wollte, erschienen zwei Touristen auf der Wache. Sie blickten sich schüchtern um. Der

Mann begann in gebrochenem Englisch zu fragen: „We have found something in the Calanques, we are right here?"
Er hielt ein kleines Säckchen in die Höhe, das aus verschiedenfarbigen Lederresten genäht war und mit einer dünnen Lederschnur zusammengebunden war
„There are 75 Euro inside."
Madame Afra drehte sich blitzschnell um und ging auf den Mann zu, sie nahm das Säckchen an sich. Es dauerte eine Weile, bis sie realisierte, was sie gerade in der Hand hielt. Dann brach sie schreiend zusammen.

„Wie lange dauert denn das!", schrie Kommissar Moulin ins Telefon, „zwei Tage bis sie Verstärkung schicken können? Wir haben hier einen vermissten Jungen, der schon seit drei Tagen verschwunden ist. Wir haben einen Beweis, dass er sich in den Calanques aufgehalten haben muss. Wir brauchen dringendst einen Suchtrupp und Fährtenhunde, verstehen sie, dringendst!"
Seine Euphorie war grenzenlos. Er, Kommissar Moulin wird diesen Fall aufklären, ganz sicher.
Der Kopierer arbeitete schon seit einer halben Stunde auf Hochtouren. Moulin hatte sich ein aktuelles Foto des Jungen von Adjoris Mutter besorgt und es in Plakatform mit der Überschrift „Vermisst, sachdienliche Hinweise an Telefonnummer ... oder jede Polizeistation" versehen.
Die ersten Exemplare hatten schon die örtlichen Kollegen an allen erdenklichen Plätzen angebracht. Ein Exemplar hatte er per Fax nach Marseille schicken lassen mit der Bitte um Vervielfältigung und Verteilung, vor allem in den von Einwanderern dominierten Stadtbezirken. Er konnte ja nicht ausschließen, dass der kleine Adjori nach Marseille gelaufen war, diese Strecke, die er mit seiner Mutter so oft gegangen war. Vielleicht hat er das Säckchen ganz einfach beim Spielen verloren und traute sich deswegen nicht nach Hause. Seine

Mutter hatte ihn ja immer eindringlich gewarnt, nicht so viel Geld bei sich zu tragen.

Er musste auch die BMX-ler befragen, die in der ersten Bucht ihre Kunststücke probten. War es doch der große Traum des Jungen, sich auch so ein Rad zuzulegen. Jede noch so kleine Möglichkeit wird er ausschöpfen, jede.

Er war gleich, nachdem die Touristen das kleine Säckchen abgegeben hatten, mit ihnen zu dem Parkplatz am Beginn der ersten Bucht gefahren und hatte sich die genaue Fundstelle zeigen lassen. Was für ein Wahnsinn, dachte er insgeheim, diese große Industriebrache, diese ganzen alten Gebäude und Stollen, die nahezu ungesichert für jedermann zugänglich waren.

Er setzte sich für einen Moment auf eine Terrasse des alten Hafengebäudes, in dem sich einst auch die Verwaltung des Steinbruchs befunden haben musste. Dieses war mittlerweile einer neuen Nutzung zugeführt worden, hier war der Yachtclub eingezogen und hatte das Gebäude notdürftig saniert. Von der Terrasse hatte man einen hervorragenden Blick auf die ganzen kleinen Yachten und Boote, die an den schwimmenden Stegen vertäut waren. Was für eine Idylle.

Er stand auf, drehte sich um und blickte auf das halb eingefallene Gebäude hinter sich. Dort hatte man also das Säckchen gefunden. Die alte Eisentür des Gebäudes stand offen. Teile waren eingefallen oder abgerissen worden.

„Genau hier lag es", bestätigte die Touristin, „genau hier."

Moulin rief auf der Wache an: „Ich brauche hier dringend einen Kollegen und Absperrband."

Er musste diesen Ort sichern. Er wollte keine Spuren verwischen mit Alleingängen, aber es musste auch verhindert werden, dass andere Personen diesen möglichen Tatort betraten. Ja, er hatte sich festgelegt, möglichen Tatort!

„Wäre es möglich, dass sie allein in die Stadt zurückgehen?" fragte Moulin die Touristen in seinem

eingerosteten Schulenglisch. „Ich muss diesen Ort sichern."
„Ja, natürlich, kein Problem, ist ja nicht weit", bekam er zur Antwort.
Moulin schaute sich um. Das Gebäude stand direkt neben einem der Wege, die über den stillgelegten Steinbruch führten, um einerseits über einen steilen Anstieg auf das Hochplateau zu gelangen, andererseits führte eine weitere Abzweigung direkt an den alten Verladerampen des Hafens vorbei zum Anfang des Calanques-Rundwanderweges, der in den letzten Jahren aufwendig saniert worden war, um mit den Massen an Touristen in den Sommermonaten besser fertig zu werden.
Er war sich nicht sicher, sollte er alleine in das Gebäude gehen? Er könnte Spuren vernichten, aber er könnte auch Leben retten. Der Junge war jetzt schon so lange verschwunden. Kein blinder Aktionismus. Er musste sich treu bleiben.
Er ging noch schnell in Gedanken den Standard „Sichern eines möglichen Tatortes vor Eintreffen der Spurensicherung" durch, bevor er sich entschloss, das Gebäude zu betreten, um nach dem Jungen zu suchen.
Der erste Eindruck war seltsam. Durch die trichterförmigen Öffnungen im Dach waren die Räume recht gut durch das hereinscheinende Tageslicht ausgeleuchtet. Irgendwie machte das halb verfallene Gebäude einen aufgeräumten Eindruck. Der Marmorstaub auf dem Boden bildete keinen einzigen Fußabdruck ab. Als ob der letzte Arbeiter das Gebäude durchgefegt hätte, bevor er das Licht ausgemacht und es verlassen hatte.
Eigentlich unmöglich bei den ganzen Kindern und Jugendlichen, die dieses Gelände nur zu gern als eine Art Abenteuerspielplatz nutzten. Ganz zu schweigen von den Touristen, die auch gern mal ihre Notdurft darin verrichteten. Einige dieser menschlichen Hinterlassenschaften waren noch deutlich zu erkennen, aber auch in deren Umfeld keine einzige Fußspur. Moulin konnte

niemanden im Inneren sehen, und auch auf sein Rufen reagierte niemand.

Er verließ das Gebäude, um auf die Verstärkung zu warten. Jetzt erst fiel ihm auf, dass sich auch noch vor dem Eingang bis zum Wanderweg keine Fußspuren befanden, bis auf seine eigenen. Seltsam, es hatte doch gar nicht geregnet, aber alles sah aus, als wäre es durch einen kurzen, aber heftigen Platzregen abgewaschen worden.

Regina hatte lange und gut geschlafen. Als sie munter wurde, lag Ralf nicht mehr neben ihr. Sie schaute aus dem Fenster. Erich und Ralf saßen vor dem Zeltanhänger und tranken Kaffee. Regina konnte noch das Benzin des alten Kochers riechen, den Erich schon eine gefühlte Ewigkeit hatte. Er machte immer diesen türkischen Kaffee, den die beiden noch aus ihrer aktiven Zeit kannten.

Erich war schon ein unverwechselbarer Typ. Er sortierte alles sofort aus, was nicht bedingungslos unter allen Umständen funktionierte. Aber was seinen hohen Ansprüchen genügte, davon trennte er sich nicht mehr, da war es ihm auch völlig egal, was andere sagten, auch wenn sie ihn belächelten. Er zog seine Sache durch, so konsequent wie kaum ein anderer. Irgendwie machte das ja auch Sinn, ihr Camper war keine zehn Jahre alt und hatte schon die ersten unübersehbaren Auflösungserscheinungen zu verzeichnen.

Der Wasserhahn tropfte auch immer noch. War Ralf doch tatsächlich am ersten Tag ohne Dichtung zurückgekommen. Naja, vielleicht konnte ihm ja Erich bei den dringendsten Arbeiten zur Hand gehen. Erich war eindeutig der Handwerker von den beiden. Was er machte, machte er perfekt.

Sie schaute sich Erich's Anhängerzelt an. Es war schon recht ausgeblichen. Aber die Funktion, 1 A. Vielleicht hatte er ja recht mit seiner Einstellung.

Erich machte noch einen recht müden Eindruck, als er so seinen Kaffee trank und sich mit Ralf unterhielt. Sie waren beide sehr vertieft in ihre Unterhaltung, aber zumindest kein Streit, dachte sie beruhigt.

Durch den offenen Spalt des Aufstellfensters ihres Campers konnte sie Ralf sagen hören: „Du findest den Schließfachschlüssel im Depot eins. Das Schließfach befindet sich in der Kreissparkasse Eisleben. Danke für alles, Kamerad."

Beide sahen sich an und sprachen gemeinsam: „Wir tragen die roten Spiegel, wir sind Soldaten vom Wachregiment, wir bilden einen festen Riegel, uns fürchtet jeder Agent."

Danach schlugen sie wie zur Besiegelung des Satzes ihre geballten Fäuste aneinander. Regina fand diese Riten recht seltsam, aber sie hatte sich damit abgefunden, dass sie bei allem, was die gemeinsame Zeit bei der Einheit betraf, außen vor stand. Sie kämmte sich ihr Haar, wusch sich das Gesicht und trat vor den Camper. Sie schnappte sich einen Stuhl und setzte sich zu den beiden.

„Guten Morgen" sagte sie verhalten und war umso überraschter über das heitere „Guten Morgen", das von beiden zurückkam.

„Möchtest du auch einen türkischen Kaffee?" fragte Erich freundlich.

„Ja gerne" erwiderte sie verblüfft.

Ralf lächelte sie an und fragte mit seinem schelmischen Gesichtsausdruck, den sie immer so vermisste, wenn es ihm schlecht ging: „Hast du Lust, mit uns beiden heute eine Wanderung in die Calanques zu unternehmen?"

Sie traute ihren Ohren nicht.

„Gerne, ich bin gleich fertig, gebt mir eine Viertelstunde, dann können wir los. Frühstücken können wir ja am Hafen, oder?"

„Klar," meinten Erich und Ralf gleichzeitig.

Regina fühlte sich, als würde sie schweben, als sie in Richtung Sanitärgebäude lief. Wie lange war das her, dass alle drei etwas zusammen unternommen hatten. Vierzig Jahre mindestens. In Rekordzeit hatte sie ihre Morgentoilette erledigt und stand fertig angezogen mit ihrem kleinen Rucksack und der Fotoausrüstung vor dem Camper.

Schon auf dem Weg hinunter zum Hafen fielen ihr die Plakate von dem vermissten Adjori auf, die in regelmäßigen Abständen an den Laternenmasten an der steil abfallenden Zufahrtsstraße hingen. „Ist das nicht furchtbar, das mit dem Kleinen."
„Ja, furchtbar", erwiderte Ralf, aber irgendwie hatte sie den Eindruck, dass es die beiden nicht so richtig interessierte. Die zwei hatten ein Marschtempo angeschlagen, als hätten sie noch einen wichtigen Termin, Männer halt.
Manchmal dachte sie, die mussten sich immer noch gegenseitig beweisen, wie gut sie sind. Aber egal. Ralf schien es gut zu gehen, das war das Wichtigste.
Im Le France bestellte Regina drei Espresso und drei Schokocroissants. Michel bestätigte die Bestellung mit einem freundlichen „Jawohl", um kurz danach das Bestellte zu servieren.
Erich biss genussvoll in das Croissant: „Das Beste an Frankreich" meinte er, „das können die."
Irgendwie schien auch er endlich angekommen zu sein, dachte Regina, als sie seinen zufriedenen Blick über den Hafen schweifen sah. Der Tag wird gut, jetzt war sie sicher.
Das beherrschende Thema im Le France war nach wie vor Adjori, der verschwundene Junge. Michel war der Mittelpunkt des Informationsaustausches. Er filterte die hereinkommenden Informationen und gab gezielt welche weiter, er war wieder im Rennen, da konnte sein junger Kollege aus dem Café nebenan nicht mithalten. Sein Netzwerk, das er sich über die Jahrzehnte aufgebaut hatte, funktionierte tadellos.
Er war auch der Erste, der mit der neuen Nachricht glänzen

konnte: „Die Spurensicherung ist im alten Steinbruch eingetroffen. Das Gebäude mit der Schredderanlage ist abgesperrt, da laufen jede Menge Spezialisten rum, so mit weißen Anzügen und so."

Er verteilte die Nachricht an jeden, der sie hören wollte oder auch nicht.

Es war einfach unglaublich. So ein Aufwand im lauschigen Cassis war noch nicht dagewesen. Letztes Jahr, das war ja kein Vergleich. Zwei Tage war der Kommissar aus Marseille vor Ort gewesen. Die Gerüchte hatten sich noch ein, zwei Wochen gehalten, dann war Schluss.

Danach sah es diesmal gar nicht aus. Er durfte sich die Informationshoheit nicht aus der Hand nehmen lassen. Das war sein Kapital, sein Umsatz, sein Trinkgeld.

Auch Regina fragte noch gezielt nach, während sie bezahlte. Ihr wurde ganz flau im Magen, als sie die Informationen nochmals aus erster Hand bekam. Der arme kleine Adjori, es musste ja noch nichts heißen, aber wenn solch ein Aufwand betrieben wird. Das lederne Säckchen könnte er ja auch ganz einfach verloren haben. Und jetzt traute er sich nicht nach Hause.

Sie wäre am liebsten gleich zu Afra gelaufen, um sie zu trösten, aber die Wanderung mit Ralf und Erich hatte Vorrang. Irgendwie schienen die beiden diese Neuigkeiten auch zu interessieren.

Als sie noch einmal zur Toilette ging, bemerkte sie einen stechenden Blick, den Ralf in Richtung Erich wie einen vergifteten Pfeil abschoss. Sie wurde aus den beiden nicht schlau. Wie Aprilwetter in Deutschland, mal Sonne, mal Wolken, Hagel und Gewitter, alles möglich innerhalb eines Tages.

Als sie losliefen war von der kurzzeitigen Stimmungsschwankung nichts mehr zu spüren. Der Hafen schien sich langsam mit Leben zu füllen, als sie an den Anlegestellen vorbeikamen. In den zahlreichen Restaurants wurden schon die Tische für das Mittagsgeschäft vorbereitet.

Auch die Boutiquen stellten ihre Ware vor den Eingängen zur Schau und sicherten sie gegen den aufkommenden Wind mit Gewichten, die auf die Füße der Kleiderständer gelegt wurden.
Manchmal hatte Regina sich ganz einfach auf eine Bank gesetzt und hatte das Treiben auf sich wirken lassen. Auch die Fischer, die ihre Ware fangfrisch direkt an der Anlegestelle verkauften, all das war in dieser Kombination so nur hier in Cassis zu beobachten. Und als Bonus schien es, als passte diese schöne alte Burg von hoch oben darauf auf, dass sich bis in alle Ewigkeit nichts daran änderte, viel zu selten sind diese ursprünglichen Plätze geworden. Zu viele dieser kleinen Orte wurden dem Kommerz geopfert.
Ralf und Erich schienen keinen Blick zu haben für diese spezielle Stimmung, sie hatten es irgendwie eilig. Regina konnte beide gerade so überreden, in dem kleinen Supermarkt noch Baguette und etwas Salami und Käse für das Mittagessen zu kaufen. Dann brachen sie auf.
Gleich nachdem sie den Hafen über eine Treppe vorbei an einem dieser alten Hotels verließen, wirkte der Ort wie ausgewechselt. Zwischen ein paar noch erhaltenen ursprünglichen alten Villen nahmen die Baustellen kein Ende. So dicht an dicht würde sie nicht leben wollen, da war sie sicher.
Um ihre noch spärlich vorhandenen Grünflächen gegen fremde Blicke zu schützen, waren die Zäune im Laufe der Jahre immer höher und mit unschönem Sichtschutz versehen worden. Das war der Nachteil des Reichtums, den man zweifelsohne brauchte, um in dieser Lage Eigentum zu erwerben oder hier zu wohnen. Man wurde Sklave seines eigenen Besitzes. Ganze Regimenter von Wachschutzfirmen lebten mittlerweile davon, außerhalb der Saison auf die leerstehenden Häuser aufzupassen.
Da war sie einfach nur froh über ihr einfaches Leben. Auch dieses war alles andere als leicht gewesen. Aber mit Ralf hatte sich alles sortiert, und sie war einfach nur froh, dass er in dieser

Beziehung genau so dachte wie sie.

Sie folgten den Schildern in Richtung Yachthafen und waren alle sichtlich froh darüber, diese Steinwüste verlassen zu können. Der erste kurze Blick auf den Naturhafen beflügelte den Schritt noch mal zusätzlich. Auf dem Parkplatz, der sich am Ende der ersten Schlucht befand, standen schon einige Autos von Wanderern. Die Schranke zu dem alten Steinbruch war immer noch geöffnet, und nach ein paar hundert Metern waren schon die ersten Polizeiautos zu sehen.

Der Aufwand war immens, das konnte man auf die Entfernung schon erkennen. Die Fahrzeuge der Spurensicherung und der Hundestaffel standen in Reih und Glied vor dem alten Industriegebäude. Alles war mit Absperrband gesichert, das im Wind flatterte. Eine beachtliche Zuschauerzahl hatte sich schon eingefunden und unterhielt sich angeregt. Neben Wanderern, die anscheinend zufällig an diesem Ort vorbeigekommen waren, schienen auch schon einige Journalisten und Schaulustige ihre Neugier zu befriedigen.

Erich und Ralf hielten in sicherem Abstand und schauten sich das Procedere an. Erich dachte über seine Arbeit nach. Dieser Auflauf, diese Gafferei, diese perverse Neugier, wie es im Fachjargon hieß, das hätte es zu seiner aktiven Zeit nicht gegeben. So was musste man besser organisieren, großflächig absperren. Dieser Dilettantismus, es zuzulassen, dass alle in möglichen Spuren rumlatschen. Und zwischendurch die Hundestaffel, die mit ihren Tieren einen immer noch von Wanderern frequentierten Weg absuchten.

Vor den Hunden hatte er Respekt. Augenscheinlich machten sie ihre Arbeit gut. Besser als ihre zweibeinigen Kollegen.

Na ja, Leute wie er und Ralf sterben halt aus, richtige Spezialisten, mit 1000% Einsatzwillen und Perfektionsstreben. Diese perverse Neugier, dieser Drang des Menschen, sich am Schicksal anderer Menschen zu laben, das hatte man zwar auch nie ganz abstellen können, hatte es aber zumindest geschickt für eigene Zwecke genutzt. Hatte sie kanalisiert in die richtige Richtung.

Man hatte dadurch Informationen erhalten, die sonst nie ans Tageslicht gekommen wären. Ganz einfach, indem man den Menschen das Gefühl gegeben hatte, sie wären wichtig. Dosierte Anerkennung war die Nahrung aller Informanten, wovon sie lebten, wonach sie lechzten. Heute waren alle nur noch mit sich selbst beschäftigt, ihren Karrieren, ihrem Streben nach mehr. Es gab halt keine Kameraden mehr bei den Behörden, sondern nur noch Kollegen.

Sie hatten genug gesehen, Ralf und Erich nickten sich mit einem zufriedenen Lächeln zu, beide hatten anscheinend die gleichen Gedanken, und Erich meinte: „Lasst uns weitergehen."

Er machte den Vorschlag, nicht den Weg am alten Hafen vorbei, der ursprünglich geplant war, zu gehen, wo noch die Hunde versuchten, ihre Arbeit zu machen. Sie beschlossen, geradeaus über die alte Auffahrt auf das Hochplateau zu laufen und dann später den direkten Abstieg zur dritten Bucht zu nehmen.

Regina genoss den Tag. Die Stimmung war gut, das Wetter hervorragend, alles war einfach nur schön, endlich.

Kommissar Moulin war nicht wirklich glücklich über das Ergebnis des Großeinsatzes, den er gegen alle Bedenken in Marseille durchgesetzt hatte. Ein großes „Nichts" war das Resultat, das die Nachbesprechung der Aktion als konstatiertes Ergebnis zutage brachte. Keine verwertbaren Spuren im Gebäude, vor dem das Säckchen mit dem Geld des kleinen Adjori gefunden wurde.

Ganz im Gegenteil. Ein völliges Fehlen jedweder Spuren in einem solchen Umfeld war noch niemandem auch mit noch so langer Berufserfahrung untergekommen. Wäre nicht ein aufmerksamer Kollege gewesen, der Reste eines merkwürdigen

Geruches wahrgenommen und eine Probe des Bodens entnommen hatte, der aussah wie von einem Gewitterregen reingewaschen, obwohl es schon acht Tage nicht mehr geregnet hatte, so wäre gar nichts zur Analyse für das Labor gefunden worden.

Auch die Hundestaffel berichtete ähnlich Kurioses. Die Spur des Jungen konnten die Hunde in der Nähe des Parkplatzes am Eingang zur Bucht aufnehmen. Sie führte auf direktem Wege vorbei am alten Hafen hin zu einer Klippe mit diesem magischen Ort.

Durch ein Loch im Felsen und die darunter anstürmende Brandung entstand in regelmäßigen Abständen dieser schaurige Pfeifton, mal lauter und manchmal für kurze Zeit kaum wahrnehmbar leise. Von dort ging die Spur auf fast demselben Weg zurück mit Ausnahme eines kleinen Aussichtspunktes, von dem man direkt auf den Eingang des Hafens blicken konnte. Ein lauschiges Plätzchen, welches nur schwer vom Wanderweg einsehbar war. Die alten knorrigen Kiefern hatten es fast völlig überwuchert.

Dieser Abstecher war die einzige Unregelmäßigkeit in den fast identisch übereinanderliegenden Spuren, wobei die zweite direkt vor dem gefundenen Säckchen endete.

Es war frustrierend, Moulin war sicher gewesen, ein koordinierter perfekter Einsatz, und er würde den Fall schon aufklären, und nun das. Auch für diese Spurenlage würde es eine Erklärung geben, bloß welche? Seine grauen Zellen liefen auf Hochtouren. Denn eine Erklärung musste er seinem Chef liefern, eine plausible, schlagkräftige, nicht vom Tisch weisbare, lagen doch die Kosten des Einsatzes schon jetzt weit über dem Budget bei Vermisstensachen.

Der kleine Basti war ein anderer nach der Rückkehr von den Krügers. War es vorher schon schwierig, ihn zu erreichen, mit ihm zu kommunizieren, jetzt war es unmöglich. Lieselotte hatte wegen ihm beim Chef antanzen müssen. Der nette Herr Krüger hatte sich beschwert. Eine riesige Sauerei, ein Kind, das einnässt, und keiner übermittelt das an potentielle Adoptionskandidaten. Aber zumindest haben die Krügers an Günter noch Interesse, mit Basti, das hatte sich wohl erledigt. Der war eben schon das fertige Produkt seiner Erzeuger, Republikflüchtlinge halt. Aber bei Günter sahen die Krügers noch eine Chance.

Als Basti erfahren hatte, dass Günter nächstes Wochenende wieder zu den Krügers sollte, war er völlig ausgeflippt. Genauso egoistisch wie seine Eltern. Hatte irgendwelchen Mist erzählt und musste die ganze Woche fixiert werden. Wahrscheinlich doch ein Fall für den Jugendwerkhof Torgau. So etwas hatte der Chef schon angedeutet. Die Brüder müssen nun endgültig getrennt werden.

Günter freute sich schon auf das Wochenende. Das mit seinem Bruder fand er zwar anfänglich komisch, der wollte nicht mehr mit, sagte man ihm. Er fand die Krügers total nett. Einen Antrag auf Adoption hatten die vorsorglich auch schon gestellt. Man konnte halt nicht allen helfen, hatte der Chef dann etwas versöhnlich gesagt.

Lieselotte kam ohne Konsequenzen davon, zumindest fast. Sie musste im Frühdienst bei Basti Sitzwache halten. Dieser Job, den sie so hasste.

Ralf, Erich und Regina waren am Abstieg zur dritten Bucht angelangt. Sie hatten den Weg über das Hochplateau hinter sich gebracht. Für Mitte März schien die Sonne schon recht intensiv. „Wenn man sich vorstellt, dass es zu Hause noch mal geschneit hat," sinnierte Ralf, als er nochmal Sonnencreme mit Lichtschutzfaktor 40 auflegte, nachdem Regina ihn mehrmals ermahnt hatte: „Du weißt doch, Schatz, deine empfindliche Haut." Meist zog er auch von sich aus schon immer lange Kleidung an, auch im Sommer. Der Hautarzt hatte ihn nochmals eindringlich dazu angehalten, als er beim jährlichen Routinecheck war.

Als er fertig war, schauten sie sich um. Über den Winter waren jede Menge neue Schilder aufgestellt worden. In südlicher Richtung ging es zu dem Schluchten-Rundweg, den sie auf dem Rückweg nehmen wollten. Aber erst einmal wollten sie in die Bucht, da hatte sich Regina schon den ganzen Winter drauf gefreut. Ihrer Meinung nach die schönste aller Buchten.

Bei ihrer Bootsfahrt letztes Jahr war das schon ein tolles Erlebnis, aber richtig weit hineinfahren in die Bucht durften die Schiffe ja nicht, anscheinend wegen Untiefen oder aus Naturschutzgründen. Ja, da achtete man in den letzten Jahren in Frankreich auch verstärkt drauf, nicht so übertrieben wie in Deutschland mit Mülltrennung und so, aber immerhin standen nicht mehr an jedem einsamen Hof ein paar ausgeschlachtete Autos und ließen ihre Betriebsflüssigkeiten nach und nach in den Erdboden versickern. Auch die unkontrollierte Müllverbrennung hatte nachgelassen, das fand sie immer total nervig.

Alle schimpften über die Zigeuner, aber die gingen mit der Welt, in der sie lebten, sorgsamer um, trieben nicht so viel Schindluder damit. Lebten einfach bescheidener. Nun gut, sie beobachtete die Entwicklung mit Wohlwollen, es dauert halt, bis sich Gewohnheiten ändern. Meist siegt die Bequemlichkeit und die Menschen verfallen in alte Verhaltensmuster, aber zumindest in den Touristengebieten waren die Fortschritte schon kolossal.

Ralf und Erich warteten noch auf einige Wanderer, die ihnen aus dem recht steilen Abstieg entgegenkamen und gingen diesen dann mit einer Freude an, als wären sie wieder kleine Jungs. Wenn sie so etwas zusammen machten, war es immer gleich eine Art Wettkampf, den jeder von ihnen gewinnen wollte. Ralf legte in dem steilen felsigen Terrain vor, als sei er gerade mal fünfundzwanzig. Aber auch Erich stieg hinterher, als wäre er in einen Jungbrunnen gefallen. Für einen Moment dachte sich Regina: „Das kann ja heiter werden." Doch dann nahm sie ihre Kamera aus dem Rucksack und fing an, die atemberaubende Schlucht aus dieser Perspektive zu fotografieren.

„Die beiden werden schon irgendwann auf mich warten, immerhin hab' ich ja das Essen eingesteckt" schmunzelte sie in sich hinein. Kurz sah sie die beiden noch, wie sie einen Abschnitt des Weges, der über und über mit Geröll aus kleineren Murenabgängen gefüllt war, fast auf ihren Schuhen runter surften, bis sie in dem unteren bewaldeten Abschnitt verschwanden. Unglaublich. Sie konnte sich nicht vorstellen, wie die beiden das in dieser kurzen Zeit schaffen konnten und begann nun auch, auf allen Vieren in den Weg einzusteigen.

Der Winter hatte auch hier den Wegen zugesetzt. Die Menge an frischem Geröll, welches der Regen in die Rinne, die gleichzeitig der ausgewiesene Wanderweg war, hinein gespült hatte, war gewaltig. Sie brauchte eine gefühlte Ewigkeit, bis sie dieses Teilstück hinter sich gebracht hatte. Regina freute sich

über den Schatten, den die Bäume am Eingang zur Bucht spendeten. Sie schaute zurück, es war schon beeindruckend, welch riesigen Höhenunterschied dieser Weg in seiner Kürze überwand. Und hier musste sie auch wieder hinauf. Egal, sie freute sich auf das, was vor ihr lag, diese wunderschöne Bucht.
Die Felswände türmten sich schon am Eingang steil auf. Ab und zu nahm sie Zurufe von Kletterern wahr, die sich irgendwo in den Wänden über ihr befanden und die durch den Schall verstärkt wurden. Sehen konnte sie niemanden. Ihre Augen mussten sich erst an die neuen Lichtverhältnisse gewöhnen, um danach gezielt auf die Suche zu gehen. Sie fokussierte einige Wände mit ihrer Kamera ab, um nach einiger Zeit fündig zu werden. Wahnsinn, wie diese Menschen da in dem Fels hingen und sich Tritt für Tritt mit geübtem Blick nach oben bewegten.
Sie beschloss, weiter zu gehen. Zu groß war der Vorsprung, den Erich und Ralf hatten, sie wollte die beiden nicht zu lange warten lassen.
Sie passierte die Schranke, die auf dem breiten Schotterweg, der von Marseille zu kommen schien, die Bucht vor unbefugtem Befahren sicherte. Zwei Biegungen später konnte sie schon die Brandung des Meeres hören, als sie Ralf und Erich auf einem dieser Felsbrocken sitzen sah, die irgendwann der Zahn der Zeit von den Felswänden abgesprengt hatte. Sie schauten von diesem Punkt genau den Kletterern zu, die Regina vorher auch schon beobachtet hatte. Die beiden waren so vertieft, dass sie sie gar nicht bemerkten.
„Eine 6a," meinte Erich, „nicht mehr," als er seinen Feldstecher noch mal ansetzte, um sich zu vergewissern. „Schau dir doch mal die ganzen Sicherungshaken an. Die Route ist ja voll davon, alle ein bis zwei Meter. Eigentlich ein Kinderspiel. Das ist ja eine bessere Treppe." Fachmännisch verwies er auf eine Route in drei Metern Abstand von den Kletterern: „Das ist mindestens eine 8b, da fängt Klettern an."

Ralf nickte zustimmend, war aber irgendwie nicht bei der Sache. Ihn überwältigten gerade einige Erinnerungen an seine Kindheit. Er konnte nichts dagegen tun. Immer wenn er Kletterer sah, musste er an seinen Vater denken, dieses brutale Arschloch. Einer dieser legendären Barfuß-Kletterer aus dem Elbsandsteingebirge, die, weit bevor daran zu denken war, dass das Klettern mal, wie man heute sagt, Trendsport werden sollte, die unmöglichsten Routen in den Sandsteinformationen bestiegen. Barfuß, weil es ganz einfach keine geeigneten Schuhe gab, die man dazu verwenden konnte, so kurz nach dem Krieg. Ihre Sicherung war damals maximal ein Seil, das man sich um die Hüfte band und ein zweiter Mann, der einen vom Boden her sicherte, nachdem es gelungen war, das Seil hinter einen Felsvorsprung oder ähnliche natürliche Gegebenheiten zu klemmen. An so etwas wie Sicherungshaken war gar nicht zu denken. Später erst, viel später, fingen einige von ihnen an, sich selbst welche herzustellen und einzuschlagen.

Als Kind hatte ihn sein Vater immer gezwungen, mit zum Klettern zu kommen, „damit aus dir mal ein Mann wird" hatte er zu ihm gesagt. Ralf war damals weit davon entfernt, ein Mann zu sein, als er das erste Mal in einem Überhang hing, notdürftig gesichert mit einem Seil um seine Hüfte, als er Todesangst hatte und sein Vater ihn antrieb: „Nun sei nicht so ein Feigling, du Schlappschwanz!" Er war damals in Tränen ausgebrochen, als er auf dem Gipfel saß und sein Vater süffisant grinste.

Er hatte ihn damals gebrochen. Ihn fast zerstört, ihm die Lust auf diesen faszinierenden Sport genommen.

In seiner Ausbildung im Wachregiment wurde er auch mehrmals gebrochen, wurden ihm brutal seine Grenzen aufgezeigt, um ihn danach aber wieder gezielt aufzubauen, ihn stärker zu machen als je zuvor. Damals, am Anfang seiner Ausbildung, war das mit dem Klettern auch schwierig gewesen, aber er hatte sich da durchgebissen und ist einer der Besten geworden. Jeden Abend

hatte er Kraftsport gemacht, außer der Reihe, hatte jede Muskelfaser trainiert wie ein Verrückter, ja er war verrückt gewesen nach Erfolg, der sich nach und nach einstellte.
Erich war bei kompanieinternen Wettkämpfen immer sein größter Widersacher. Sie beide putschten sich gegenseitig auf. Jeder versuchte, besser zu sein. Ihr Wettkampf sprengte irgendwann jedes Limit. Wenn heute von Free Solo geredet wurde, damals war das normal bei ihren heimlichen Treffen nach Dienstschluss in der Kletterhalle der Kompaniesportstätten, wo sie sich zu privaten Wettkämpfen trafen, ohne Sicherung und ohne Zuschauer, die brauchten sie nicht bei ihrem Wahnsinn, den sie veranstalteten. Einige Male wäre es fast zum Unfall gekommen. Ihr Limit war ein hauchdünner Pfad. Irgendwann hatte es dann aufgehört, als beide verschiedenen Spezialgebieten zugeordnet wurden. Beide hatten überlebt, um Haaresbreite.
Erich war der erste, der Regina bemerkte. Er sprang von dem Felsen: „Na, auch schon da, hast ja ganz schön lange gebraucht."
„Kommt, lasst uns zum Strand gehen und was essen" meinte sie lächelnd. Erich konnte durchaus auch charmant sein, wenn er wollte, sie hatte sich ja auch irgendwann früher mal in ihn verliebt, bevor sie Ralf kennengelernt hatte. Sie hatte jahrelang nicht verstanden, wie das passieren konnte. Doch das war jetzt so ein Moment, wo der alte Erich aufblitzte, wo sie sich wieder erinnern konnte, warum sie ihn gemocht hatte.
Ralf war nach kurzer Zeit auch vom Felsen gesprungen und kam hinterher. Jedesmal, wenn ihn seine Erinnerungen einholten, brauchte er einen Moment, um sich zu sammeln. Um von der Vergangenheit in das Hier und Jetzt umzuschalten. Er hatte den Eindruck, dass ihm das immer schwerer fiel, dieses umswitchen, viel lieber war er in der guten alten Zeit, wo er alles im Griff hatte, ohne sein Leiden, seine körperlichen Beschwerden, immer schwerer fiel es ihm, diese Welten auseinander zu halten.
Nach der letzten Biegung lag die Schlucht in ihrer vollen

Schönheit vor den dreien, was für ein Anblick. Regina betrachtete mit strahlenden Augen den traumhaften Kiesstrand, an dem das türkisfarbene Wasser seine Wellen brach. Sie waren völlig allein.

„Ich hab' Hunger" sagte Regina lächelnd und legte ihren Rucksack ab. Sie setzte sich auf ihren Pullover und packte die Baguettes, Wurst und Käse aus. Erich steuerte sein Messer bei, und alle drei begannen zu essen. Welch ein Fest, so ein einfaches Essen in solch einer Umgebung, einfach herrlich.

In die Bucht kam gerade eines dieser Ausflugsschiffe hereingefahren, mit dem sie und Ralf letztes Jahr unterwegs gewesen waren. Es fuhr bis zu den Bojen, die die Fahrrinne begrenzten, um zu wenden und dann die nächste Schlucht anzusteuern. Einige der Passagiere winkten ihnen zu, andere machten Fotos, genau wie sie selbst im letzten Jahr, als es Ralf noch so schlecht ging, er so unentspannt war. Diese Schulklasse war ja auch nervig gewesen.

Aber jetzt hier so zu sitzen, das war um so viel schöner. Eigentlich war man an einem Ort nur wirklich, wenn man ihn mit eigenen Füßen betreten hat. Dieses Sprichwort wurde ihr jetzt in vollem Umfang wieder bewusst.

Nach dem Essen beschlossen Erich und Ralf, noch eine Runde schwimmen zu gehen. Diese verrückten Kerle. Dieses sich beweisen hörte nie auf, wenn sie zusammen waren. Sie freute sich ja für die beiden, aber sie wusste schon jetzt, dass Ralf sein Übermut in den nächsten Tagen einholen würde, wenn seine Knochen wieder schmerzten. Bei Erich wurde sie das Gefühl auch nicht los, dass er sich mittlerweile maßlos überschätzte. Männer Mitte fünfzig halt.

Kurz überlegte sie, auch mit ins Wasser zu gehen. Nachdem sie die Hand ins Wasser gehalten hatte, verwarf sie allerdings den Plan gleich wieder. Sie sah den beiden Männern an, dass sie ebenfalls mit ihrem Vorhaben haderten. Aber gegenseitig

Schwäche zu zeigen, das funktioniert bei den beiden bestenfalls in zwanzig bis dreißig Jahren, eher nicht, ganz sicher nicht.

Regina genoss den Anblick, als beide wieder aus dem Wasser stiegen. Die Kälte hatte Ralf wieder zu einem gestählten Körper verholfen, dem man sein Alter nicht wirklich ansah. Aber auch Erich war nicht von schlechten Eltern, wenn man mal von seinem schon recht beachtlichen Bierbauch absah. Aber dass beide mal mehr als nur durchschnittlich fit gewesen waren, war nicht zu übersehen. '007' hätte in den besten Zeiten der beiden wahrscheinlich noch die ein oder andere Trainingseinheit nachlegen müssen. Sie konnte es sich nicht verkneifen, ein paar Fotos zu schießen, zu schön war der Augenblick.

Nach einer ausgiebigen Siesta beschlossen alle, sich auf den Rückweg zu machen. Regina bemerkte, dass die beiden ihrem hohen Tempo vom Abstieg jetzt Tribut zollten. Männer halt, dachte sie sich, ewige Kindsköpfe.

Als sie den steilen Aufstieg geschafft hatten, einigten sie sich darauf, nicht mehr den langen Panoramaweg wie geplant zurück zu gehen, sondern vis a vis in den Weg hinab zur zweiten Bucht einzusteigen. Das Tempo war jetzt so, dass auch Regina mitkam. Angenehm halt.

Großartige Unterhaltung kam die ganze Zeit nicht auf. Irgendwie war auch Regina gut ausgepowert, nach dem langen Winter ohne viel Bewegung. Sie schoss ab und an ein Foto. Die ersten Frühblüher hatten schon ihre Knospen geöffnet und kämpften mit dem noch recht frischen, steifen Wind, der vom Meer herüber wehte. Welch ein besonderer Ort. Vereinzelt hatten auch schon Schmetterlinge beschlossen, ihre Winterruhe zu beenden und sich aus ihrem Kokon zu befreien. Der Frühling war schon etwas Besonderes. Vor allem, wenn man die Fünfzig überschritten hatte.

Regina hatte beschlossen, nicht mehr an ihre Vergangenheit zu denken, wenn möglich nur nach vorn zu schauen, jeden Tag zu genießen, als wenn es der letzte wäre. Manchmal überkam sie der Gedanke: „Wie viele dieser Frühlinge darf ich noch erleben, zwanzig, dreißig? Keine Ahnung." Je älter man wurde, um so kostbarer wurde das Leben, die Zeit.

Sie gönnte es Ralf und Erich aus vollem Herzen, dass sie jetzt scheinbar einen Weg gefunden hatten, ohne Streit miteinander umzugehen. Denn irgendwie schienen sie sich nach wie vor zu brauchen. Das unsichtbare Band des Wachregiments war anscheinend nie zu trennen.

Wie viele Menschen kannte sie, die im Laufe ihres Lebens alle Kontakte, alle Freundschaften leichtfertig aufs Spiel gesetzt hatten, und als sie älter wurden diese schmerzlich vermissten. Sie hatte Ralf nie vorgeworfen, leichtfertig den Kontakt zu seinem Sohn aufgegeben zu haben, aber sie merkte, dass es ihn beschäftigte, in den letzten Jahren anscheinend mehr als früher. Die magischen Fünfzig halt, vieles änderte sich, einiges wurde allerdings auch einfacher.

So sinnierend merkte sie ihre schmerzenden Füße gar nicht mehr. In ihren Wanderschuhen hatte sich anscheinend eine Blase gebildet. Die zweite Bucht war schon in Sicht und sie beschloss, erst mal ihre Füße im Wasser zu kühlen.

Die Bucht hier war nicht zu vergleichen mit dem Ort, den sie vorhin verlassen hatten. Hier pulsierte das Leben. Einige Familien machten Picknick und Kinder spielten am Strand oder versuchten, Steine auf dem Wasser tanzen zu lassen. Die besten Plätze zum Verweilen waren ausnahmslos schon belegt. Einige Grundmauern von Häusern zeugten davon, dass hier einmal Menschen gelebt hatten, vermutlich Fischer. Ralf und Erich inspizierten interessiert den Sockel eines Fundamentes einer ehemaligen Geschützeinheit, den sie mit nickenden Kommentaren bedachten.

Irgendwie fehlte diesem Ort allerdings die Spiritualität der dritten Bucht, diese Einsamkeit, die zum Bleiben einlud.

Nachdem Regina ihre Füße gekühlt und mit zwei Pflastern versehen hatte, setzten sie ihren Weg fort.

Der Pfad zur ersten Bucht begann mit einem steilen, ausgesetzten Aufstieg, der am Rand wie eine Treppe bearbeitet und mit einem Geländer gesichert war. Augenscheinlich wollte man damit erreichen, dass in dieser stark besuchten Ecke nicht alles dem Erdboden gleichgemacht wurde, nicht jede kleine Pflanze zerlatscht. Schon jetzt im März war der Andrang immens. Im Juli und August, wenn ganz Frankreich Ferien hatte, wahrscheinlich unvorstellbar. Was soll's, weit war es ja nicht mehr.

Ralf hatte sich schon wieder einen beachtlichen Vorsprung erlaufen und ging zielstrebig zu diesem Aussichtspunkt mit dem pfeifenden Loch. Als er dort ankam, hielt er kurz inne, hob einen runden Stein auf, der ein kleines Loch in der Mitte hatte, das irgendwann einmal das Meer hinein gespült haben musste. Der konnte nicht von hier sein. Er holte aus und warf ihn soweit er konnte die Felsen in Richtung Meer hinab.

Als Regina eintraf bemerkte sie, dass er recht blass war: „Alles in Ordnung Ralf, geht es dir gut?"

„Ja, alles in Ordnung, war ein bisschen viel heute."

Als sie den Weg zurück durch die alten Industrieanlagen zur Stadt liefen, bemerkten sie, dass die ganze Polizei schon wieder abgezogen war. Nichts erinnerte mehr an den Auflauf, der noch am Vormittag hier zu sehen war. Einzig ein paar Reste des Absperrbandes flatterten noch im Wind, als ob sie sich Mühe gaben, diesem tristen, gespenstischen Ort etwas Farbe zu verleihen. Ralf hatte sich von seiner zwischenzeitlichen Schwäche erholt und sah Erich fragend an. Dieser nickte und beide grinsten sich zufrieden an.

„Lasst uns noch im Le France einen Absacker trinken", schlug Regina vor. Ein übereinstimmendes „in Ordnung" kam von Ralf und Erich zurück.

Kommissar Moulin hatte sich einen Platz im Le France gesucht. Er mochte diesen Ort am Hafen, wenn die Sonne unterging. Man konnte nach einem anstrengenden Tag hier wunderbar die Seele baumeln lassen, auf's Wasser schauen und Kraft tanken. Die brauchte er, Kraft. Er sollte morgen zu seinem Chef nach Marseille kommen und seinen Bericht abgeben. Viel war es ja nicht, aber immerhin, der Junge war dort gewesen, das war bewiesen.

Er überlegte, ob er sich ein korsisches Bier oder doch lieber ein Viertel Rotwein bestellen sollte und zog seinen Notizblock hervor. Er fing an, sich sämtliche Fakten aufzuschreiben, chronologisch und präzise. Der Bericht war dann morgen früh nur noch eine Kleinigkeit, so vorbereitet. Der Termin bei seinem Chef war ja auch erst mittags. Er entschied sich dann doch für ein korsisches Bier, als Michel ihn nach seinem Wunsch fragte.

Michel erkannte den Kommissar aus Marseille sofort wieder. Er hatte, was Gesichter betraf, ein exzellentes Gedächtnis. Er wusste aber auch, dass es überhaupt keinen Zweck hatte, ihn betreffs des verschwundenen Jungen zu fragen, „laufende Ermittlungen, darf ich nicht drüber sprechen", hatte er letztes Jahr zur Antwort bekommen. Nochmals wollte er sich nicht so eine Abfuhr holen, obwohl er vor Neugier fast platzte.

Irgendwann würde auch so wieder etwas durchsickern, das war sicher, seine Kollegen aus Cassis nahmen es nicht so genau mit der Schweigepflicht. Man kannte sich halt schon ewig. Aber dieser Moulin war ein harter Brocken. So genau, ach was, übergenau, sagten seine Kollegen, eben wie einer aus dem Norden. Ständig im Stress, diese Menschen da oben. Die wissen ganz einfach nicht zu leben.

Moulin nahm einen Schluck Bier und ließ es sich auf der Zunge zergehen. Es gab halt fast nichts Schöneres, als ein kühles Bier nach Feierabend. Und dieses hier war exzellent. Er hatte zwar schon einige Male deutsches Bier getrunken, da kam das hier auch nicht ganz ran, aber fast. Was diese Korsen da aus ihren Esskastanien zauberten, das war schon richtig gut.

Der Bericht war morgen die eine Sache, aber die andere das persönliche Gespräch mit seinem Chef, das nervte ihn jetzt schon. Der hatte immer nur die Kosten im Blick, außer bei seinem Lieblingsthema, Bandenkriminalität. Da hatte er vor einigen Jahren große Erfolge gefeiert und hatte daraufhin den vakanten Polizeichefposten in Marseille bekommen. Er hatte seinem Vorgänger Verbindungen zu diesen Banden nachgewiesen. Beliebt hatte er sich dadurch nicht gemacht. Nestbeschmutzer halt, wurde gesagt. Aber er, Moulin, hatte einen recht guten Draht zu ihm entwickeln können. War er ja schon knapp zwanzig Jahre in Marseille und hatte sich schwergetan, all die Jahre überhaupt Kontakt zu seinen Kollegen zu finden. So war Moulin, aus der Not heraus, so etwas wie ein Verbündeter geworden gegen den Filz.

Doch als der Patron dann auf dem Chefposten saß, kühlte die Beziehung ab. Das würde er ihm nicht vergessen. Zumindest einen Dezernatsleiterposten, wenn schon nicht stellvertretender Chef, das hatte er erwartet. Aber er musste schmerzlich feststellen, letztlich war er nur der aus dem Norden. Bei solchen Posten blieb man nach wie vor dann doch ganz gerne unter sich. Seine Fakten allerdings waren mehr als dünn. Wie sollte er seinen Chef überzeugen, dass er diese ganzen Yachten überprüfen musste?

Die einzige plausible Möglichkeit war nun wieder die Entführung geworden. Vielleicht doch die Familie des Vaters des Jungen. Das Enden der Spur konnte er sich nur so erklären, dass jemand den kleinen Adjori auf der Schulter zu einem der Boote getragen hatte und ihm dabei das kleine Geldsäckchen aus der Tasche gefallen ist. Das Hafenbuch musste er auch noch unbedingt einsehen. Aber was ist, wenn der Kleine auf einer dieser Yachten versteckt wurde? Er musste alle durchsuchen lassen. Geld durfte da nicht das Thema sein.

Er überlegte, morgen früh gleich bei der Spurensicherung anzurufen, oder noch besser, persönlich vorbeizugehen. Ein persönliches aufmunterndes Gespräch könnte durchaus hilfreich sein bei der Spurenlage, motivierend alles noch mal durchzugehen, nochmals zu prüfen. Niemand kann spurlos verschwinden, und wenn doch, dann war es Schlamperei oder Desinteresse an der Person.

Er hatte auf einmal ein schlechtes Gewissen, was den Fall im letzten Jahr betraf. Viel zu schnell hatte er aufgegeben, sich mit vorgefertigten, stigmatisierenden Erklärungen abgefunden, Zuwandererkind eben.

Er war nicht so ein Mensch, so einer mit Vorurteilen, eigentlich ist er das erst hier geworden, um dazu zu gehören, ins gleiche Horn zu blasen. Zu tief waren die Verletzungen gegen seine Person in den letzten Jahren gewesen, und alles nur, weil er nicht von hier war. Wenn einer Verständnis haben müsste, dann eigentlich er, der auch ständig wegen seiner Herkunft verurteilt wurde. Doch diesmal würde er sich nicht so leicht abfinden und sich mit den gängigen Vorurteilen verbünden. Diesen Fall wird er lösen.

Er schaute auf das Wasser hinter den tänzelnden Fischerbooten, das in der Abendsonne glitzerte. Er genoss den Moment, er hatte sich ein Versprechen gegeben. Den Fall lösen und zu sich selbst zurückfinden, es war an der Zeit.

„Ist hier noch frei?" riss ihn eine Frauenstimme aus seiner nachdenklichen Stimmung.

„Ja, natürlich", sagte er freundlich und ließ die Dame mit dem kleinen Rucksack und die sie begleitenden zwei Herren an den Tisch neben sich passieren, indem er mit seinem Stuhl etwas nach vorn rutschte.

„Danke" erwiderte Regina, und auch Ralf und Erich rutschten

durch, um an dem Tisch Platz zu nehmen. Michel nahm die Bestellung auf und musterte die drei aufmerksam: „Na, wandern gewesen?"

„Ja, in den Calanques" bestätigte Regina ihr doch recht zweckmäßiges Outfit, und auch Ralf und Erich nickten zustimmend, obwohl sie nicht wirklich etwas verstanden hatten. „Bestell uns mal zwei Bier mit" meinte Erich an Regina gerichtet, „heute hab ich richtig Lust drauf, obwohl, Bier ist das ja nicht wirklich", warf er noch mal an Ralf gerichtet in die Runde, mit einem gewissen Lächeln, das er hinterher schob, um seine Einschätzung zu untermauern.

Regina orderte das gewünschte Bier und für sich einen Rotwein. Sie lehnte sich zurück und resümierte den Tag: „War das schön, das machen wir mal wieder!"

Sie war lange nicht mehr so glücklich gewesen. Der Winter war für sie erledigt, in Deutschland fiel noch vereinzelt Schnee, und sie saßen hier in der Sonne. Einfach schön, das hatten sie sich verdient. Und das Wichtigste, es gab keinen Streit. Alles war harmonisch.

Als die Bestellung kam, stießen sie auf den Tag an, der noch lange nicht zu Ende war. Dafür, dass das Bier Erich nicht schmeckte, legte er einen guten Zug vor. Auch Ralf schien heute irgendwas zu feiern.

Ab und zu schaute sie zu diesem streng gescheitelten Mann am Nebentisch, sie lächelten und prosteten sich gegenseitig zu. Irgendwie konnte sie das ja auch verstehen. Dieser Typ war schon ein seltsamer Zeitgenosse. Das war doch der Kommissar aus Marseille, der den Fall vom kleinen Adjori bearbeitet. Kurz überlegte sie, ihn anzusprechen. Doch dieser machte einen sehr konzentrierten, in sich gekehrten Eindruck. Sie ließ es bleiben und feierte mit Ralf und Erich einfach den gelungenen Tag.

Moulin hatte noch recht lange in der Bar gesessen.

Dementsprechend fühlte sich auch sein Kopf an, als das Telefon klingelte und die freundliche Dame an der Rezeption ihm mitteilte, dass es acht Uhr wäre und er geweckt werden wolle.

Er kramte ein Aspirin aus seiner Aktentasche und klappte seinen Laptop auf. Hatte er doch gegen alle Vorsätze gestern Abend doch noch seinen Bericht geschrieben. Er las ihn noch kurz durch, nachdem er die Zahnbürste aus dem Bad geholt hatte und sich die Zähne putzte.

War eigentlich ganz plausibel, sein Ersuchen nach weiterem Ermittlungsspielraum. Die Boote musste er auf alle Fälle noch unter die Lupe nehmen, das Hafenbuch sowieso. Auch das völlige Fehlen jeglicher Spur konnte man so nicht schlüssig erklären. Da waren noch so viele Möglichkeiten. Auch das Auswerten der Spurenlage nach der Plakatfahndung war noch in vollem Gang. Die meisten Hinweise endeten mit dem Satz: „Ich bin mir aber nicht ganz sicher, die sehen ja irgendwie alle gleich aus, diese Afrikaner." Aber es waren dann doch schon eine Menge Anrufe, deren Hinweisen man ganz einfach nachgehen musste.

Ein Handy hatte der Kleine auch nicht besessen, das wäre ja auch zu simpel, wenn man ihn einfach darüber hätte orten können. Er musste noch mal mit Madame Afra sprechen. Der Vater des Jungen, den musste er wenn möglich verhören lassen, über Amtshilfe von den Kollegen vor Ort. Diesen Antrag wird er auf jeden Fall heute noch per Mail abschicken, sobald er mit der Mutter gesprochen hat.

Es war zu viel zu tun, um persönlich nach Marseille zu fahren. Der Bericht musste reichen, den schickte er gleich los. Er nahm sich vor, in einer Stunde seinen Chef anzurufen und ihm mitzuteilen, dass er es nicht schaffen würde, persönlich vorbeizukommen und dass er mehr Zeit brauchte. Als erstes wollte er in den Steinbruch fahren, um vor Ort noch mal alle Möglichkeiten durchzugehen, Ideen zu sammeln. Das konnte er am besten am Ort des Geschehens.

Als er gerade im Le France Platz genommen, einen Espresso und ein Croissant bestellt hatte, klingelte sein Handy: „Guten Morgen Moulin, hier ist Renard von der Spurensicherung. Ich habe da was Interessantes für sie."

„Schön, erzählen sie."

„Also, wie soll ich anfangen. Spuren waren ja in dem ganzen Gebäude nicht vorhanden. Es war quasi spurenfrei, mal abgesehen von den Resten menschlicher Notdurft, die bewusst dort belassen wurden, um irgendwann den Rest erneut zu kontaminieren. Die Spuren wurden mit hundertprozentiger Sicherheit professionell, höchst professionell beseitigt, so dass noch nicht einmal die Spürhunde etwas gefunden haben. Stutzig gemacht hat mich die Intensität, mit der im Eingangsbereich bis hinüber zum daran vorbeiführenden Weg vorgegangen wurde. Da war die Sorgfalt etwas zu viel des Guten, was mich erst auf die Idee gebracht hat, von dem fast durchtränkt wirkenden Boden eine Probe zu nehmen. Da wollte jemand auf jeden Fall sichergehen, dass die Hunde auf keinen Fall von allein den Weg in das Gebäude einschlagen. Dass wir es trotz alledem unter die Lupe genommen haben, hat aber nur Fragen aufgeworfen und keine Lösungen gebracht. Nachdem ich die Bodenprobe untersucht habe, bin ich auf etwas sehr Erstaunliches gestoßen."

„Ja, und das wäre?" fragte Moulin nach einer gewissen Pause auf der anderen Seite der Verbindung.

„Domestos."

„Was, WC-Reiniger?" vergewisserte sich Moulin.

„Ja, WC-Reiniger, und zwar in einer Form, die seit den frühen Achtzigern keine Zulassung mehr hat. Diese Rezeptur wurde vom Markt genommen, da nachgewiesen wurde, dass es organische Verbindungen jedweder Art auflösen kann, und zwar rückstandslos, wenn man sie nur lange genug darin einweicht. Doch diese Rezeptur war noch spezieller. Ich habe auch Reste von Salzsäure und andere Bestandteile gefunden, die bis jetzt noch nicht zweifelsfrei analysiert werden konnten."

„Habe ich das richtig verstanden, dieses Zeugs kann alles verschwinden lassen, was zwei, vier oder mehr Beine hat?" vergewisserte sich Moulin.

„Ja, richtig," antwortete Renard, „aber um ihrer Frage zuvor zu kommen, einen Jungen in dem Alter und dieser Größe ist nicht unmöglich, würde aber Equipment voraussetzen, dass man nicht ganz einfach mal zur Hand hat, wenn man beschließt, mal gerade was verschwinden zu lassen. Und wer wäre dazu in der Lage, eine Leiche zu zerstückeln und dann in einer Flüssigkeit aufzulösen?"

„Schon gut, schon gut" entgegnete Moulin, „klingt unrealistisch, und das alles wegen eines kleinen Jungen. Ist schon alles merkwürdig. Trotzdem danke, super Arbeit", sagte der Kommissar anerkennend, „ich melde mich bei ihnen, wenn ich noch Fragen habe."

Moulin saß eine ganze Weile da und konnte keinen seiner Gedanken ordnen. Was war denn da passiert? Als er endlich sein Frühstück vor sich wahrnahm, war der Espresso längst kalt. Er ärgerte sich, bestellte einen neuen und aß das Hörnchen. Er hatte den Bericht an seinen Chef zu früh abgeschickt. Er musste ihm die neuen Sachverhalte telefonisch erläutern. Dann wollte er im Steinbruch noch einmal den Hafen nach Auffälligkeiten absuchen und vielleicht mit den BMX-lern sprechen, die sich die letzten Tage da verkrümelt hatten. Vielleicht eine Reflexhandlung, wenn Polizei auftauchte, vielleicht aber auch mehr.

Aber als erstes beschloss er, die Strecke von der Schule bis hinunter zum Steinbruch auf möglichst direktem Weg zu laufen. Den Weg, den der kleine Adjori nun nachweislich gegangen oder mit einem Auto mitgefahren sein musste. Irgendeinen Hinweis oder vielleicht einen Zeugen musste er doch auftreiben können.

Seinen Chef wollte er von unterwegs anrufen.
Nach dem Bezahlen machte er sich auf den Weg in Richtung Schule. Viel los war noch nicht, doch Cassis erwachte gerade. Nach ein paar Minuten war er angekommen und nahm die Position ein, auf der der Junge das letzte Mal von der Überwachungskamera gefilmt wurde.
Er überlegte kurz, welchen Weg er von dort eingeschlagen haben könnte, auf der linken Seite war ein kleiner Platz mit Bänken und Palmen, an dessen Ende sich eine Gasse in Richtung Hafen durch die Altstadt auftat. Auf direktem Weg konnte man ebenfalls zum Hafen gelangen, an der Kirche vorbei über den Vorplatz. Nach rechts über die Straße schloss er aus, das machte keinen Sinn, und wenn der Junge in ein Auto eingestiegen wäre, dann hätte es aus dieser Richtung kommen müssen, da dies eine Einbahnstraße war.
Er entschied sich, gerade über den Kirchplatz zu laufen. Die Altstadt gefiel ihm gut. Man hatte die Gassen in den letzten Jahren aufwendig mit schönen alten Pflastersteinen saniert. Auch viele der alten Häuser erstrahlten in neuem Glanz. Das war vor einigen Jahren noch ganz anders. Da war alles noch mit Asphalt lieblos ausrepariert gewesen und die Häuser in einem desolaten Zustand. Irgendwann hatte man erkannt, dass der Hafen auf Dauer nicht reicht, die Touristen anzuziehen. Die einzigen Hinterlassenschaften aus dieser Zeit waren die Gitter, die an vielen Häusern das Erdgeschoss gegen Einbrecher schützen sollten, wenn diese verlassen waren.
Aber mittlerweile waren auch einiges angepflanzt worden in Form von Kübel- oder Kletterpflanzen, was den Gassen einen besonderen Charme verlieh. Hafennah hatten sich auch Restaurants und Bars angesiedelt, die versuchten, mit unverschämten Preisen die fehlende Laufkundschaft des Hafens wett zu machen. Auch Künstler hatten einige Ateliers eröffnet, Bäcker, Friseure, eben ein richtiges Stadtleben. Früher war hier

alles tot und trist gewesen.

Aber auch trotz dieser ganzen Neubelebung lief Moulin an meist verschlossenen Fensterläden vorbei. Er fing kurz an zu grübeln, ob es überhaupt Sinn machte, diese Strecke abzugehen, jedoch nach kurzem Zögern lief er weiter, natürlich machte es Sinn, jede Kleinigkeit macht irgendwann Sinn, wenn sie sich dann in das Ganze einfügt, wenn, und vor allem musste sie ihm erst einmal auffallen.

Moulin fiel das Nachdenken an diesem Vormittag besonders schwer. Sein Kopf weigerte sich noch immer, nach dem gestrigen „Kastanienkaltgetränk" seine Funktion in vollem Umfang aufzunehmen. Er hasste sich für diesen Zustand, gerade jetzt, als es darauf ankam, als alles am Scheidepunkt war. Fand er keine weiteren Fakten, war es höchst unwahrscheinlich, dass er weitere Zeit bekam. Also war Konzentration angesagt.

Als er wieder am mittleren Abschnitt des Hafens angelangt war, hatte der sich schon ziemlich gefüllt mit Touristen, aber auch Einheimischen, die ihrer Arbeit nachgingen. Einige Lieferfahrzeuge, meist mit Kühlkoffern, lieferten ihre Ware an die umliegenden Cafés und Restaurants.

Moulin setzte sich auf eine der Bänke vor der alten Kaimauer, an der sich der alte Fischmarkt befand, der schon seit Jahren keine Funktion mehr besaß. Zu groß waren die Verlockungen der Bequemlichkeit der neuen Zeit, in der man die Ware tiefgekühlt direkt bis an die Ladentür geliefert bekam. Da konnten die einheimischen Fischer irgendwann nicht mehr gegen ankommen, die meisten hatten aufgegeben. Die noch verbliebenen waren zu einer Art Folklore verkommen und bedienten mit ihren kleinen Fischständen meist nur noch Touristen und vereinzelt Einheimische. Leben konnte davon kaum noch jemand. Die Restaurants konnten die Preise, die nötig waren, um fangfrischen Fisch aus der Region zu verarbeiten, schon lange nicht mehr zahlen. Meist reiste der Fisch um die halbe Welt, um so billig wie möglich weiterverarbeitet zu werden. Was für ein Wahnsinn, diese Globalisierung.

Selbst das Verbrechen machte vor Grenzen nicht mehr halt und nahm keine Rücksicht auf veraltete Denkstrukturen des hiesigen Polizeiapparates, meist war es diesem zwei bis drei Schritte voraus, mindestens. Da hatte sein Chef schon recht.

Wenn er nachweisen könnte, dass der Fall des kleinen Jungen mit solchen Strukturen der Bandenkriminalität zu tun hätte, dann, ja dann würde er bei seinem Chef offene Türen einrennen und müsste sich über sein Budget keine Gedanken machen.

Während er so nachdachte, füllten sich so langsam die begehrten Plätze auf den Bänken neben ihm. Er genoss noch kurz die Sonnenstrahlen auf seinem Gesicht und machte sich weiter auf den Weg.

Der hintere Teil des Hafens hatte schon eine gehörige Portion seines Charmes eingebüßt. Hier waren einige Hotels mächtig erweitert worden, auch das gegenüberliegende moderne Hafengebäude versuchte sich zu entschuldigen, indem es sich bemühte, sich zumindest ein wenig in das Hafenensemble einzufügen. Aber was Moulin am stärksten störte, die meisten Gebäude waren noch im Winterschlaf, war halt noch keine Saison. Irgendwelche Zeugen konnte er auch hier nicht erwarten. Er lief die lange breite Treppe zur Straße hoch, die zu den Calanques führte, auch hier überall das gewohnte Bild der Tristesse der Vorsaison. Er beschloss, nun auch den Rest des Weges zu Fuß zu gehen. Sein Chef musste warten. Der hatte ja schon den Bericht. Er schob seinen Anruf immer weiter vor sich her.

Er mochte diese Villenviertel nicht, durch die er jetzt lief. Er war immer der Meinung, dass man sich guten Geschmack nicht kaufen konnte, und schon gar nicht in solch einer Lage am Meer. Und wie um seine Meinung zu untermauern, verbauten jede Menge hässliche Plastikverkleidungen an den meist baufälligen

Zäunen den Ausblick auf die dahinterliegenden Grundstücke. Was hatten diese Menschen eigentlich zu verbergen? Warum schotteten sie sich dermaßen ab? Dieser Gedanke aktivierte umgehend seinen Spürsinn, und er musste sich erneut motivieren, sich auf das Wesentliche zu konzentrieren. Schön war auf jeden Fall anders.

Fast wäre er in Gedanken über einen dieser unzähligen Metallpoller gestolpert, die, meist schon von Parkversuchen deformiert, in unzähligen Mengen am Rande des Bürgersteiges eingelassen waren. Wieviel Geld musste man eigentlich ausgeben, um derart unkomfortabel seinen Alltag fristen zu dürfen? Aber dieses Phänomen war an der ganzen Küste verbreitet. Irgendwann hatten A-, B- oder C-Promis die Plätze für sich entdeckt, zu einer Zeit, als hier alles noch recht beschaulich war. Die hatten dann einen Rattenschwanz an Leuten hinter sich hergezogen, die es sich zur Lebensaufgabe gemacht hatten, dazu zu gehören, koste es, was es wolle.

Solch ein ähnliches Verhalten war auch in den Kriminalstatistiken zu erkennen. Dazu zu gehören war eines der größten Motive geworden, vor allem in jüngeren Jahren. Anerkennung, meist ging es nur darum. Aber Anerkennung konnte nicht das Motiv sein, das zum Verschwinden des kleinen Adjori geführt hatte. Mitnichten, da waren ganz andere Motive im Spiel, bloß welche?

Er ließ seinen Blick schweifen, um plötzlich innezuhalten. Eine Kamera, wirklich gut und unscheinbar platziert. Warum hatte ihn niemand darauf hingewiesen, dass es in dieser Gegend auch eine Videoüberwachung gibt? Die privaten Anlagen waren ja aus Gründen der Einbruchssicherung gang und gebe. Diese mussten sich allerdings auf das eigene Grundstück begrenzen, durften aus rechtlichen Gründen nicht den öffentlichen Raum einbeziehen. Doch diese hier hatte die Straße im Visier. Derart sensibilisiert dauerte es nicht allzu lang, und Moulin entdeckte die nächste. Er musste sich beherrschen, um nicht gleich seine hiesigen Kollegen anzurufen. Er kochte innerlich. Diese Dilettanten!

Nach ein paar hundert Metern kam er am Parkplatz am Eingang der Calanques an, wo die Hunde die Spur von Adjori verloren hatten. Die BMX-ler hatten sich auch wieder eingefunden. Sie hatten sich eine Art Piste angelegt, die von der alten Römerstraße abging, die sich in beachtlichen Serpentinen den Berg hinaufbewegte. Einige der Jugendlichen saßen auf den herumliegenden Steinen, die den Parkplatz begrenzten, rauchten und tranken diese hippen Energiedrinks. Andere schoben ihre Bikes den Weg hoch, um in kurzen Abständen wieder in die Piste einzubiegen, wo sie sich katapultartig über eine Art Schanze in die Luft schleudern ließen, um ihre halsbrecherischen Tricks vorzuführen. Der ein oder andere Stunt wurde von den pausierenden Bikern mit anerkennendem Kopfnicken kommentiert. Die ganze Szenerie wurde mit Musik aus einem mitgebrachten Rekorder untermalt.

Moulin war einen Moment lang durchaus fasziniert von dem Spektakel, welches sich ihm da bot, und blieb in einigem Abstand stehen. Er überlegte kurz, ob es klug war, die Jugendlichen allein anzusprechen. In Marseille würde er jedem Kollegen dringend davon abraten. Aber hier war Cassis und nicht Marseille. Diese fünfzehn Kilometer, die zwischen den beiden Orten lagen, trennten zwei Welten, die unterschiedlicher nicht sein konnten.

Andererseits, wenn er mit Kollegen in Dienstfahrzeugen wiederkam, war die Gefahr groß, dass bestenfalls alle mauerten, wenn nicht gleich alle verschwunden waren. Er musste es also riskieren, obwohl ihm unwohl dabei war.

Er überlegte noch kurz, ob er seinen Dienstausweis dabeihatte und ging zielstrebig auf die Jugendlichen zu. Schon nach den ersten Metern bemerkte er die skeptischen Blicke, die ihn scannten. Einen kurzen Augenblick dachte er daran, umzudrehen, doch dann bemühte er sich, freundlich zu schauen und setzte seinen Weg fort. Er bemerkte, wie die ersten aufstanden und zu ihren Rädern gingen.

„Hallo, Moment mal", versuchte er die Situation zu retten, „ich habe nur eine Frage."

Die Biker hielten kurz inne und schauten sich an. Nach kurzem Zögern sagte einer der Ältesten: „Na, dann frag halt."

Moulin war erleichtert und legte auch gleich los: „Ihr habt doch sicher von dem vermissten Jungen gehört, hier aus dem Ort."

„Klar, du meinst die Nervensäge, die hier ab und zu abhängt und zuschaut."

„Ja genau," meinte Moulin, „der kleine Adjori."

„Wer will das eigentlich wissen?"

„Ach entschuldigt, Moulin ist mein Name, Kommissar Moulin aus Marseille, ich ermittle in dem Fall."

Die Jungs schienen sich auf einmal wie auf Kommando zu entspannen, einige legten ihre Räder nieder und kamen näher.

„Wir dachten, du wärst einer vom Ordnungsamt, die uns hier ständig vertreiben wollen. Alles für die Touristen, und für uns ist nirgends Platz."

„Nein, da könnt ihr ganz beruhigt sein. Wir haben eine Geldbörse, so ein handgenähtes Säckchen gefunden, das dem Jungen gehört, da hinten bei dem alten Fabrikgebäude."

„Klar, da ist der auch lang an dem Tag, als er verschwunden sein soll."

„Warum habt ihr das denn nicht gemeldet bei der Polizei hier im Ort, als die Plakate aushingen?"

„Du meinst bei den Bullen hier aus Cassis? Never! Die sind doch daran schuld, dass wir hier weg sollen. Angeblich haben wir hier Autos beschädigt. Diese faulen Arschlöcher, hatten keine Lust, sich zu kümmern, dabei waren die Kratzer eindeutig von 'nem anderen Auto, das hätte jeder Blinde gecheckt, doch die waren

kurz hier, haben uns gesehen, und schon war alles klar."
„War der Junge denn in Begleitung?"
„Ja klar, da war so'n Typ dabei."
„Könnt ihr den beschreiben?"
„Wir haben den nur von hinten gesehen. Die Nervensäge hat sich ja umgedreht und uns noch zugewunken, aber der Typ? Jeans, Sweatshirt, Turnschuhe und Baseballmütze, schon älter, so um die dreißig, schätze ich mal."
Die anderen nickten zustimmend. „Sah aus wie ein Sportler", meinte ein anderer noch.
„Hautfarbe?" warf Moulin noch als Frage in die Runde.
„Keine Ahnung, schwer zu sagen. Aber die beiden kannten sich, definitiv. Die Nervensäge hatte irgendwas in der Hand und hat den Typ ständig angeschaut und zugelabert. Der Typ hat einfach nur vor sich hingestarrt. War irgendwie uncool, verspannt, eben so 'n alter Sack."
„So ein alter Sack um die dreißig?" vergewisserte sich Moulin nochmals.
„Klar, definitiv nicht jünger, vom Style und so, eindeutig."
„Danke Jungs, wenn ich noch Fragen habe, wo kann ich euch erreichen?"
Sofort verfinsterten sich die Mienen erneut: „Na, hier halt!"
„Alles klar, danke noch mal."
Moulin war erleichtert. Endlich Fakten. Heute gab es auf der Wache einiges zu klären. Er nahm sein Handy aus der Jackentasche und wählte die Nummer seines Chefs. Endlich hatte er genug Argumente, um weiter zu ermitteln.
Während er telefonierte machte er sich auf den Weg zum Yachthafen Port Miou. Er wollte den Steg ablaufen, vielleicht fand er dort noch Zeugen oder andere Hinweise. Den Hafenmeister hatte er heute Morgen schon angerufen. Langsam verzogen sich seine Kopfschmerzen. Moulin war voller Tatendrang.

Regina wurde vor Ralf wach. Sie fühlte sich einfach nur wohl an diesem Morgen. Die herrliche Wanderung gestern. Der Abend im Le France, Ralf und Erich waren wie ausgewechselt gewesen. Es kam ihr vor, als hätte es die letzten dreißig Jahre nicht gegeben. Alles war wie früher. Klar war auch jede Menge Alkohol im Spiel, aber im Gegensatz zu letztem Jahr hatten die beiden nicht gestritten, sondern wurden immer lustiger, je mehr sie intus hatten. Sie hatte sich völlig umsonst Sorgen gemacht und ihren Plan, zeitig nach Hause zu gehen, verworfen.

Irgendwann waren sie dann raus gekehrt worden. Michel hatte schon eine Engelsgeduld bewiesen. Aber Erich war auch zu lustig gewesen. Am Anfang hatte er sich heimlich über diesen Kommissar lustig gemacht, der am Nachbartisch saß. Diesen streng gescheitelten Typ mit seinen Ticks und der wichtigen Miene. Doch als dieser dann auf auch schon recht runden Sohlen nach Hause ging, brachen alle Dämme. Er spielte ihn so gekonnt nach, dass Ralf Tränen lachte und selbst Michel, der kein Wort verstand, sich von der Atmosphäre anstecken ließ und schmunzeln musste.

Es war dann schon ziemlich schwer, die beiden nach Hause zu bekommen. Erich war ständig der Meinung, dass doch irgendwo noch etwas geöffnet haben müsste. Die letzte Hoffnung war dann die Kneipe auf dem Campingplatz, in der allerdings auch schon die Lichter gelöscht waren. Die beiden hatten auch schon mehr als genug. Nach einer gefühlten Ewigkeit bekam Erich dann auch den Reißverschluss seines Klappfix auf und legte sich in voller Montur schlafen.

Später, als Regina nach dem Duschen zu Ralf ins Bett stieg, dachte sie anfangs, dass er schon schlief, bis er seine Hand nach ihr ausstreckte und sie sanft an sich heranzog.

Die Zeit des Wartens hatte ein Ende, sie fühlte sich an diesem Morgen wieder als Frau, als Ralf seine Frau, und nichts Anderes

wollte sie ihr ganzes Leben sein. Sie betrachtete Ralf noch eine Weile, bis sie beschloss, aufzustehen, Frühstück zu machen und den Tisch zu decken.
Gestern Abend hatten sie noch beschlossen, heute zum Plage du Corton zu laufen, um dort den Tag zu verbringen, am Strand zu liegen und die Seele baumeln zu lassen. Sie war gespannt, ob die zwei sich noch daran erinnern konnten.

Nachdem Kommissar Moulin zu dem schwimmenden Steg des Kleinboothafens von Port Miou hinabgestiegen war, hielt er einen Moment inne und schaute sich um. Was für eine Atmosphäre, direkt am Wasser angekommen konnte man die Narben, die der lange Abbau von Marmor im oberhalb liegenden Steinbruch hinterlassen hatte, nicht mehr sehen. Alles machte einen perfekten Eindruck unberührter Natur.
Moulin sah die schier endlos wirkende Reihe von Booten entlang, die sich gegenseitig zum Tanz auf den Wellen zu motivieren schienen, indem sie sich mit ihren Fendern wechselseitig anstupsten. Dieser Platz machte einen so friedlichen Eindruck, dass es kaum vorstellbar erschien, es könnte hier irgendwann einmal etwas so Schreckliches wie ein Verbrechen passiert sein.
Kurz ließ er noch einen Augenblick der Unkonzentriertheit zu und beobachtete einen Schwarm Fische, die in der Sonne zu spielen schienen, dann begann er den Steg entlangzulaufen, um jedes Boot nach Versteckmöglichkeiten oder Räumlichkeiten abzusuchen, die groß genug waren, jemanden darin einzusperren. Augenscheinlich zumindest.
Sein Chef hatte ihm noch einige Tage Zeit gegeben, um weiter Fakten zu sammeln. Einige Tage, was auch immer das heißen sollte. Er hasste solche vagen Formulierungen, aber wahrscheinlich musste man als Chef so entscheiden, um sich Spielräume offenzulassen. Schließlich hatte auch er Instanzen,

vor denen er sich verantworten musste. Moulin war sich bewusst, dass diese Entscheidung jeden Tag revidiert werden konnte.

Er war schon ein gutes Stück vorangekommen, als ihm ein Boot der hiesigen Tauchschule auffiel. Zwei Männer waren damit beschäftigt, Ausrüstungsgegenstände zu sortieren und zu prüfen, während ein dritter sich damit mühte, auf einer Sackkarre leere Pressluftflaschen eine Treppe hochzuziehen, um sie danach in einem Transporter mit der Aufschrift „Tauchschule Poseidon" zu verstauen.

Den drei Männern war Moulin ebenfalls schon aufgefallen. Sie musterten ihn skeptisch. Die Zahl der Einbrüche auf den Booten hatte in den letzten Jahren rapide zugenommen. Aber jetzt, am helllichten Tag war das eher unwahrscheinlich. Aber trotzdem, nach einem Wassersportler sah dieser Typ nicht aus, vielleicht hatte der was mit dem Thema der vergangenen Tage zu tun, dem vermissten Jungen, dachte sich einer der Männer, als ihn Moulin auch schon ansprach: „Guten Tag, Monsieur, mein Name ist Kommissar Moulin, ich bearbeite den Fall des vermissten Jungen."

Er zog seinen Ausweis aus der Tasche, als er den ablehnenden Blick seines Gegenübers bemerkte.

„Entschuldigung" sagte dieser, „aber was sich hier in der letzten Zeit so rumtreibt, ist nicht mehr schön. Wie oft die bei uns hier schon eingebrochen haben. Das haben wir zwar immer gemeldet, aber die örtliche Polizei scheint das ja nicht zu interessieren. Die sind kurz gekommen, haben Fotos gemacht und sind wieder verschwunden. Die Versicherung zahlt auch nicht mehr. Nun müssen wir unsere gesamte Ausrüstung immer mit nach Hause nehmen. Eine Mordsschlepperei ist das immer, jeden Tag. In der Hauptsaison übernachtet immer einer von uns hier unten im Bootsschuppen. Egal was für ein Schloss wir einbauen, das interessiert die gar nicht. Die nehmen ganz einfach ein Brecheisen oder treten gleich die Tür ein. Keine Chance, und die

Polizei, die macht verstärkt ‚Parkraumbewirtschaftung', dieses neue Zauberwort, um die klammen Kassen zu füllen. Für ihre eigentliche Arbeit haben die gar keine Zeit mehr, und um hier raus zu fahren schon zweimal nicht."

„Entschuldigung" unterbrach Moulin den Redeschwall seines Gegenübers, „ich bin wegen des Jungen hier. Ich kann ihre Sorgen gerne den hiesigen Kollegen schildern. Aber diese Fälle habe ich nicht bearbeitet und kann aus diesem Grund auch nichts dazu sagen."

„Na klar, niemand zuständig, verstehe, wie immer halt!"

„Pardon, ich glaube, sie verstehen nicht", erwiderte Moulin, diesmal schon etwas angespannt, „es geht hier um einen kleinen Jungen, der verschwunden ist, und nicht um irgendwelche Sachen, die geklaut wurden."

„Klar, sie haben ja recht, sorry, aber diese Zustände hier machen ganz einfach hilflos. Was kann ich für sie tun?" Mittlerweile waren auch seine zwei Kollegen dazu gekommen.

„Haben sie den Jungen hier irgendwann in den letzten Tagen gesehen?" Moulin zeigte das Foto von dem Vermisstenplakat in die Runde.

„Nein, die letzten Tage nicht, aber vorher schon. Der hing immer hier ab, war ein Einzelgänger. Ein, zwei Mal hat er nachgefragt, ob wir Arbeit für ihn hätten, Botengänge oder so. Haben aber abgelehnt. Der ist ja noch viel zu jung. Soll sich mal besser um die Schule kümmern."

„Allerdings muss man schon sagen, dass er nicht so war, wie die anderen Kinder in seinem Alter", warf sein Kollege ein, „der Kleine war immer höflich, nicht so frech wie die Wohlstandsgören in dem Alter, von den Leuten, die hier sonst so verkehren. Die meisten haben wahrscheinlich schon mit der Muttermilch aufgesogen, dass sie was Besseres sind. Die beachten uns gar nicht. Für die sind wir einfach nur Luft. Grüßen kann von denen keiner."

„Ich würde ihnen gerne noch dieses Foto von dem Jungen dalassen. Er hatte auch einen Schulrucksack dabei, die Beschreibung steht darunter. Falls ihnen noch irgendwas einfällt, sie erreichen mich unter dieser Nummer."
Moulin gab allen dreien eine Visitenkarte und setzte seinen Weg fort.
Je länger er den Steg nach vorne lief, umso größer wurden die Boote. Die meisten hatten jetzt auch Kabinen, in denen man mehr oder weniger komfortabel wohnen konnte. Moulin achtete besonders auf Spuren, die eventuell auf Einbrüche und illegale Nutzung hinwiesen. Doch augenscheinlich war nicht zu erkennen, dass der Junge sich hier befand oder hier gewesen war. Er beschloss, sich auf den Rückweg zu machen. Es war Zeit, mal ein deutliches Wort mit den Kollegen aus Cassis zu reden.

In dem Büro, das ihm zur Verfügung stand, hatte Moulin die große Magnettafel leergeräumt. Sie war über die Jahre als Souvenir- und Erinnerungsplattform missbraucht worden, jeder der Kollegen hatte irgendwelche Erinnerungsfotos aus dem Urlaub oder ähnliche witzige Kleinigkeiten daran angebracht. In der letzten Zeit waren diese kleinen Magnetschilder in Mode gekommen, die man vor allen Sehenswürdigkeiten in fast jeder Stadt, an jedem Pass oder ähnlichem kaufen konnte. Moulin legte alles auf einen freien Tisch in der Ecke, er war wütend. Mit „Schöner Wohnen" war es jetzt erst einmal vorbei.
Danach sichtete er als erstes die Akte aus dem vergangenen Jahr, die er sich hatte kommen lassen. Er zog das Foto des vermissten Jungen aus einem Kuvert, das hinter dem Deckblatt eingeheftet war, und brachte es mit einem Magneten an der Tafel an. Er schaute sich den Jungen genau an. Es war schon verblüffend, wie ähnlich er Adjori sah. Das aktuelle Vermisstenfoto hängte er daneben.
Beim weiteren Durchsehen der Akte des Vorjahrs bekam er ein

beklemmendes Gefühl. Diese oberflächliche Ermittlung, die seinerzeit durchgeführt wurde, aus heutiger Sicht skandalös. Und das Schlimmste an der ganzen Sache, er war dafür verantwortlich gewesen. Andererseits hatte keiner ahnen können, dass ein Jahr später genau dasselbe passiert, exakt ein Jahr später. Die Faktenlage war letztes Jahr so dürftig gewesen, dass man ganz einfach davon ausging, dass der Junge von seinem Vater zurückgeholt worden war.

Auch in dem Umfeld des Jungen, in der Vorstadt, hatte keiner so richtig Bock gehabt, genauer zu recherchieren. Gerade dieses Viertel war eine „No go Area", auch für Polizisten, man durfte es gar nicht laut sagen. Aber es war leider Realität. Es gab Gegenden in Marseille, da hatte der französische Staat nichts mehr zu melden. Diese Erkenntnis hatte er immer wieder erfolgreich verdrängt, sie machte ihn nicht stolz, sie verbreitete ein Gefühl der Hilflosigkeit. In diesem Moment beschloss Moulin, mit den hiesigen Kollegen nicht so streng umzugehen, konstruktiv halt, auch wenn es ihm schwerfiel.

Nachdem er die aktuellen Fakten auf dem Whiteboard notiert hatte, hielt er kurz inne. Er gab im Internet die Adresse des Jungen aus dem letzten Jahr ein und die letzte Adresse von Adjori in Marseille, bevor er mit seiner Mutter hier nach Cassis gezogen war, und „Bingo"! Er hatte den Zusammenhang zwischen den beiden Fällen, beide Kinder hatten in Marseille keine zweihundert Meter voneinander entfernt gewohnt.

Das musste seinen Chef überzeugen, beide kamen aus einer Gegend, die von Gangs kontrolliert wurden, womöglich von der gleichen, oder war das die Grenze zwischen zwei rivalisierenden Banden? Sind die beiden Jungen in einen Bandenkrieg hineingeraten? Aber warum verschwanden sie dann ausgerechnet in Cassis? Diese neue Erkenntnis war mehr Fragen auf, als sie beantwortete.

Nachdem er eine Weile gegrübelt hatte, bemerkte er durch die

Scheibe, die sich in der Tür befand, dass sich alle Kollegen aus der Schicht vor seinem Büro versammelt hatten und zu ihm reinschauten. Anscheinend waren sie durch seinen Blick abgeschreckt gewesen und hatten sich nicht getraut, sich bemerkbar zu machen. Klar war er sauer, aber die anfängliche Verstimmung gegen die Kollegen vor Ort war immer mehr der Unzufriedenheit mit sich selbst gewichen.

Er öffnete die Tür, versuchte ein freundliches Gesicht aufzusetzen und bat seine Kollegen herein: „Nehmen sie Platz, meine Herren. Wir müssen dringend über den Ermittlungsstand reden.

Folgendes, als erstes haben wir die Genehmigung, weiterzumachen. Das liegt aber nicht an den Ergebnissen, die wir hier vor Ort zusammengetragen haben, um es in aller Deutlichkeit zu sagen, sondern in erster Linie an dem Ergebnis der Spurensicherung. Um es zu präzisieren, an dem nicht vorhandenen Ergebnis."

Moulin sah in vollkommen verblüffte Gesichter und genoss diesen Moment, indem er gekonnt eine Pause einlegte.

„Verstehe nicht", brach einer der Streifenpolizisten das Schweigen.

„Lassen sie mich der Reihe nach beginnen. Nachdem das Ledersäckchen mit dem Geld von den Touristen abgegeben wurde, schaute ich mir den Fundort einmal genauer an. Die Industrieruine, die in unmittelbarer Nähe des Fundortes lag, fiel mir als erstes auf. Daraufhin beschloss ich, in der Zeit, in der ich auf die Spurensicherung wartete, schon mal einen Blick hinein zu werfen. Was ich zu sehen bekam, war mehr als seltsam. Alles machte einen aufgeräumten Eindruck, keinerlei Fußspuren waren auf den ersten Augenschein zu erkennen, was nicht möglich war, weil sich in jeder Ecke des Raumes die Hinterlassenschaften menschlicher Notdurft befanden.

Nachdem die Hundestaffel eingetroffen war, konnte sie auch die

Spur des Jungen aufnehmen, die fast zum Ende der Pointe de la Cacau führte, um von dort aus fast auf demselben Weg zurück zu dieser alten Industrieruine zu führen, mit einer Abweichung, einem Aussichtspunkt, der am Anfang des alten Industriehafens ziemlich versteckt etwas abseits des Weges liegt. Dass die Spur direkt vor dem alten Gebäude aufhörte, brachte einen Kollegen auf die Idee, eine Probe von dem Boden vor dem Gebäude zu nehmen, der den Eindruck machte, als ob jemand diesen geharkt und später mit Wasser besprenkelt hätte.

Und nun das Brisante: es gab null Spuren, bis auf die Fäkalien. Das Gebäude ist professionell von jeglichen DNA-Spuren und Gerüchen gereinigt worden mit einer Mischung aus sehr aggressivem WC-Reiniger und Salzsäure. Nun stellte sich mir die Frage, wer macht sich solch eine Mühe und warum?

Ich ging daraufhin den Weg von der Schule bis zum Hafen ab, um mögliche Zeugen zu finden, die den Jungen, nachdem ihn die Kamera nach Schulschluss aufgenommen hatte, gesehen haben könnten.

Und nun meine Herren kommen wir zu mehreren Punkten, die uns nicht zufrieden stellen können. Auf dem Weg zu den Calanques habe ich mehrere Kameras entdeckt, die nicht ausgewertet wurden, und ich habe Zeugen gefunden, die den Jungen in Begleitung eines circa dreißig Jahre alten Mannes, mittelgroß, athletische Figur, Baseballmütze, Jeans und Sweatshirt, gesehen haben. Die Hautfarbe konnten sie nicht erkennen, da sie ihn nur von hinten gesehen haben. Dass der Junge der vermisste Adjori war, da waren sich alle einig, und dass sich die beiden kannten ebenso.

Und nun schätzen sie mal, meine Herren, von wem ich spreche. Ich spreche von den Jugendlichen, die mit ihren Rädern an dem Parkplatz am alten Römerweg ihr Kunststücke probieren, und die sich von ihnen ungerechtfertigt beschuldigt fühlen, parkende Autos beschädigt zu haben.

Weitere Unzufriedenheit mit ihrer Arbeit ist mir auch von seiten der Tauchschule entgegengebracht worden. All diese Menschen haben auf Grund der Unzufriedenheit mit der örtlichen Polizei keinen Kontakt zu uns aufgenommen, obwohl sie sachdienliche Hinweise zu unserem Fall hätten vorbringen können."
Moulin schaute sich im Raum um. Die Spannung war mit Händen zu greifen, die Stille unerträglich, als einer der Kollegen, dessen Gesichtsfarbe sich immer mehr ins hochrote veränderte, der Kragen platzte: „Entschuldigen sie Kollege, ich weiß ja nicht, wie das bei ihnen in Marseille ist, aber bei uns in Cassis haben wir leider keine Zeit mehr, uns um unsere eigentliche Arbeit zu kümmern. Die Kommune ist pleite, und der oberste Dienstherr im Rathaus hat Anweisung gegeben, dass die Parkraumbewirtschaftung oberste Priorität hat. Glauben sie ernsthaft, dass einer von uns zur Polizei gegangen ist, um nur noch Knöllchen zu verteilen und Straßenhändler zu kontrollieren? Wenn sie glauben, dass uns das nicht interessiert, haben sie sich geirrt. Wir haben alle selbst Kinder, die sich beschweren, dass für sie hier nichts getan wird und alles nur auf Tourismus ausgelegt ist.
Das mit den BMX-lern war ebenfalls ein ‚Wunsch' unseres obersten Dienstherrn, weil es besorgte Stimmen von Parkenden gab, die sich Sorgen um ihre Autos gemacht haben. Meist von Deutschen, für die sind ihre Autos ja so was wie ein Heiligtum. Und nun zu ihrem anderen Vorwurf, die Kameras, die angeblich nicht ausgewertet wurden. Die sind schon seit längerem nicht mehr in Betrieb, um genau zu sein, sie wurden ein halbes Jahr nach ihrer Installation stillgelegt, weil sie keinen Sinn machten. Die allermeisten Villen sind selbst mit Videoüberwachung ausgestattet, und seitdem die privaten Wachschutzfirmen dort Streife fahren, sind die Einbruchszahlen quasi auf null gesunken. Ich weiß nicht, mit welchen Mitteln sie in Marseille ausgestattet sind, wir versuchen hier, mit unseren das Möglichste zu leisten."

Moulin hatte den Faden verloren, er war für einen Moment ratlos. Er war mit einem unglaublichen Elan auf der Polizeiwache erschienen, der ihn gerade verlassen hatte. Er fühlte sich wie eine Luftmatratze, der man den Stöpsel gezogen hatte. Die sprichwörtliche Luft war raus.

Er wusste, dass sie quasi nichts hatten, außer einer vagen Personenbeschreibung, die fast auf jeden zweiten Mann um die dreißig passen könnte, und die Spur nach Marseille in dieses Viertel, diese No go Area. Die gleiche Situation wie letztes Jahr. Nur diesmal war er sich sicher, dass es sich um ein Verbrechen handelte.

Alle waren still. Die Gesichtsfarbe des Kollegen hatte sich wieder normalisiert. Alle warteten auf den Sturm nach der Stille. Moulin schaute in die angespannten Gesichter der Kollegen und begann, bedeutungsschwanger Luft zu holen: „Ich glaube, ich muss mich bei ihnen entschuldigen, meine Herren. Aber ich mag nicht wieder unverrichteter Dinge abziehen müssen. Diesmal nicht, das bin ich den Jungen schuldig."

Als er den Raum verließ, schob er noch hinterher: „Beiden Jungen."


Erich, Ralf und Regina hatten es sich am Plage du Corton gemütlich gemacht. Es war ein wunderschöner Tag. Außer ein paar Einheimischen, die zum Fischen am Strand standen, war in der kleinen Bucht noch nichts los. Das war aber auch nur dem Umstand geschuldet, dass jetzt Vorsaison war, sonst waren selbst solche Geheimtipps hoffnungslos überlaufen. Man musste sich schon auskennen, um solche Flecken noch zu finden, inmitten der Stadt.

Oberhalb des Strandes war schon alles zubetoniert. Bettenburgen, Luxusappartements, hohe, mit Plastiksichtschutz nochmals erhöhte Mauern sorgten für das gewohnte Bild in den Vororten mit Küstennähe. Dass dieses Stück Strand noch nicht bebaut war, lag nur an dem Umstand, dass es größtenteils aus großen Felsplatten bestand und sich auch mit größter Mühe keine Zufahrt realisieren ließe. Dieser romantische Weg mit den vielen engen Treppen war als tägliche Lösung wenig praktikabel. Umso schöner für die wenigen verbliebenen Einheimischen, die in dieser Gegend noch wohnten und diesen Flecken genießen konnten.

Regina hatte diesen Tipp von Afra bekommen, dieser armen Frau, die jetzt in dieser fürchterlichen Ungewissheit leben musste. Gerade in diesem Moment, wo es ihr selbst so gut ging, war ihr schlechtes Gewissen am größten. Sie hatte sich vorgenommen, Afra zu besuchen, sie zu trösten, aber sie hatte auch Angst, sie traute sich ganz einfach nicht. Sie wusste aus eigener Erfahrung, dass es nicht immer half, wenn einem jemand helfen wollte, manche Sachen muss man mit sich selbst ausmachen. Ganz allein. Und für das, was diese Frau gerade durchmachte, kann man eh' keine Worte finden. Für solche Schicksalsschläge gab es einfach keine Worte.

Erich hatte seinen Rucksack dabei, den er immer benutzte, wenn er wandern ging. Regina war das stellenweise etwas peinlich. Sein spezielles Outfit, gepaart mit diesem alten NVA-Rucksack, war schon der „Hingucker", wenn auch nicht unbedingt in positiver Hinsicht. Erich fehlte ganz einfach eine Frau.

Auch dieser Bart, den er sich über den Winter hatte stehenlassen, erinnerte mit seiner Form stark an die siebziger Jahre. Damals waren diese Schnauzer mit den heruntergezogenen Enden der letzte Schrei. Damals, als die Welt noch in Ordnung war, wie er jedesmal betonte. Er hatte auch seinen alten Kocher mitgenommen, der mit jeder Art Brennstoff funktionierte. Und eines musste man ihm lassen, was Erich besaß, funktionierte zu hundert Prozent, da konnte man sicher sein.

Sie hatten sich eine dieser leckeren Fischsuppen aus dem Supermarkt warm gemacht und zu dem türkischen Kaffee, den

Erich so liebte, diese leckeren Schokohörnchen gegessen. Jetzt lagen sie im Kies und genossen den Tag.

Regina hatte sich ein neues Buch mit in den Urlaub genommen, „Letzter Ausweg Staatsfeind", in dem Alex seinen Weg heraus aus der DDR beschrieb, mit all den Repressalien, die dieses Regime bereithielt. Sie erkannte sich in vielen dieser Geschichten wieder, die sie stellenweise am eigenen Leib auch erleben musste.

Erich hatte sich nur den Klappentext durchgelesen und es salopp zurück auf die Decke geworfen. „Jetzt dürfen solche Spinner auch noch Bücher schreiben," war sein abfälliger Kommentar.

Der würde sich nie ändern, dachte sich Regina.

Überhaupt hatte sie sich gewundert, wie Ralf es geschafft hatte, ihn letztes Jahr zu überreden, sie hier in Cassis besuchen zu kommen. Das war sein erster Besuch im NSA (Nichtsozialistischen Ausland) gewesen, privat zumindest. Beruflich, so hatte sie herausgehört, kannten die beiden schon die ein oder andere Ecke in westlichen Ländern. Aber diese Gespräche wurden nie vertieft, wenn sie dabei war, ganz im Gegenteil, meist hörten diese abrupt auf, wenn sie in die Nähe kam. Viel zu selten passierte es überhaupt, dass sie ein paar Brocken aufschnappte. Meist, wenn beide schon etwas getrunken hatten und unvorsichtig waren.

Es hätte sie schon interessiert zu wissen, was Ralf und Erich früher gemacht hatten, aber mit ihr redeten sie nicht darüber, vielleicht war es auch gut so, denn unterschiedlicher konnten ihre Biografien nicht sein.

Sie, die Zigeunerin, die die DDR mit ihren Eltern verlassen hatte, und die beiden Elitesoldaten, tausend Prozent linientreu. Aber irgendwann musste Gras darüber wachsen. Sie hatte kein Problem mehr mit der Vergangenheit. Und dieses Band zwischen ihr und Ralf, das konnte keine Vergangenheit zerstören, das ließ sie nicht zu. Zu sehr hatte sie dafür gekämpft und

geduldig gewartet, dass es Ralf wieder besserging. Aber die letzte Nacht hatte ihre Hoffnung bestätigt, dass alles so wird wie früher, und wenn Erich irgendwie auch wieder mehr dazugehört, dann war das halt so.
Sie las ihr Buch weiter und bekam nur am Rande mit, dass Erich und Ralf beschlossen, heute Abend noch den Wasserhahn zu reparieren. Erich war sich sicher, dass er noch eine passende Dichtung in seinem Werkzeugkoffer liegen hatte.

Regina war die Freude anzusehen, als Erich die Arbeit beendet hatte, der Wasserhahn tropfte nicht mehr, nach einer halben Ewigkeit. Wie oft hatte sie dieses monotone Tropfen am Einschlafen gehindert, und wenn sie dann erst einmal ins Grübeln gekommen war, dann war die Nacht meist gelaufen. Sie musste sich eh' meist erst akklimatisieren, wenn sie unterwegs waren, zumindest was das Schlafen betraf.
Das Meer, Südfrankreich, ihr ewiger Sehnsuchtsort, aber es gab auch die anderen Erlebnisse, die sie meist in solchen Nächten einholten, so sehr sie sich auch dagegen wehrte. Saint Tropez, dieser malerische Ort mit seinen protzigen Yachten, die mittlerweile eine Größe erreicht hatten, die diesen Ort mit ihrer Präsenz fast zu erdrücken schienen. Die Cafés am Hafen ließen sich die nicht mehr vorhandene Sicht auf das Meer mit einem saftigen Aufschlag auf den lieblos servierten Espresso oder Cappuccino honorieren. Wenn eines dieser „Boote" ablegte, bildete sich sofort eine lechzende und geifernde Menschenmasse, die diesem Ereignis eine Aufmerksamkeit zukommen ließ, als handelte es sich um die erste Mondlandung, die der Menschheit geglückt war.
Regina hatte hinter die Fassaden geschaut, hatte die Menschen nur zu gut kennengelernt, die diese Statussymbole brauchten, um sich aufzuwerten. Um ihr oft langweiliges Leben auszuschmücken. Sie hasste die Oberflächlichkeit dieser Leute,

die ihre Abgründe mit ihrem Prunk versuchten zu kaschieren. Dass hatte dieses wunderschöne Fischerdorf nicht verdient.

Sie hasste diese Spielchen und nicht zuletzt die Menschenmassen, die versuchten, an dem Glamour teilzuhaben, aber die Menschen waren halt so.

Umso schöner fand sie, dass Cassis solchen Auftritten keine Bühne bot, noch nicht! Hier schien das Leben noch in Ordnung. Aber diese schreckliche Sache mit Adjori und dem Jungen letztes Jahr beschäftigte sie auch nachhaltig.

Ralf und Erich waren da komplett anders. Die ließen so etwas nicht an sich ran. Ralf fragte zwar manchmal nach, ob es was Neues gäbe, wenn Regina die neuesten Nachrichten zu dem Fall in der lokalen Zeitung verfolgte, aber das war dann auch alles an Anteilnahme, mehr kam da nicht. Irgendwie beneidete sie ihn darum. Immerhin hatte er ihn ja auch gekannt. Sie ließ alles viel zu nah an sich heran.

Es war spät geworden. Als sie mit duschen fertig waren, beschlossen sie, noch mal zum Hafen zu laufen, um im 8½ zu Abend zu essen.




Lieselotte hatte mit Bernd telefoniert. Das taten sie in der letzten Zeit öfter. Bernd war durch seinen Job an der Pforte so eine Art Informationstauschzentrale. Außerdem hatten die beiden bei gelegentlichen Telefonaten erkannt, dass sie durchaus Ähnlichkeiten in ihrer Biografie hatten, und auch Bernd war nicht freiwillig auf seinem jetzigen Posten gelandet, das hatte sie zwischen den Zeilen herausgehört. Sie waren auch die ältesten, die im Haus beschäftigt waren, noch so ein Grund, irgendwie zusammenzuhalten gegen die sich wandelnde Zeit. Ihr Schwärmerei für Herrn Krüger hatte sich schlagartig gelegt, als dieser sie für die fehlende Information betreffs der Einnässerei von Basti verantwortlich gemacht hatte. So eine Frechheit, dabei war sie sich sicher gewesen, dass es davor keine Vorkommnisse dieser Art gegeben hatte.

In ein paar Jahren wollte sie in Rente gehen. So ein Mann wie Bernd, nun ja, sie konnte sich durchaus vorstellen, den Kontakt zu vertiefen.

Aber vorerst interessierte sie, was aus den beiden Jungen geworden war. Irgendwie war sie ja froh gewesen, dass Basti nach diesen anstrengenden Wochen endlich in den Jugendwerkhof Torgau gebracht wurde. Aber sein Verhalten war schon seltsam gewesen. Dass so ein Kind dermaßen abdreht, hatte sie noch nicht erlebt. Eigentlich war er ja noch viel zu jung für den Werkhof, aber manchmal ging es halt nicht anders.

Und dass die Krüger's kurz nach dem zweiten Testwochenende den Günter adoptiert hatten, war auch nicht der übliche Weg. Normalerweise waren diese Auswahlverfahren langwierig und streng. Dass so was so schnell ablief, hatte hundertprozentig was mit „Vitamin B" zu tun. Bernd war auch zu Ohren gekommen, dass dieser Krüger ein hohes Tier bei der NVA sei, und seine Quellen waren schon recht zuverlässig.

Aber die Nachricht, die sie heute erhielt, verstand sie überhaupt nicht. Drei Wochen nach der Adoption hatte Frau Krüger die Scheidung eingereicht und war mit Günter ausgezogen. Irgendwie passte da was nicht. So richtig konnte sie das nicht glauben.

Ralf und Regina waren in Moustiers angekommen. Die Fahrt bis hierher war schon ziemlich anstrengend gewesen. Überall diese Baustellen und Staus oberhalb von Cassis, und dann diese fürchterliche Hitze. So war diese doch überschaubare Strecke zu einer Tagestour geworden.

Die Hitze hatten sie völlig unterschätzt, aber auch das Leben in Cassis lähmte gleichermaßen. So sehr sie sich den ganzen Winter lang gefreut hatten, bis sie endlich dort ankamen, genau so angenehm war es, jetzt wieder weiterzufahren in die provencalischen Alpen, dort wo zumindest die Nächte auszuhalten waren.

Erich war diesmal zwei Wochen geblieben, dann war er zurück nach Eisleben gefahren. Er war halt nicht der Typ dazu, länger auf Reisen zu sein, und wenn schon, dann schwärmte er immer von der Insel Rügen und dem Darß. Das waren seine Ziele, schon immer.

Eigentlich hatte sich Regina eh' gewundert, dass er nun das zweite Jahr in Folge sie besuchen gekommen war, obwohl letztes Jahr war ja für alle ein Reinfall, aber dieses Jahr war schon recht entspannt, ja fast harmonisch gewesen.

Der Hype um den verschwundenen Jungen war auch abgeebbt. Dieser Kommissar Moulin blieb dieses Jahr circa zwei Wochen, bis er ergebnislos abzog, wie man hörte, zurückbeordert von seinem Chef. Er hatte sich ziemlich reingekniet in die Ermittlungen und ihm war sein Frust anzusehen gewesen, abends im Le France, als er meist allein grübelnd an seinem Tisch saß und sich Notizen machte.

Afra hatte sie auch nicht mehr gesehen. Wie es hieß, war sie krankgeschrieben, ging nur noch selten unter Menschen.

Irgendwann war das Thema dann vollends aus dem üblichen Klatsch verschwunden. Cassis hatte dann doch recht schnell zur Normalität zurückgefunden.

Ralf war dieses Jahr auch erstaunlich gut drauf gewesen. Selbst als Erich verschwunden war, waren sie noch recht viel unterwegs gewesen. Sehr viel wandern und auch die ein oder andere Fahrradtour, zu der sie ihn hatte überreden können.

Doch vor zwei, drei Wochen ging es wieder los, seine Fahrigkeit, seine Unausgeglichenheit. Sie hatte versucht, mit ihm darüber zu reden. „Meine Knochen", hatte er immer gesagt, „das wird schon wieder."

Doch dann hatte sie das Angebot gemacht weiterzufahren, und Ralf war sofort einverstanden. Chamonix war sein Vorschlag gewesen, doch dann einigten sie sich auf den Weg durch die Schluchten des Verdon mit vielleicht dem einen oder anderen Zwischenstopp. Irgendwie schien Ralf erleichtert, als es dann endlich weiterging.

Das Navi hatte sie diesmal über eine Straße oberhalb des großen Stausees entlang geleitet, durch riesige Lavendelfelder hindurch, die gerade angefangen hatten zu blühen. Der Duft, der durch das offene Fenster hereinströmte, war ein Fest für die Sinne. Auch die sich abzeichnenden Bergmassive, durch die sich die Verdonschlucht zog und der Blick auf Moustiers, der sich kurz am Ende jeder Spitzkehre des Passes bot, der in den Ort hinunterführte, vervollständigten den Eindruck. Was für eine wunderschöne Gegend.

Ralf war für einen Augenblick überwältigt und hielt kurz an. Dieses Kloster, das dort zwischen zwei Felsen stand und über dem diese Kette mit dem goldenen Stern gespannt war, hatte schon etwas Einzigartiges. Doch die Tourismusindustrie mit ihren gebührenpflichtigen Parkplätzen und die Geschäfte, die sich mit ihrem an solche Orte angepassten Angebot der

Laufkundschaft darboten, hielten beide davon ab, hier einen längeren Stopp einzulegen, zu sehr waren beide gespannt, was da noch so kam. Regina hatte schon einiges über diesen Canyon gelesen und war voller Erwartungsfreude.

Als sie letztes Jahr schon einmal durchgefahren waren, hatte es dieses schwere Gewitter gegeben. Erst gab es in einer größeren Entfernung einige heftige Donnerschläge, so dass Ralf schon vermutete, dass in dem nahen militärischen Sperrgebiet, an dem sie vorbeigefahren waren, eine Übung stattfindet, doch dann begann es plötzlich so heftig zu regnen, dass es die Scheibenwischer auf der größten Stufe nicht mehr geschafft hatten, für freie Sicht zu sorgen.

Ralf war ein exzellenter Fahrer, doch solche Bedingungen waren selbst ihm zu heftig, er hatte mehrmals anhalten müssen, da er nichts mehr sah. Als es nach einer gefühlten Ewigkeit etwas weniger regnete, versuchte er weiterzufahren. Doch die Überschwemmungen und Steinabbrüche, die auf der Straße lagen, machten das zu einem Erlebnis der besonderen Art. Kurz vor La Palud sur Verdon, an der höchsten Stelle der Passstraße, hatte es so intensiv gehagelt, dass die umliegenden Wiesen in zentimeterhohem Weiß verpackt waren, und das Anfang Juni. Welch ein Naturspektakel.

Auf der weiteren Route Richtung Castellane, die er mehr schlecht als recht hinter sich brachte, hielt er kurz unter einem Felsvorsprung an, um einen Blick in den Canyon des Verdon zu riskieren, und was er und Regina da zu sehen bekamen, verschlug ihnen fast den Atem. Gleich neben der Straße, die stellenweise in den Fels gehauen war, ging es so spektakulär abwärts, und alles war nur durch eine circa dreißig Zentimeter hohe Mauer gesichert. Das wäre in Deutschland nicht möglich, und wenn überhaupt, dann wäre die Straße auf 30 km/h reglementiert. Hier jedoch hatte er nirgendwo eine Geschwindigkeitsbegrenzung gesehen. Das gab es so nur in

Frankreich.

Regina hatte schnell ihre Kamera geholt, um hastig ein paar Fotos zu schießen. Sie wusste eigentlich, dass es keinen Sinn machte, aber sie wollte diese Landschaft unbedingt konservieren bis zu dem Zeitpunkt, an dem sie hoffte, hier für länger verweilen zu können, vor allem bei besserem Wetter.

Das Wetter war diesmal nun deutlich besser, als Ralf hinter Moustiers durch einen Kreisverkehr fuhr und in die Straße Richtung Castellane einbog. Die nachmittägliche Sonne schien intensiv und tauchte das, was sie erwartete, in ein ganz besonderes Licht. Nachdem die Straße sich einige Serpentinen hoch und wieder runter geschraubt hatte, empfing die beiden schon der erste grandiose Ausblick. Vor einer Felsspitze, durch die die Straße hindurchführte, war ein kleiner Parkplatz, auf dem schon einige Autos und Wohnmobile standen. Alle hatten ihre Kameras und Handys ausgepackt und fotografierten, was das Zeug hielt. Den meisten Gesichtern war ihre Begeisterung anzusehen. Es war ja auch überwältigend.

Auf der rechten Seite lag der Lac de Sainte Croix, der sich gekonnt in die Landschaft einfügte und durch seine schiere Größe und das leuchtende Türkis beeindruckte. Er sah aus, als wäre er schon immer dort gewesen, obwohl es sich um einen Stausee handelte, der in den 1970-ger Jahren gebaut wurde. Auf der linken Seite schnitt sich der Verdon in die beeindruckenden Felsmassive, die sich auf beiden Seiten in unglaubliche Höhen auftürmten. Ralf wusste, das konnte jetzt länger dauern, und vertrat sich etwas die Beine. Regina war die nächste Zeit mit fotografieren beschäftigt, das war sicher.

Er brauchte das nicht. Er konnte Eindrücke wie ein Schwamm in sich aufsaugen. Früher in seiner aktiven Zeit war das sehr wichtig gewesen. Er hätte nicht einfach Fotos von einem Einsatzort machen können. Er musste sich alles merken, alles was von Bedeutung war, auf die Schönheiten der Landschaft konnte er damals nie achten, das war ihm bis heute alles nicht so wichtig, doch so langsam fand er Gefallen auch an solchen Sachen. Regina hatte ihm diese Erlebnisse anfangs ja fast aufgezwungen, wollte immer wandern und Rad fahren. Aber das mit der ganzen Fotografiererei nervte manchmal schon.

Er war den Parkplatz schon ein ganzes Stück entlanggelaufen, als ihm neben einem Auto mit Wohnanhänger spielende Kinder auffielen. Die Eltern hatten sie ganz einfach sich selbst überlassen und machten beide in einiger Entfernung mit ihrem Handy Bilder von der Landschaft. Ralf sah auf das Nummernschild. Auch noch Deutsche. Kurz kam er in Versuchung, die beiden Kinder anzusprechen. Nur zu gut wusste er, wie die beiden sich jetzt fühlten, ihnen war langweilig. Er hätte sie gern getröstet.

Er wusste, wie es sich anfühlte, von seinen Eltern nicht beachtet zu werden. Tagelang auf sich selbst gestellt zu sein. Manchmal war er aber auch froh gewesen, wenn sie ihn in Ruhe ließen, sein brutaler Vater und seine tablettenabhängige Mutter. Jedesmal, wenn er daran dachte, wurde er traurig und wütend.

Er drehte um, ging ins Wohnmobil und kochte sich einen Kaffee. Er wäre am liebsten zu Regina gelaufen, um sie aufzufordern, mit dem Bilder machen aufzuhören, damit sie weiterfahren könnten. Doch dann legte er sich etwas hin und wartete geduldig, zumindest versuchte er es.

Als Regina mit einem strahlenden Gesicht zurückkam, schreckte Ralf zusammen. Er musste kurz eingeschlafen sein. Zu sehr hatte die Fahrt ihn geschlaucht, und die letzten Wochen hatte er nachts schlecht geschlafen. Wenn er durch seine Albträume aufwachte und ins Grübeln kam, war es dann meist vorbei mit dem Schlaf, und dann auch noch seine Knochen. Aber tagsüber war es einfach zu heiß, um sich hinzulegen.

Regina sah den Kaffee, den er gekocht hatte und fragte, ob sie eine Tasse davon bekommen könne. Sie war so glücklich über die gelungenen Fotos, die sie sich auch gleich nochmals anschaute. Als sie diese Ralf zeigen wollte, winkte dieser nur ab: „Später".

Damals, als sie mit der Fotografie angefangen hatte, war es immer wie ein Lotteriespiel, wenn sie die Filme zum Entwickeln abgab, bis dann endlich die Dias oder Abzüge fertig waren. Jetzt konnte man ganz einfach löschen, was einem nicht gefiel, und sofort ein neues Bild machen.

Dieser Vorteil hatte sie letztendlich dann doch von der digitalen Technik überzeugt. Ralf hatte ihr dann letztes Jahr solch eine Kamera zum Geburtstag geschenkt und auch noch eine Fahrt mit der zweithöchsten Seilbahn Europas von Chamonix zur Aiguille de Midi auf circa 3850 Meter. Was für ein Erlebnis. Da wollten sie dieses Jahr unbedingt noch einmal hin.

Endlich konnte Ralf weiterfahren. Die Strecke wurde kurzzeitig noch etwas spektakulärer. Nach ein paar Kurven tauchte ein Straßenwärterhäuschen am rechten Fahrbahnrand auf, ihm gegenüber gab es mehrere kleine Wasserfälle, die sich über bemooste und bewachsene Felsen ihren Weg in die Tiefen suchten, was für ein wunderbarer Ort.

Als sie Ralf bat, nochmals kurz anzuhalten, reagierte dieser nicht. Entweder wollte er nicht, oder er hatte sie einfach nicht gehört. Sie schaute ihn kurz an, er war in Gedanken versunken, irgendwie ganz weit weg. Ralf hatte auch wieder gut Fahrt aufgenommen. Er fuhr in solchen Momenten mit solch einer Routine durch halsbrecherische Routen, dass ihr manchmal ganz übel wurde.

Als er dies einmal mitbekam, hatte er ihr erklärt, wie das funktionierte. Er nutzte jeden Moment, in dem er freie Sicht auf die Strecke und Pässe hatte, um diese zu scannen. In diesen kurzen Augenblicken merkte er sich jedes Auto, was sich auf dieser Strecke befand und wusste intuitiv immer, wo er auf dieses treffen würde. Dieser eine Moment, der Bruchteil einer

Sekunde reichte ihm, um solche Situationen einzuschätzen. Regina war zwar immer noch nicht ganz wohl, wenn er in uneinsehbaren Kurven überholte, aber sie war auf dem Weg, etwas gelassener zu werden, ganz langsam.
Doch diesmal war es anders. Ralf schien unkonzentriert. Dementsprechend froh war sie auch, als sie endlich in La Palud sur Verdon eintrafen.
Als sie über die Passhöhe hinweg fuhren, war der Ort schon zu sehen. Dieses riesige alte Gebäude in der Mitte des Dorfes, das in seiner Größe mit der ansässigen Kirche wetteiferte, war schon sehr markant, vor allem durch die vier Türme, die seine Ecken verzierten. Laut Reiseführer wohnte damals der Mann dort, der die heutige Straße durch den Canyon hatte bauen lassen. Ursprünglich waren die ganzen Ortschaften ausschließlich über ein Netz von Römerwegen zu erreichen gewesen, das sich in einer Dichte durch die Berge zog, die in Europa einzigartig war. Als sie in den Ort hineinfuhren, lag da rechterhand der Campingplatz von Jean-Paul, von dem sie gelesen hatte. Sie hatte vorgeschlagen, dort zu übernachten. Nachdem Ralf kurz anhielt, die erste Ernüchterung, der Platz war geschlossen seit diesem Jahr, „unwiderruflich", wie es auf einem Aushang geschrieben stand.
„Lass uns erst mal in den Ort fahren", schlug Ralf vor, „es wird Zeit für's Abendessen."
Regina freute sich über den Vorschlag und willigte sofort ein.
Nach zweihundert Metern kamen sie auf den zentralen Platz des Dorfes, an dem sich zwei Restaurants, ein Imbiss und ein Pizzabäcker befanden. Eine Straße zweigte zur Route des Crètes ab, an der sich Ralf einen Parkplatz suchte. Er war auf einmal wieder putzmunter. Er hatte an einer Markise eines Lokals die Aufschrift „Paulaner" entdeckt. Das war so etwas wie eine Oase in der Wüste nach Monaten französischen Biers, dieser Ort war genau richtig für einen Zwischenstopp. Hocherfreut gingen er

und Regina auf das Lokal zu - und es war geschlossen. Ralf's Miene verfinsterte sich wieder etwas. „Paulaner" sollte also nicht sein.

Nachdem sie sich etwas umgesehen hatten, beschlossen sie, in das andere Restaurant am Platz zu gehen. Neben dem Namen „Café Lou" hingen zwei Klettererfiguren. Im Großen und Ganzen schien diese Bar mehr für junges Publikum geeignet, aber augenscheinlich waren auch jede Menge Einheimische anwesend. Egal, es machte einem gemütlichen Eindruck und eine große Speisetafel stand ebenfalls vor der Terrasse.

Ralf bestellte sich ein Bier und Regina einen Rotwein. Der Mann, der sie bediente, schien auch ein Kletterer zu sein. Ralf musterte seine Physis anerkennend. Seinen verbliebenen Haarkranz hatte er zu einer Art Zopf zurechtgebunden, was in Kletterkreisen durchaus üblich war. Bei ihm jedoch wirkte es mehr wie eine Art Reminiszenz an bessere Tage.

„Wir würden gern was essen", bemerkte Regina.

„Essen ab zwanzig Uhr", war die knappe Antwort.

Was in Cassis mittlerweile völlig normal war, essen, wenn man Hunger hat, war hier in der Provinz noch nicht angekommen. Hier war der Koch noch König, und wie ein solcher thronte dieser auf der Terrasse bei einem Kaffee und einer Zigarette. Gegenüber hatte der Pizzabäcker gerade seinen kleinen Stand geöffnet.

„Frag doch mal, ob es in dieser Servicewüste wenigstens möglich ist, eine Pizza hier zu essen", kommentierte Ralf die Situation.

„Kein Problem", hieß es, „auf der Terrasse".

Ralf und Regina waren nicht die Einzigen mit diesem Gedanken. Vor „Pepino's Pizzahütte" bildete sich eine kleine Schlange.

Zwanzig Uhr bewegte sich der Koch in seine Küche und schaute gelangweilt durch die Serviceluke. Seine Gäste waren bereits satt. Aber abgesehen von dieser französischen Besonderheit wurde es noch ein ganz lustiger Abend. Pat, so hieß der Kellner, gab auf Nachfrage bereitwillig Auskunft über die lokalen Klettermöglichkeiten und erklärte auch, warum das Restaurant gegenüber geschlossen hatte.

„Seitdem der Campingplatz von Jean-Paul zu hat, lohnt es sich nicht mehr für alle jeden Tag. Wir haben morgen Ruhetag, dann hat die andere Bar wieder auf", bemerkte er nur kurz.

Die beiden übernachteten auf dem Parkplatz unweit des „Lou", sie waren noch nicht ganz sicher, ob sie länger in diesem Ort verweilen wollten. Obwohl ja La Palud nicht nur aus dem Campingplatz mit der legendären Aussicht bestand, schmälerte es den Charme schon erheblich.

Sie beschlossen, sich morgen nach dem Frühstück Chateauneuf anzuschauen, eine verlassene Ortschaft unweit von La Palud, die an der Kreuzung zweier alter Römerwege lag.

Der morbide Charme, der sie empfing, nachdem sie das letzte Stück zu Fuß gelaufen waren, war schon beeindruckend. Der Römerweg war in einem nicht mehr befahrbaren Zustand und mit einer Schranke versehen, aber den Aufstieg vorbei an den mehreren hundert Jahre alten Olivenbäumen und Eichen musste man auch zu Fuß erleben.

Regina entdeckte von einem Aussichtspunkt aus einen Schwarm Geier, die sich auf einem nahen Acker über ein Stück Aas hermachten. Beziehungsweise der Leitgeier, die anderen fünf hüpften in gebührendem Abstand flügelschlagend, bis dieser satt war, um dann auch zum Zug zu kommen. Ein Jungsporn, der es vorher versuchte, wurde schroff zurückgewiesen.

Ralf musste bei diesem Schauspiel schmunzeln. Dieses Rangordnungsverhalten hatte er während seiner Ausbildung so oft verflucht, zumindest anfangs, bevor er dann später selbst in den Genuss der angenehmen Seiten kam.

Regina schoss euphorisch ein Foto nach dem anderen von diesen imposanten Tieren mit ihren unglaublichen Flügelspannweiten von bis zu drei Metern, die in Rougon aus einem Aufzuchtgehege ausgewildert wurden. Leider musste sie feststellen, dass sie doch zu weit entfernt waren, um sie einigermaßen heranzuzoomen.

Umso schönere Motive boten sich in Chateauneuf. Die Ruinen schienen in einen Dornröschenschlaf versunken. Sie waren mit jeder Menge Pflanzen überwuchert, die sich ihren Lebensraum zurück zu erobern schienen. Einzig die Kirche wurde anscheinend am weiteren Verfall gehindert. Ein kleines Gerüst und ein eingeschalter Rundbogen zeugten von diesen Bemühungen. Der Ausblick, den diese Ortschaft bot, war gigantisch. Welch ein strategisch hervorragender Platz, den die Römer sich ausgesucht hatten, das nötigte Ralf Respekt ab.

Sie saßen noch eine Weile auf der Wiese neben dem Friedhof und sahen sich um. Regina schaute Ralf schmunzelnd an: „Was hältst du davon, wenn wir zum Mittagessen rüber nach Rougon fahren. Da gibt es eine Crêperie mit Aussicht auf die Verdonschlucht und die Aufzuchtstation der Geier."

„Okay", antwortete Ralf.

Auf dem Weg zum Wohnmobil bemerkte Ralf schon aus einiger Entfernung, dass irgendetwas nicht stimmte. Als sie zügig näherkamen, bestätigte sich der erste Eindruck. Das Nummernschild des Wohnmobils war an einer Seite aus der Verankerung herausgerissen und hing leicht verbeult schräg an dem verbliebenen Befestigungspunkt. „Was war denn da passiert?" schoss es Ralf durch den Kopf, er war doch nirgendwo dagegen gefahren oder hängen geblieben? Nein, das konnte er ausschließen.

Er nahm das Schild genauer in Augenschein und entdeckte Spuren von Gummiabrieb, welcher sich in einer Art Schleifspur über das Schild zog. Es war eindeutig, da hatte jemand dagegengetreten. Er schaute sich instinktiv um, weit und breit keine Menschenseele. Ein einsamer Hof befand sich in einigen hundert Metern und ein kleines turmähnliches Haus neben dem Parkplatz, das war alles. Kein Mensch, kein Auto, nichts. In seiner Wut überlegte er, zu dem Hof zu fahren und nach möglichen Zeugen zu suchen. Er verwarf den Plan jedoch und dachte nach. Wer konnte sich veranlasst sehen, so etwas zu tun? Regina bemerkte: „Die mögen hier die Deutschen nicht. Die SS hat hier während des Krieges ganz schön gewütet, vor allem auf den einsamen Bergdörfern." Das hatte sie sich damals oft anhören müssen, als sie mit ihrer Familie in der Provence unterwegs war und sie erzählte, dass sie in der DDR aufgewachsen sei.

Auch Ralf erinnerte sich an seine Ausbildungszeit beim Wachregiment. Damals, als sie abkommandiert wurden nach Karl-Marx-Stadt zum Objektschutz des Stadtarchives, als beim Durchsehen eines ungenutzten Kellerraumes in einem alten Aktenschrank diese brisanten Akten von Himmler und Göring entdeckt wurden. Dieser Raum war ursprünglich so vollgestopft mit Sperrmüll gewesen, dass sich niemand die Mühe gemacht hatte, ihn leerzuräumen. Er war all die Jahre verschlossen. Einzig der Umstand, dass sich in ihm ein Teil der Hauptwasserleitung befand, die nach dem gefühltermaßen hundertsten Rohrbruch nun endlich erneuert werden sollte, brachte diesen Fund zum Vorschein.

Erich war damals mit ihm zusammen vor Ort und war mit einer Begeisterung bei der Sache, wie er meinte, diesen „Schatz" zu heben. Erich hatte ein Faible für diese Zeit, er war damals einmal sogar so weit gegangen, Ralf vorzuwerfen, dass er mit seiner Beziehung zu Regina Rassenschande begangen hatte, die er ja dann zum Glück beendete. Erich hatte damals nach Feierabend einige dieser Akten regelrecht verschlungen, unter anderem auch Berichte über Einsätze der Schutzstaffel in den besetzten Gebieten Frankreichs.

Später war Erich auch einer der Initiatoren der sogenannten Clubabende, bei denen sie ihre Verehrung für den „größten Führer des deutschen Volkes aller Zeiten, Adolf Hitler" zelebrierten. Ralf hatte da nie dazugehört, wurde auch nicht eingeladen. Er hatte das auch immer als eine Art Spaß abgetan, als willkommenen Grund, sich mal ordentlich einen guten Schluck zu gönnen, doch irgendwann kamen ihm doch größere Zweifel, ob dass alles so harmlos war.

Er war nicht so einer. Er glaubte zwar damals an die Sache mit dem Sozialismus, hatte sich aber nie Gedanken gemacht, warum aus dem Nationalen Sozialismus so vieles nahtlos übernommen wurde. Selbst ihre Uniformen waren eine 1:1 – Kopie. Erich hatte bei einem früheren Fund von SS-Utensilien sich heimlich Schulterstücke der SS eingesteckt, die er ab und zu, wie Ralf damals glaubte zum Spaß, an seine Uniform ansteckte.

Nun hatten sie ihm das Nummernschild abgetreten, und nicht Erich.

Nachdem er es notdürftig befestigt hatte, beschlossen sie, nach Rougon zu fahren. Ralf war froh, diesen Ort verlassen zu können, er mochte ihn nicht mehr. Auf der Weiterfahrt hatte er keinen Blick mehr für die Schönheit der Landschaft. Für einen Moment wäre er am liebsten nach Hause gefahren.

Nachdem sie in La Palud in Richtung Castellane eingebogen waren, besserte sich seine Laune wieder. Er hatte kurz einen Blick auf das Paulaner-Schild geworfen und freute sich auf den Abend.

Das Panorama, das sich ihnen auf dem Weg bot, war grandios. Auf einigen Gipfeln der den Canyon umgebenden Berge waren noch Schneereste zu erkennen. Was für ein sonniger, kalter, wunderschöner Fleck Erde, diese provencalischen Alpen. Rechter Hand an einem einsam in der Landschaft stehenden Hotel, welches mit einem dekorativ aufgestellten Motorrad um die zahlreich vorbeifahrende Kundschaft warb, zweigte die

Route des Crêtes ab, eine Ringstraße über einen Bergkamm, die spektakuläre Aussichten auf den Canyon versprach. Linker Hand ein alter, halb verfallener Bauernhof, auf dessen umliegenden Wiesen eine Schafherde weidete. Ralf hatte schon eine Ahnung, dass es ihm nicht so schnell gelingen würde, Regina davon zu überzeugen, nach Chamonix weiterzufahren. Insgeheim hatte er schon ein paar Tage eingeplant.

Später stellte Ralf den Camper auf einem Rougon vorgelagerten Parkplatz neben einer Kapelle ab. Neben dieser befand sich wieder einer dieser aus Feldstein gemauerten Pfeiler mit einer kleinen Jesusfigur, die er schon in Chateauneuf und La Palud entdeckt hatte, ein untrügliches Zeichen, dass sich hier eine alte Kreuzung der Römerstraßen befunden hatte. Er musste nicht lange suchen, um einige Trockenmauern zu entdecken, die diese Straßen meist seitlich befestigten. Wie zur Bestätigung der Bedeutung, die dieser Ort einmal gehabt haben muss, thronte eine Festungsruine auf einem Felsen über der Stadt. Im Gegensatz zu Chateauneuf hatten sich die Bewohner dieses auch recht abgelegenen Ortes nicht dazu entschlossen, diesen irgendwann aufzugeben.

Im Gegenteil, überall in den engen Gassen zeugten Gerüste von dem Vorhaben, verfallene und verlassene Häuser wiederaufzubauen. Überhaupt machte dieser kleine Ort einen recht lebendigen Eindruck. Ralf und Regina folgten den Hinweisschildern, die den Weg zur Crêperie wiesen, sie waren schon recht hungrig.

Kommissar Moulin saß in seinem Stammcafé am alten Hafen von Marseille und trank ein Bier. Er hatte schon lange Feierabend, doch er schaute noch immer einige Unterlagen durch. Sein Chef hatte ihn aus Cassis abgezogen, genau zwei Tage nachdem er die Zusage erhalten hatte, noch einige Tage Zeit zu haben. So war er halt, aber insgeheim musste er zugeben, dass diese Entscheidung gerechtfertigt war. Sie hatten nichts, absolut nichts, was ein Weiterermitteln rechtfertigen würde, schon gar nicht mit so einem immensen Aufwand wie Spurensicherung und Hundestaffel.

Auf seinem Schreibtisch hatte sich auch unheimlich viel Arbeit angesammelt. Meist Eigentumsdelikte, die eh' keinem wehtaten. Diese Ansicht durfte er zwar nicht laut vertreten, aber so sah er das nun mal. Er fand es absolut unverhältnismäßig, mit welchen Mitteln er für derartige Fälle ausgestattet war, aber bei den Vermisstenfällen wurde auf die Kosten geachtet. Er fand das menschenverachtend, und was noch viel schlimmer war, ihn plagte sein schlechtes Gewissen.

Er hatte sich immer so weit rausgelehnt mit seinen Standards und Ratgebern, seine ganze Klugscheißerei, wie es manchmal seine Kollegen hinter vorgehaltener Hand bezeichneten. Und nun, das zweite Mal Totalversagen. Er hätte sich am liebsten verkrochen vor Scham, als er seinen Abschlussbericht abgab.

Die einzige brauchbare Spur hatte das Dezernat für Bandenkriminalität übernommen. Die hatten einen ihrer V-Leute kontaktiert, der konnte allerdings keine Anhaltspunkte finden, die die beiden Jungen mit Gangaktivitäten in Zusammenhang brachten. Daraufhin wurde die Akte geschlossen.

Moulin konnte sich damit allerdings nicht abfinden und hatte nach Feierabend weiter ermittelt. Er hatte alle Vermisstenfälle von Jungen im gleichen Alter wie Adjori durch das Raster laufen lassen und hatte sich die Akten kommen lassen. Er hatte sich dann nach und nach durchgearbeitet, ohne Parallelen zu entdecken.

Irgendwann war er auf die Idee gekommen, die Belästigung von Jungen in diesem Alter, die zur Anzeige gebracht wurden, ebenfalls mit in seine Ermittlungen aufzunehmen. Was für eine Arbeit. Er hatte sich Abend für Abend ein bis zwei dieser Fälle vorgenommen in seinem Stammcafé, das er so mochte.

Er hatte sich mal hinterfragt, warum er gerade hierher ging, in das Touristenviertel, und nicht in die Lokale, in denen auch seine Kollegen verkehrten. Irgendwann musste er sich die Antwort eingestehen, er war nach all den Jahren immer noch ein Fremder in dieser Stadt, und irgendwie war das einfacher zu ertragen, wenn man sich unter Fremde begab. Da war alles einfacher. Außerdem konnte er sich im Café am besten konzentrieren. Er brauchte den Trubel um sich herum, um effektiv zu sein. Allein in seinem stillen Büro konnte er das nicht so gut.

Er hatte sich heute Abend mit Renard von der Spurensicherung verabredet. In ihm hatte er einen Mitstreiter gefunden. Nachdem er noch ein, zwei Mal mit ihm telefoniert hatte, glaubte er herausgehört zu haben, zwischen den Zeilen sozusagen, dass dieser mit der Einstellung der Ermittlungen auch nicht zufrieden war. Er hatte ihn dann irgendwann einmal darauf angesprochen. Seitdem tauschten sie sich aus, nach Feierabend.

Heute hatte Renard ihn angerufen und um ein Treffen gebeten. Am Telefon wollte er nicht drüber reden. Moulin war gespannt, er wusste, dass Renard keine halben Sachen machte, und wenn er um ein persönliches Treffen bat, hatte das mit Sicherheit einen guten Grund.

Renard hatte sich um fünf Minuten verspätet: „Sorry, tut mir leid, dass ich dich habe warten lassen."

Irgendwann hatten beide sich entschlossen, sich das Du anzubieten. Es war am Anfang schon merkwürdig, gemeinsam heimlich ohne Genehmigung zu ermitteln und dann dieses steife Sie, das passte nicht. Als sie das erkannten, mussten beide lachen. Danach wurde vieles einfacher.

Auch ansonsten waren sie sich ähnlich. War es doch hier im Süden durchaus üblich, wenn man sich verabredete, die angegebene Zeit als ungefähren Anhaltspunkt zu sehen, und Renard entschuldigte sich für fünf Minuten. Vor solchen

Menschen hatte Moulin Respekt.

Renard setzte sich und bestellte ein Bier.

„Ja", begann er, „eigentlich weiß ich gar nicht so recht, wo ich anfangen soll. Vor allem weiß ich nicht, wie ich das, was ich herausgefunden habe, einordnen soll. Beginnen wir am besten mit den Fakten. Diesen WC-Reiniger aus den Achtzigern, der wegen der aggressiven Inhaltsstoffe damals vom Markt genommen wurde, hatte man in den ‚VEB Leuna Werken Walter Ulbricht' hergestellt."

„Was, in der Ostzone?"

„Ja, ganz genau. Es war damals eine durchaus gängige Praxis, dass große Westkonzerne Produkte im Osten produzieren ließen. Damals, ich weiß nicht, ob du dich noch an ‚Sandoz' erinnerst, dieser große Chemieunfall in der Schweiz, als der komplette Rhein verseucht war. Das war die Zeit, als die ersten Umweltauflagen verschärft wurden. Im Osten gab es so was überhaupt nicht. Für Devisen haben die alles produziert. Stellenweise in solchen Dimensionen, dass es für die eigene Bevölkerung zu massiven Versorgungsengpässen kam. Doch als sich herausstellte, dass einige Inhaltsstoffe derart gesundheitsschädlich waren, wurde das Originalprodukt verboten und in abgeschwächter Form weiterproduziert.

Das, was ich gefunden habe, ist exakt das Produkt, das in den Achtzigern in Leuna produziert wurde und noch spezieller. Die Grundsubstanz wurde mit Säuren verfeinert, die jede DNA zerstört. Und nun sind wir an dem Punkt, wo es anfängt, kompliziert zu werden. Wie kommt dieses Mittel an so einen Ort in Südfrankreich? Und wer hat überhaupt das Know-how, um solch ein Präparat zu verarbeiten? Das wir uns richtig verstehen, ich rede von Schutzanzug, Atemschutz et cetera."

„Nun gut, das stellt heutzutage nicht mehr das Problem dar, das kann man in jedem Baumarkt kaufen", warf Moulin ein.

„Richtig, was die Ausrüstung betrifft, da gebe ich dir schon völlig recht, allerdings das Mittel herzustellen, unmöglich, die meisten Inhaltsstoffe sind schlicht und einfach nicht mehr zu bekommen, verboten, werden seit Jahrzehnten nicht mehr hergestellt. Du erinnerst dich doch bestimmt an den Fall, der vor einigen Jahren durch die Medien ging, mit der Serie von Einbrüchen und Überfällen, die sich angeblich über ganz Europa auf eine Art und Weise verteilten, die einen Zusammenhang rein zeitlich und örtlich unmöglich machte. Aber trotz allem wurde nach einer weiblichen Person gefahndet, die ihre DNS an allen Tatorten hinterlassen hatte, europaweit."

„Ich verstehe nicht ganz", warf Moulin ein.

„Du erinnerst dich doch an die Fäkalien, die in dem alten Fabrikgebäude in den Calanques als einzige Spur noch vorhanden waren, obwohl der Rest spurenfrei war."

„Nun lass mich nicht dumm sterben, worauf willst du hinaus, Renard?"

„Also, nach vielen Monaten stellte sich dann irgendwann heraus, dass es sich bei der DNS der weiblichen Person, nach der europaweit gefahndet wurde, um eine Mitarbeiterin der Firma handelte, die die Watteträger zur Spurensicherung herstellte. Sie hatte es mit der Sterilität nicht so genau genommen und dadurch eine ganze Charge dieser Watteträger mit ihrer DNS verunreinigt, die europaweit verkauft wurden."

„Ach du Scheiße!" rutschte es Moulin heraus, „ich verstehe, ich erinnere mich, diese Frau hat monatelang Europol beschäftigt, was sage ich, zur Verzweiflung gebracht."

„Und nun sind wir wieder bei unserem Fall, es ist das gleiche Prinzip, nur dass ich leider vermute, dass es sich hier nicht um einen Zufall handelt. Ein Professor an der Uni hatte sich damals, als ich dort studierte, mit solchen Fällen beschäftigt, die perfekte Spurenvernichtung und gezielte Platzierung von Fremdspuren. Er hatte damals bei exakt dieser Spurenlage den Mossad ins Spiel gebracht, der vielfach bei Auslandseinsätzen nach diesem

Prinzip gearbeitet hat."

„Nun wird's aber verrückt, der Mossad entführt in Cassis kleine Jungs und platziert Fäkalrückstände in einer Industrieruine? Klar, völlig logisch, dass wir bis jetzt da noch nicht draufgekommen sind! Ich würde vorschlagen, wir rufen morgen den Chef an, erklären ihm das, und dann wird es kein Problem geben, dass wir weitermachen können."

„Verarsch' mich nicht", bemerkte Renard ernst, „ich weiß selbst, dass das alles nicht logisch ist, aber die nüchternen Fakten sprechen dafür."

Ralf und Regina waren in der Crêperie angekommen. Was für ein wunderschöner Ort. Eine Feldsteinmauer rahmte die kleine Terrasse ein, auf der sich eine Vielzahl von Tischen und Stühlen befand. Als sie die wenigen Stufen zur Terrasse hinabgestiegen waren, konnten sie die alten Bienenkästen bewundern, die in die Mauer eingelassen waren. Jede Menge Mauerblumen hatten in den Fugen Halt gefunden, die auch von Eidechsen bewohnt waren. Diese beendeten abrupt ihr Sonnenbad, als sie Ralf und Regina entdeckten.

Es war gerade erst kurz nach halb zwölf, sie waren die ersten Gäste. Die Aussicht war mal wieder atemberaubend, anders konnte man diese gigantische Landschaft einfach nicht beschreiben. Selbst Ralf war diesmal sichtlich angetan von dem Ausblick, den man von diesem Ort hatte. Rechter Hand hatte die alte Festungsruine eine Art Logenplatz inne. Wahnsinn, welches Gespür für Plätze die alten Römer damals auszeichnete. Exquisiter konnte man ganz einfach nicht bauen.

Auf der anderen Seite klammerte sich eine Art überdimensionierter Käfig an einem Felsvorsprung fest. Das musste die ehemalige Aufzuchtstation der Geier sein, die hier ausgewildert wurden. Aber der Blick hinunter ins Tal toppte alles, die Felsen fielen derart steil und schroff ab, um den Blick auf den türkisfarbenen Verdon freizugeben, der sich genüsslich durch diese Landschaft schlängelte. Wie auf Bestellung flogen die ersten Geier der Thermik folgend ins Blickfeld und versetzten Regina nun vollends in Verzückung. Einzig das Geräusch der Motorräder und Autos, die sich auf der Straße Richtung Castellane befanden, störte die fast schon magische Stimmung.

Die Mittagssonne heizte schon wieder ganz gut ein und sie beschlossen, sich an einen Tisch mit Sonnenschirm zu setzen. Es herrschte schon geschäftiges Treiben in dem Lokal, die letzten Vorbereitungen für das Tagesgeschäft waren in vollem Gange. Irgendwie schienen sie noch nicht so recht willkommen zu sein. Nachdem sie den Blickkontakt einige Male erfolgreich unterbinden konnte, kam die Kellnerin dann doch an ihren Tisch, um die Bestellung aufzunehmen.

„Ein Gezapftes und einen Rosé", bestellte Regina freundlich, „und die Speisekarte bitte."

„Essen ab zwölf Uhr", hieß es nur kurz.

„Soll ich schnell zu Pepino fahren und eine Pizza holen?" witzelte Ralf, „fremde Länder, fremde Sitten."

Kurze Zeit später setzte sich das gesamte Personal an einen Tisch und fing an zu essen. Ralf entglitten die Gesichtszüge. Erstmals fand er es richtig schade, dass er kein Französisch sprach. Er murmelte ein „Bon appetit", während er merkte, wie er wütend wurde.

Wie oft hatte er sich früher in der DDR ein Wettrennen mit dem Kellner geliefert, dieser mit dem „Reserviert"-Schild und er, um einen freien Platz zu ergattern. Einfach unglaublich, er schaute auf die zahlreichen Empfehlungen und Auszeichnungen von Wanderführern, die stolz am Eingang befestigt waren, und schüttelte den Kopf.

„Wenigstens die Crêpes schmecken", versuchte Regina die Stimmung aufzuhellen, als sie dann auch endlich essen durften.

Auf dem Rückweg machten sie noch einen Stopp am Point Sublime, um einen Blick auf den Samsonkorridor zu riskieren. Größer konnten die Kontraste nicht sein. Kolonnen von Bussen und Wohnmobilen spuckten an diesem gut erreichbaren Ort ihre Ladung aus, die sich im Gänsemarsch Richtung Aussichtspunkt bewegten. Regina und Ralf sahen sich nur kurz an, diese Aussicht musste warten.

Ralf hatte sich am Nachmittag hingelegt, die Ereignisse des Tages hatten ihn etwas mitgenommen. Er wusste, dass die sicher nichts mit ihm zu tun hatten, aber wenn es ihm nicht gut ging, regte er sich über jede Kleinigkeit auf. Er konnte dann nicht mehr runterkommen, entspannen, ganz im Gegenteil. Er war dann wie ein Motor ohne Drehzahlbegrenzer. Er steigerte sich derart hinein, dass er selbst manchmal meinte, er würde zerplatzen, sein Kopf, der nicht in der Lage war, abzuschalten.

Heute war wieder so ein Tag. Er hatte das Wohnmobil auf dem Parkplatz vom Vortag abgestellt. Regina wollte noch fotografieren gehen. Er zog die Jalousien herunter und legte sich hin. In solchen Momenten war er am liebsten allein. Er versuchte dann, über irgendetwas anderes nachzudenken, aber schon kurz nachdem er seine Gedanken auf Chamonix fokussiert hatte, war er doch schon wieder bei diesen Dörfern, die ihn entfernt an seine Kindheit und Jugend erinnerten.

Diese Art der Menschen war ihm so bekannt. Diese Provinzstrukturen mit ihren gewachsenen Intrigen und lokalen Besonderheiten kannte er von Eisleben und Umgebung nur zu gut. So schön wie der Sommer war, so hart war das Leben im Winter. Das hatte die Menschen hier seit Generationen geprägt.

Er versuchte, dem Ort noch einmal eine Chance zu geben, zu sehr freute sich Regina auf die Wanderungen, die sie hier noch vorhatte und er sich insgeheim auf das Paulaner und ein gutes Steak am Abend.

Über diesen Gedanken musste er eingeschlafen sein, er wachte auf, als Regina den Camper betrat. Sie hatte wieder dieses Leuchten in den Augen, dass ihm verriet, dass ihr ein paar gute Bilder gelungen waren.

„Stell dir vor, ich habe dort hinten auf dem Berg, wo die Jugendherberge steht, eine Schafherde fotografiert, als plötzlich die Schäferin erschien und mich fragte, ob ich für ein Magazin unterwegs sei. Als ich ihr erklärte, dass ich Touristin bin, war sie sichtlich erleichtert. Danach sind wir noch ins Gespräch gekommen über das, was uns heute alles passiert ist. So sind die Menschen hier, meinte sie nur. Sie wohne jetzt seit sieben Jahren hier und so langsam fangen die ersten an, sie zu grüßen. Da sollen wir uns nur keine Gedanken machen. Ich habe ihr dann noch versprochen, ein paar Abzüge von meinen Fotos zu schicken. Was meinst du, wollen wir essen gehen?"

Ralf sah auf die Uhr, kurz vor neunzehn Uhr: „Meinst du, wir bekommen da schon was?"

„Mal sehen, ich mach mich schnell fertig."

Der Wind trug den Duft von Pizza zu ihnen hinüber: „Zumindest verhungern werden wir ja nicht" dachte sich Ralf.

„Lass uns noch eine Runde durch das Tal laufen, Richtung Route des Crètes und dann zurück an dem geschlossenen Campingplatz vorbei. Da können wir uns noch ein bisschen die Beine vertreten und die Zeit bis zwanzig Uhr etwas überbrücken", schlug Regina vor.

Ralf willigte mürrisch ein, und so machten sie sich auf den Weg. Nachdem die Straße einer Serpentine folgte, die durch den Sandstein gefräst war, kamen sie an dem Römerweg an, der an dem Campingplatz von Jean-Paul vorbeiführte. Dieser Platz war schon unvergleichlich. Die Aussicht, die er bot, war fast schon meditativ. Linker Hand konnte man über ganz La Palud blicken, in der Ferne türmte sich ein Berg auf, der in seiner Form an das Matterhorn erinnerte, rechter Hand begrenzten die Seealpen, die die Grenze nach Italien markierten, den Horizont. Diese hatten sich eine Mütze aus weißen quellenden Wolken aufgesetzt, die sie noch mächtiger erscheinen ließen. Ganz großes Kino, dies hier war ein magischer Ort, La Palud war mehr oder weniger schmückendes Beiwerk.

Nachdem sie einige Zeit innegehalten hatten, gingen sie in die Ortschaft zurück. Die Bar am Platz empfing sie mit ihrer kleinen Terrasse, der blauen Markise und dieser schönen alten Kletterpflanze, die sich mühte, alles einzurahmen. Diese Bar war eindeutig der schönere Platz, und nicht zuletzt das verheißungsvolle Wort „Paulaner".

Die beiden ergatterten den letzten freien Platz auf der Terrasse und bestellten ein Paulaner und einen Rotwein.

„Wann gibt es was zu essen?" fragte Regina vorsichtig.

„Küche ist geöffnet", war die knappe Antwort.

Ralf bestellte sich frohlockend ein Steak aus der Region mit Fritten und Regina ein provencalisches Hühnchen. Der Tag hatte beschlossen, ihnen ein versöhnliches Ende zu bereiten. Ralf prostete Regina zu und setzte sein Bier an.

Entweder war er kein richtiges Bier mehr gewohnt, oder der Wirt hatte sich beim Zapfen geirrt. Das war kein deutsches Bier, ganz sicher.

Als das Essen serviert wurde, vergewisserte sich Regina nochmals bei der Bedienung, dass es sich nicht um einen Fehler bei der Bestellung handelte und sie ein Paulaner gebracht hatte.

„Das ist Paulaner", bekam sie noch einmal als Bestätigung.

Ralf schaute sich um und entdeckte ein zugewachsenes „Heineken"-Schild an der Hauswand. Und genauso schmeckte auch das, was er da im Glas hatte. „Was soll's", dachte er sich und biss in sein Steak, wenigstens das war richtig gut, dafür die Fritten aus Kartoffeln der Region „a`la maison" innen noch völlig roh. Jetzt war seine Laune endgültig hinüber. Das schlug dem Fass nun den Boden aus. Einem Deutschen Heineken als Paulaner zu verkaufen, war gelinde gesagt mutig, aber dieses

Essen! Als er reklamierte, kam der Chef persönlich und wollte wissen, was ihm nicht passe.
„Die Fritten sind nicht durch", erklärte ihm Regina.
Ralf musterte sein Gegenüber aufmerksam, dessen Blick erinnerte ihn an einen der berüchtigten „Lehmann-Brüder" aus Eisleben. Der kleinste der vier Brüder war immer mit einem Luftballon durch die Disco gerannt, und wenn jemand das Pech hatte, mit seiner Zigarette daran zu kommen, tauchten die anderen drei Brüder auf und fragten, warum man denn den Luftballon kaputt gemacht hatte, und dann ging es zur Sache.
Der Chef legte mit diesem gewissen crazy Blick noch mal nach und Regina übersetzte: „Wir sollen sein Essen nicht schlechtmachen, das sind Fritten aus der Region, die gehören so. Wenn uns die nicht schmecken, sollen wir doch zu Mac Donald's gehen."
Nun war eine Linie überschritten. Ralf beschloss, den Luftballon kaputt zu machen. Er sagte laut und deutlich auf Englisch: „Das sind keine Fritten und das ist kein Paulaner!"
Augenblicklich verstummten sämtliche Gespräche auf der Terrasse. Die anderen Gäste schauten auf ihr Bier und der Chef lief knallrot an. Für einen Moment rechnete Ralf mit einer Eskalation der Situation. „Mach doch", dachte er sich und begann freundlich zu lächeln, „dann helf ich dir beim Suchen, bis wir das Paulaner gefunden haben."
Früher hatten solche Menschen versucht, ihm das Leben schwer zu machen, diese Zeiten waren schon lange vorbei. Er war einer der Schmächtigsten damals gewesen, hatte immer einstecken müssen. Umso härter trainierte er später seinen Frust weg, bis er der Beste war, bis ans absolute Limit. Aber die Narben der Demütigungen blieben, machten ihn härter, aber jetzt, als er wegen seiner kaputten Knochen Frührentner war, klopfte die Vergangenheit ab und zu wieder an. In solchen Momenten fühlte er sich genau so hilflos wie früher.

Manchmal überlegte er, seine Medikamente wieder zu nehmen. Eigentlich ging es ihm ja damit besser, aber seine Knochendichte hatte einen kritischen Punkt erreicht. Er hatte diese Entscheidung getroffen, es ohne sie zu versuchen. Er wollte nicht irgendwann im Rollstuhl sitzen müssen.
Der Chef hatte seine Fassung wiedergefunden. Er versuchte noch einige Einheimische von seiner Meinung zu überzeugen, die meisten anderen Gäste waren gegangen. Die Bedienung brachte wortlos und unaufgefordert die Rechnung, „0 Euro".
„Lass uns gehen", schlug Ralf vor.
Als sie am Chef vorbeigingen, versuchte dieser, sich in Pose zu bringen. „Irgendwie sieht der aus, als würde er selbst gerne viel Fast Food essen", dachte sich Ralf und musste schmunzeln. Aber trotzdem war er traurig. Er wollte einfach nur hier weg, so wie er damals aus Eisleben wegwollte, nach Berlin, in die Anonymität der Großstadt, weg aus diesem ganzen Muff der Provinz.

Ralf hatte schlecht geschlafen, die Ereignisse der letzten Tage gingen ihm nicht aus dem Kopf. Regina würde schon verstehen, dass er hier wegmüsse. Sie wollte zwar noch diese Wanderung über den „Martelweg" machen, aber eigentlich war es ja auch viel zu heiß für diese Tour von sechs Stunden. Vielleicht auf der Rückfahrt nach Les Saintes-Maries-de la-Mer im September, vertröstete er sie, und wie immer hatte sie Verständnis, wie immer steckte sie zurück, außer bei diesem Zigeunertreffen, das war ihr wichtig, und das respektierte er.
Also machten sie sich auf den Weg, aber vorher wollte sie noch einen Kaffee im „Lou" trinken. Einige Leute, die gestern im Restaurant gesessen hatten, grüßten sie freundlich. Das gestrige Ereignis hatte sich anscheinend schon herumgesprochen.
Die Route bis zum Point de Sublime war ihnen ja schon von vorgestern bekannt, doch heute schien sich der Ansturm der

Touristen in Grenzen zu halten. Sie beschlossen anzuhalten, um den Aussichtspunkt aufzusuchen. Die Verkaufsstände und Kioske am Parkplatz hatten noch geschlossen, auch ein Zeichen dafür, dass heute anscheinend nicht so viel los war.

Der Weg über das felsige Plateau gab nach und nach die Aussicht auf den Samsonkorridor frei, welchen der Verdon im Laufe von Jahrtausenden ausgewaschen hatte. Hier sollte einst vor dem ersten Weltkrieg ein weiterer Stausee errichtet werden, der den Verdon in Richtung Castellane anstauen sollte. Der Krieg verhinderte den Bau des Dammes, die kilometerlangen Stollen, die durch den Felsen führten, um das Wasser zu den Turbinen zu führen, waren allerdings schon fertig gestellt und dienten heute als Teil dieses spektakulären Wanderweges, der ohne diese Durchgänge überhaupt nicht möglich geworden wäre. Als sie an dem Aussichtspunkt ankamen, sahen sie Menschen in Ameisengröße gerade in diesen Weg einsteigen. Irgendwie war es unbegreiflich, wie diese grandiose Gegend so viele missgestimmte Menschen hervorbringen konnte.

Der weitere Weg nach Castellane war eine der schönsten Strecken, die sie je gefahren waren. Den Einstieg in die großartige Panoramastraße bildete ein Tunnel, der an seinem Ende den Blick über die Schlucht freigab. Die Straße engte sich derart ein, dass sie stellenweise nur einspurigen Verkehr ermöglichte, die engen Kurven nötigten Ralf die größte Konzentration ab. Er erkannte die Stelle wieder, an der sie letztes Jahr angehalten hatten, um einen kurzen Blick hinab auf den Fluss zu riskieren, trotz des katastrophalen Wetters.

Diesmal hielt er automatisch an, Regina ließ sich nicht zweimal bitten und war mit ihrer Kamera verschwunden. Ralf hatte mit seinem schlechten Gewissen zu kämpfen, zu sehr gedrängt zu haben, diese Gegend zu verlassen. Seine innere Unruhe steigerte sich ins unerträgliche. Er fühlte sich wie ein Getriebener auf der Flucht, vor seiner Jugend, seiner Vergangenheit.

„Ralf, weißt du eigentlich, wo unser Talisman, der Hühnergott von der Ostsee, geblieben ist? Der lag doch immer hier vorn auf dem Armaturenbrett. Schau mal, der Felsen dort drüben hat genau dieselbe Form."
Nach einer geraumen Zeit des Schweigens, er war bereits wieder losgefahren, antwortete Ralf: „Keine Ahnung."

Castellane empfing sie mit einer ganzen Reihe von Campingplätzen, die am Eingang zur Schlucht auf Kundschaft warteten.
„Erinnerst du dich, wie wir letztes Jahr nach dem Regen auf diesem Platz da vorne stecken geblieben sind, und dann war auch noch der Geldautomat defekt und du musstest so lange nach einem anderen suchen?" sagte Regina. Er nickte nur kurz und bog an dem Kreisel auf die „Route Napoleon" ein. Jetzt fühlte er sich besser, er hatte die Enge der Schlucht hinter sich gelassen.

Nach einer langen Autofahrt bei bedeckten Himmel rissen wie auf Bestellung die Wolken auf, als sie die vierspurige Straße nach Chamonix hineinfuhren. Für einen kurzen Augenblick konnte man einen Blick über den Bossons-Gletscher hinauf zum Mont Blanc erhaschen.
Ralf lächelte vor sich hin. Er musste bei diesem Anblick immer an Erich denken, der sich jedes Mal fürchterlich ereiferte, wenn jemand behauptete, dies sei mit 4810 Metern der größte Berg Europas: „Wenn es denen passt, werden die Grenzen ganz einfach mal verschoben!" Für ihn war der höchste Berg Europas eindeutig der Elbrus im Kaukasus mit 5642 Metern. Klar war auch der Mont Blanc mit seinem „Eismeer" genannten Gletscher faszinierend, aber was Recht ist muss auch Recht bleiben.
„Wenn es darum geht, irgendetwas zu vermarkten, dann wird Europa ganz einfach kleiner gemacht, ganz gegen die sonstigen

Gewohnheiten dieser Kapitalisten. Mal ganz abgesehen von den ganzen anderen Fünftausendern, die alle noch europäisch sind, kommt der hier an fünfter oder sechster Stelle, nicht eher!"
Ralf hatte sich frei gemacht von solchen Gedanken. Er zumindest hatte es geschafft, seine ideologische Vergangenheit hinter sich zu lassen. Er freute sich ganz einfach auf die Zeit in Chamonix und die Möglichkeiten, die dieser Ort bot. Vor allem hoffte er auf mehr Anonymität, er mochte es nicht, wenn er vereinnahmt wurde, seine Gewohnheiten erkannt und der Kellner schon im Vorhinein die Bestellung wusste. Klar war auch er ein Gewohnheitstier, aber Anonymität war ein nicht zu unterschätzendes Kapital, welches die meisten Menschen heutzutage verschleuderten für ein paar lächerliche Annehmlichkeiten, oder auch für einen kleinen Rabatt beim Einkaufen verrieten sie alles über sich, ließen sich digital scannen, hinterließen Spuren rund um den Globus.
Sein früherer Arbeitgeber hätte von so vielen Möglichkeiten, etwas über seine Zielpersonen zu erfahren, nur träumen können. Sein Job wäre heute um so viel einfacher. Einige Verhaltensregeln hatte er bis heute so verinnerlicht, dass er selbst als Rentner penibel darauf achtete. Manchmal unterstellte Regina ihm Paranoia, Verfolgungswahn, wenn sie immer allein die Anmeldung auf dem Campingplatz machen sollte, weil der Camper auf ihren Namen lief, und weil Ralf sich hartnäckig sträubte, sich ein eigenes Handy anzuschaffen, obwohl diese Prepaid-Karten in jedem Supermarkt zu erhalten waren.
„Es gibt Regeln", so sein Kommentar, „so was brauch' ich nicht."
Ralf mochte Chamonix so, da es ihm seine Art zu leben so einfach machte. Er mochte auch die ganzen Extremsportler, die hier ihren Spielplatz gefunden hatten, ihren Lebensmittelpunkt. Wahrscheinlich war die Anzahl der außerhalb des Königreiches lebenden Engländer in keiner Stadt Frankreichs prozentual

größer. Und wenn die Engländer eines konnten, dann war es feiern, morgens, mittags, abends, immer Vollgas. Manchmal mochte er es ganz einfach, in einem von denen bevorzugten Pubs zu sitzen und dem Schauspiel zuzusehen. Einen solchen Pub fuhr er nun auf direktem Weg an.

Das „Elevation 1904" war ein Pub, der durch seine Nähe zum Bahnhof und den direkten Blick zum Mont Blanc und die Aiguille du Midi eine magische Anziehungskraft besaß. Die Gesichter einiger Leute kamen Ralf bekannt vor.

Da waren die Mountainbiker, die sich nach oder auch schon vor der ersten Abfahrt das wohlverdiente Bier gönnten, der Paraglider, der seinen Schirmrucksack demonstrativ vor dem Eingang platzierte. Die Berggänger, die ihrer Ausrüstung nach so ausschauten, als hätten sie gerade ihre alltägliche Mont-Blanc-Besteigung abgeschlossen, die Japaner, die von der Fahrt mit der Zahnradbahn vom Mer de Glace zurückkamen. Dieses Flair hatte Ralf vermisst.

Sie nahmen Platz und bestellten zwei Kaffee. Regina besorgte noch schnell die Tageszeitung, um die Wettervorhersage zu lesen. Die nächsten Tage sahen gut aus. Auch die Temperaturen waren erträglich. Sie war sich sicher, hier würde alles besser werden, Ralf wird es bessergehen.

Die Bedienungen waren noch dieselben wie im letzten Jahr und musterten Ralf und Regina ebenfalls aufmerksam. Ralf konnte sich im dem Pulk der Pseudo- und ernsthaften Athleten noch gut sehen lassen. Ihm fielen immer wieder wohlwollende Blicke in seine Richtung auf. Sportler untereinander hatten diesen gewissen Checkerblick, dieses Konkurrenzdenken, welches auch im Sitzen funktionierte. Dieses Abchecken der Extremitäten, dieses Scannen jeder Muskelfaser, dieses skeptische Suchen nach dem auch noch so kleinsten Bauchansatz.

Und dann das Grübeln nach der bevorzugten Sportart. Einige

machten es einem leicht, indem sie ihr Sportgerät gleich mit zur Schau stellten. Meist den ganzen Tag lang unbenutzt und frisch geputzt. Die anderen aber, die ruhigen, die nach einem gelungenen Tag mit einem Strahlen in den Augen ganz einfach ihr Bier genossen und ihre Touren noch einmal Revue passieren ließen, das waren die echten Sportler, diejenigen, die es nicht nötig hatten, mit ihrem Material zu protzen.

Ralf war auch einer derer, die das nicht brauchten, da er trotz seines fortgeschrittenen Alters die meisten in den Schatten stellte. Er hatte es nie nötig gehabt, sich auf diese Art zu profilieren. Dann war da auch noch seine Sonnenempfindlichkeit, die ihn sowieso zwang, lange Sachen zu tragen. Er beneidete diese Leute aber trotzdem, sie konnten aktiv sein, ihren Hunger nach Adrenalin stillen. Sich dem Kampf zu widmen, der Beste zu sein, das hatte seinem Leben einen Sinn gegeben, hatte alles andere in den Hintergrund gestellt. Dieses Leben fehlte ihm, aber hier konnte er es zumindest noch einmal spüren. Konnte es in den Gesichtern lesen, die Begeisterung für die Bewegung. Und was noch wichtiger war, hier konnte er auch selbst sein Verlangen stillen, sich auspowern, natürlich in dem Rahmen, den seine Erkrankung zuließ.

Er unterließ es, sich mit anderen zu messen, außer wenn er mit Erich unterwegs war, dann ging es nicht anders, da kam sofort der alte Wettbewerb wieder auf, ganz automatisch, danach bereute er es tagelang, aber in diesem Moment war alles egal.

Er genoss die Aussicht, die die Terrasse des Elevation bot. Er konnte den Grand Balcon Nord erahnen, den die vorbeiziehenden Wolken kurzzeitig freigaben. Diesen Weg zu gehen würde er Regina noch mal vorschlagen. Man konnte diesen Höhenweg zwar auch bequem mit der Seilbahn zur Aiguille du Midi erreichen, wenn man an der Mittelstation ausstieg und dann auf einer Höhe hinüber zum Mer de Glace lief. Das war ihm allerdings zu einfach, und für einfache Sachen fehlte ihm schon immer die Motivation.

In seiner Kindheit hatte er es schon gehasst, wenn seine Eltern immer diese Sonntagsspaziergänge unternommen hatten. Er musste dann seine, der Meinung seiner Mutter nach, besten Sachen anziehen und durfte sich nicht dreckig machen. Er hatte dieses Schaulaufen gehasst, vor allem die Lackschuhe, die seine Mutter ihm aufgezwungen hatte. Er hatte dann mal seinen ganzen Mut zusammengenommen und sich in einem unbeobachteten Moment in eine Pfütze gestellt, bis die verhassten Schuhe so durchnässt waren, dass sie endlich kaputtgingen. Die Ohrfeige spürte er noch immer, wenn er daran zurückdachte, und das waren noch die angenehmsten Erinnerungen an seine Kindheit. Den Rest hatte er verdrängt. Manchmal hatte er den Eindruck, er wäre niemals Kind gewesen. Dieses Kapitel fehlte völlig in seinem Leben.

Doch seit einiger Zeit kamen die Erinnerungen wieder, vor allem nachts, und raubten ihm den Schlaf. Er hatte nie mit Regina darüber geredet. Er wusste zwar alles über sie, hatte sich geduldig angehört, was ihr alles widerfahren war, als er sie verlassen hatte. Er verstand sich ja manchmal selbst nicht, konnte sich nicht erklären, warum er so war, wie er war. Er brauchte dann immer Zeit für sich, musste allein sein, obwohl er, wenn er mit Regina zusammen war, sich sicher fühlte, sicher vor sich selbst.

Doch morgen würde er mit ihr die Wanderung machen wollen, einfach den ganzen Tag laufen und die Seele baumeln lassen. Als er sie fragte, willigte sie auch sofort ein. Den Abend beschlossen sie noch im Elevation, doch als die Sonne hinter den Bergen verschwand, fuhren sie nach Les Bossons, um auf dem Campingplatz einzuchecken.

Der Platz vom letzten Jahr glich einer Baustelle, es wurden jede Menge Blockhäuser aufgestellt. Kurzerhand beschlossen sie, sich einen neuen zu suchen. Nach einer kurzen Fahrt entschieden

sie sich für den Campingplatz zwischen den beiden Gletschern. Dort gab es auch noch ein kleines Restaurant mit Terrasse und grandiosem Ausblick auf die besagten Gletscher.
Sie saßen noch eine ganze Weile vor ihrem Camper und genossen den Anblick des größeren der beiden Gletscher, der Le Bosson, der sich in regelmäßigen Abständen mit einem lautstarken Knacken und Grollen, wie zu einem beginnenden Gewitter bemerkbar machte. Dieser Ausblick machte Lust auf den morgigen Tag. Sie packten noch ihre Rucksäcke, bevor sie schlafen gingen. Ralf lag wieder bis weit nach Mitternacht wach und dachte nach.


Kommissar Moulin wollte noch nicht so recht daran glauben, war das nun die Spur, die er sich erhoffte, oder redete er es sich nur ein? Klar, nach den ganzen Abenden und Nächten, die er über dem Fall nach Feierabend gesessen hatte, brauchte er ganz einfach ein Erfolgserlebnis, um sich selbst zu motivieren, aber auch Renard rief ab und zu an, um sich nach Neuigkeiten zu erkundigen.
Die auffälligste Übereinstimmung war ein vermisster Junge im Alter von acht Jahren in Les Saintes-Maries-de la-Mer im September des letzten Jahres. So ein Zigeunerjunge, auch mit einer Art Migrationshintergrund. Dann waren da noch die Belästigungen von Jungen im entsprechenden Alter in Südfrankreich in den letzten zwei Jahren, ebenfalls mit Migrationshintergrund. Die Fälle, die nach diesem Raster übrigblieben, waren überschaubar und er beschloss, sich nun erst mal vorrangig darauf zu konzentrieren.
Da war einmal der Junge der Besitzerin des Gyros-Imbiss in Castellane, der in der öffentlichen Toilette in der Nähe des Marktplatzes von einem Mann angesprochen wurde. Dann die Reihe von Belästigungen von Jungen in dem Alter letzten Sommer in Chamonix, alle ausnahmslos in dem Zug, der die

Vororte im Tal und Chamonix miteinander verband und nach der Schule die Kinder auf die Dörfer brachte. Bei der Beschreibung der Männer, die die Jungen angesprochen hatten, ging die Altersspanne von dreißig bis fünfundvierzig Jahre, die Größe von 1,70 m bis 1,85 m. Die Aussagen zur Kleidung – Jeans, Sweatshirt, Baseballmütze. Weißer, blasser Hauttyp, aber die wichtigste Beschreibung war stark, sportlich. Dieses Merkmal in dieser konzentrierten Form konnte kein Zufall sein. Diese Serie an Anzeigen waren alle im Juni des vergangenen Jahres zu verzeichnen und sie endeten abrupt mit Beginn der Schulferien. Die Ermittlungen waren alle im Sande verlaufen oder eingestellt worden.

Moulin trank sein Bier aus und beschloss, nach Hause zu laufen. Er musste nachdenken. Wenn er seinen Chef über das informierte, was er herausgefunden hatte, konnte es durchaus möglich sein, dass er eine Dienstanweisung bekam, umgehend mit den Ermittlungen aufzuhören. Was er in Cassis abgeliefert hatte, war ja alles andere als ruhmreich gewesen. Das konnte er nicht riskieren, die Möglichkeit, die Ermittlungen offiziell wieder aufnehmen zu können, ging gegen null. Sein Bauch sagte ihm allerdings, dass er genau dort weitermachen sollte. Egal, er beschloss, sich morgen mit Renard in der Kantine treffen.

Ralf wachte auf, die Schmerzen, die er hatte, waren heftig. Dabei hatte Regina schon vorgeschlagen, die Runde diesmal in die andere Richtung zu laufen. Der Abstieg vom Refuge du Plan war letztes Jahr ganz einfach zu steil gewesen. Dieser Trail war hinauf schon eine Herausforderung, aber hinunter auch für Gesunde, Trainierte nicht ohne. Ralf hatte danach diese fürchterlichen Schmerzen in den Knien, dass er tagelang nicht mehr zu motivieren war, sich zu bewegen.

Diesmal hatten sie es sich offengehalten, mit der Zahnradbahn vom Hotel du Montenvers hinunter zu fahren, aber sie kannte ihren Ralf. Er konnte keine Schwäche zulassen. Sie hatten sich eine Weile in den Liegestühlen an diesem wunderschönen alten Grand Hotel ausgeruht und das mitgenommene Baguette gegessen. Diese Rabenvögel mit den gelben Schnäbeln hatten sich um sie versammelt und geduldig, manchmal auf frech versucht, etwas von der luftgetrockneten Salami zu ergattern, das Brot, das Regina ihnen hingeworfen hatte, interessierte sie weniger. Ralf hatte dem frechsten der Vögel dann ein Stück Salami hingehalten, und nach einer Weile gegenseitigen Beobachtens und Abwartens fraß ihm der Vogel aus der Hand. Regina mochte ihn in solchen Momenten besonders. Diese Ruhe und Ausgeglichenheit, die er dabei an den Tag legte, war unglaublich. Ralf war dann in seiner Art unheimlich überzeugend, auch bei Menschen, er brauchte nicht viele Worte. Leider wurden seine ausgeglichenen Phasen immer seltener. Er brauchte ganz einfach die Bewegung, um seine Mitte zu finden. Er hatte ihr einmal von seiner Ausbildung im Wachregiment erzählt, beziehungsweise sie durfte dabei sein, als er mit Erich in Erinnerungen schwelgte. Es war so eine Art Abschlussprüfung gewesen, so hatte sie es zumindest verstanden, als er, Erich und die anderen Rekruten in der Sowjetunion über dem Ural mit dem Fallschirm abspringen mussten und sich getrennt voneinander, ohne Papiere, ohne Geld, nur mit ihrer Überlebensausrüstung binnen zehn Tagen wieder bei ihrer Einheit zurückmelden mussten. Die beiden hatten sich verbotenerweise kurz vor dem Absprung verständigt, sich an einem verabredeten Ort zu treffen, denn dass die Prüfung diesmal im Ural beginnen würde, war vorher durchgesickert. War auch logisch, da die letzten Jahre immer der Kaukasus das Ausgangsgebiet war. Aus der Kleiderkammer war dann der entscheidende Tipp gekommen, dass keine Steigeisen zur Ausgabe vorbereitet wurden. So blieb nur noch der Ural übrig, da eines der beiden Gebirge immer der Ausgangspunkt war. So gesehen hatten sie Glück, war doch ihre Aufgabe die weitaus bequemere Variante.

Diese Aktion hatte die beiden noch zusätzlich zusammengeschweißt. Zu zweit war es so viel einfacher. Sie hatten sich dann tagsüber immer ein Versteck gesucht, um zu schlafen. Am Tag hatten sie abwechselnd Wache gehalten und nachts wurde gelaufen. Die Grenzen waren immer das größte Problem, aber zu zweit ebenfalls einfacher. Als sie es dann nach neun Tagen geschafft hatten, wurde erst noch geknobelt, Erich hatte gewonnen, das längere Streichholz gezogen und konnte sich dadurch mit einem Vorsprung von ausgemachten dreieinhalb Stunden als erster in der Einheit zurückmelden. Er bestand dadurch „mit Auszeichnung", Ralf als zweiter mit „sehr gut".

Aber das war nie ein Thema zwischen ihnen gewesen, obwohl, manchmal war sich Regina nicht so sicher, als sie in Cassis aufschnappte, dass Ralf Erich daran erinnerte, ihm etwas schuldig zu sein. Männer mit ihren Spielchen halt, große Kinder, ewige Rivalen.


„Das Frühstück ist fertig, möchtest du nicht aufstehen?" fragte Regina mit einem Lächeln auf den Lippen.

„Ja, ich komme", war die kurze Antwort.

Regina hatte vor dem Womo den Tisch gedeckt, heute war das Wetter einfach perfekt. Keine einzige Wolke war zu sehen.

„Schau mal, da oben waren wir gestern, man kann den Weg heute ganz genau erkennen."

Ralf sah nach oben, sein Blick fiel auf eine der Kabinen der Seilbahn, die auf dem Weg von der Mittelstation zur Aiguille du Midi war.

Regina konnte seinen Blick deuten: „Das Wetter bleibt so die nächsten Tage, heute ist Ruhetag. Wenn du möchtest, fahren wir mit dem Zug nach Chamonix, gehen einen Kaffee trinken, und ich gehe etwas einkaufen. Hier, du musst noch die Gästekarte für die Bahn unterschreiben."

Ralf steckte die Karte ein, als sie losgingen. Sie hatten wieder genau die Zeit getroffen, als die Kinder zur Schule fuhren. Ralf konnte die Unruhe, die diese verbreiteten, nicht ausstehen. Schon gar nicht, wenn er Schmerzen hatte. Regina überlegte noch kurz, den Bus zu nehmen, der zehn Minuten später kam, doch dann fuhr der Zug schon ein.

„Hauptsache erst mal weg hier", war Ralfs kurzer Kommentar.
Im Zug sah es allerdings nicht besser aus: „Früher hatte man älteren Leuten den Platz angeboten, heute sind die doch nur noch mit ihren Smartphones beschäftigt. Alles kleine Egomanen. Schau dir doch mal die Mädels an, wie aufgedonnert die in dem Alter schon sind, unmöglich. Dann triggern die irgendwelche Typen an und dann ist das Geschrei groß. Wenn ich eine Tochter hätte, die würde ich nicht so aus dem", plötzlich hielt Ralf inne. Ihm wurde schlagartig klar, was er da gerade gesagt hatte. Regina war sich sicher, dass er in diesem Moment an seinen Sohn denken musste, den er nicht mehr sehen durfte.

„Schau mal da drüben, die Kletterfelsen. Auf diesem Parkplatz haben wir letztes Jahr die erste Nacht gestanden. Weißt du noch, als wir dann noch auf ein Bier in die Stadt gelaufen sind, an dieser Militärakademie 'Ecole Militaire de Haute Montagne' entlang."

Regina schaute ihm mit großen Augen an: „Ich glaub es nicht, du hast heimlich französisch geübt, gib's zu! Ab heute bestellst du im Restaurant, das klang ja eben fast perfekt!"

Ralf musste schmunzeln und Regina war einfach froh über den gelungenen Themenwechsel.

„Kannst du dich erinnern, als wir ohne Pickel und Steigeisen auf dem Gletscher oben am Grand Hotel waren? Als eine Einheit in voller Montur mit Schneejacken Gletscherbegehung übte? Das sah aus wie ein Haufen Touristen aus Amerika, vom Ku-Klux-

Klan, mit ihren weißen Zipfelkapuzen, aber nicht wie eine Eliteeinheit. Bei uns hätten diese Jammerlappen nicht den Hauch einer Chance..."

Regina musste lächeln.

„Ja, ist schon gut, ich höre auf", schmunzelte er. Ralf hatte für einen Moment den Trubel um sich herum vergessen, auch seine Schmerzen spürte er nicht. Der Zug begann sich an der Station „Aiguille du Midi" zu leeren. Ralf und Regina stiegen ebenfalls aus.

Regina wollte noch ein paar Sachen einkaufen. Sie verabredeten sich später im Elevation. Ralf wollte sich noch ein wenig die Beine vertreten.

Überall im Ort waren schon die Vorbereitungen zu den Sommersonnenwendfeiern zu sehen. Auf jedem Platz und in vielen Kneipen und Cafés wurden Bühnen aufgebaut. Morgen würde ganz schön was los sein. Unter normalen Umständen war Chamonix am Abend bei schönem Wetter schon gut gefüllt, aber bei dieser Feier steppte der sprichwörtliche Bär.

Ralf hatte es noch gut in Erinnerung. Letztes Jahr hatten sie diesen Ort das erste Mal besucht, als in Cassis die Temperaturen im Mai einen ersten Rekord verzeichneten hatten sie beschlossen, einmal in diese Gegend zu fahren. Am Anfang hatte sie die Nähe zur Schweiz etwas abgeschreckt, deren zahlreiche Touristen normalerweise solch mondäne Ort in der Nähe zwecks der günstigen Preise in Europa vereinnahmten und überschwemmten wie einen Aldi Markt im deutschen Grenzort. Aber hier war die Mischung der Menschen angenehm bunt geblieben, obwohl die Preise sich schon etwas von denen der Provence abhoben.

Er ging gedankenversunken durch die Innenstadt. Normalerweise hasste er diesen Trubel, aber hier war es irgendwie anders. Er hatte sich vorgenommen, ein Geschenk für Reginas Geburtstag zu besorgen, aber dann lief er an allen

Boutiquen vorbei, in denen er im letzten Jahr mit Regina einige Teile gefunden hatte.

Das Rauschen der Arve, dieses reißenden Flusses, der in seinem engen Kanal durch die Stadt floss und mit seinem kalten Gletscherwasser im Sommer wohltuende Kühle spendete, hatte ihn schon ein Stück weit aus dem Zentrum hinausbegleitet. Als er aus seinem tranceähnlichen Zustand erwachte, stand er direkt vor der Nationalen Skischule, diesem hässlichen Betonbau, den man glücklicherweise etwas außerhalb des Zentrums errichtet hatte. Auf seiner Rückseite war ein Spielplatz, der rege besucht war. Ralf nahm direkt am Fluss auf einer Bank Platz, der ein Baum Schatten spendete. Er schaute dem Treiben zu. Er musste nachdenken.

Einige Quellwolken hatten die Sicht auf das Mont-Blanc-Massiv stellenweise verdeckt. Es braute sich etwas zusammen.

Kommissar Moulin war in der „Bar P.M.U." angekommen. Er hatte sich fast automatisch dorthin in Gang gesetzt, als er und Renard Chamonix erreichten und sie in dem Hotel gegenüber des Bahnhofs eingecheckt hatten.

Sie hatten sich während der ganzen Autofahrt über die Region rund um den Mont Blanc unterhalten. Über Mégève, den Ort, in dem Moulin aufgewachsen war und der sich in den letzten Jahrzehnten bis zur Unkenntlichkeit verändert hatte. Die siebziger und achtziger Jahre hatten die gesamte Region mit ihrem Bauboom verschandelt. Der Zeitgeist wurde in Beton gegossen. Unvorstellbare Bausünden entstanden, die so heute nicht mehr realisierbar wären.

Als sie auf der Fahrt nach Chamonix durch Mégève kamen, war Moulin kurz versucht, an der Polizeiwache anzuhalten, in der er die ersten Jahre im Polizeidienst gearbeitet hatte. Er wusste bis heute noch nicht, warum er einen Versetzungsantrag gestellt hatte. Vielleicht weil es hip war, im Süden zu arbeiten, die Cote d' Azur, die die Hippies und Filmsternchen aus der ganzen Welt anzog. Dann diese elend langen Winter hier, die ihn immer wieder in den Blues trieben. Alle hatten ihn beneidet, als es geklappt hatte mit Marseille.

Als er jetzt an der Wache vorbeifuhr, war er neidisch auf die, die geblieben waren. Es hatte sich auch einiges wieder zum Positiven verändert. Man versuchte, den alten Charme zurückzubringen, zumindest die Fassaden dem alten Baustil der Region anzupassen. Er war ganz kurz wehmütig, bei schönem Wetter war die Gegend hier ganz einfach grandios, wohlgemerkt bei schönem Wetter.

Als sie dann durch Saint Gervais les Bains fuhren, diesen alten mondänen Ort mit seinen beeindruckenden Jugendstil-Hotels, die mittlerweile völlig leer standen, war ihm dann schlagartig wieder klar, welche Gefahr diese Berge darstellten. Damals, Anfang des letzten Jahrhunderts, als sich diese riesige Wasserblase aus dem Gletscher Bahn brach und den Ort mit Schlamm und Geröll unter sich begrub, dachten die Menschen, so etwas passiert nur einmal, das war Pech, Gottes Zorn, da ausgerechnet die Kirche als einziges Gebäude verschont blieb, und sie bauten den Ort noch viel größer und schöner wieder auf. Nun war durch Zufall im Gletscher ein noch viel größeres Wasserreservoir gefunden worden. Seitdem waren diese wunderschönen Häuser unverkäuflich, über Nacht nichts mehr wert.

Die folgenden Serpentinen hinunter ins Tal kannte er noch wie im Schlaf. Er musste kurz schmunzeln, als er an die Rennen zurückdachte, die er und seine Schulkameraden sich hier mit ihren frisierten Mofas geliefert hatten. Damals war das noch möglich, war doch der Verkehr bei weitem nicht so stark wie heutzutage. Am Sonntagvormittag hatten sie die gesamte Straße quasi für sich.

An den Anblick, der dann folgte, konnte er sich nie gewöhnen.

Diese vierspurige Kraftfahrstraße mit der riesigen hässlichen Brücke, die den Verkehr in Richtung Chamonix, der Schweiz und des Mont-Blanc-Tunnels aufnahm, würde für ihn ewig ein Fremdkörper bleiben. Doch die Fahrt durch Les Bossons und die Sicht auf den gleichnamigen Gletscher stimmten ihn wieder versöhnlich.

Moulin und Renard hatten sich ein Bier bestellt. Das „P.M.U." hatte noch den ursprünglichen Charme der Bars, die es früher zuhauf gab. Sie war die einzige in Chamonix geblieben, die noch die Lizenz für Sport- und Pferdewetten hatte. Auch die Chefin kam Moulin irgendwie bekannt vor. Aber dieses Phänomen ereilte ihn oft, wenn er hierher zurückkam.
Sie prosteten sich zu und Moulin atmete mit einem Seufzer aus: „Hätte fast nicht geklappt mit dem Urlaub. Für einen Moment hab' ich gedacht, mein Chef ahnt, was wir vorhaben. Ist zwar absolut absurd, aber dieser fragende Blick, als ich den Antrag einreichte, war schon speziell."
„Ging mir genauso", bestätigte Renard, „meine Kollegen ahnen auch, dass ich mit dem Fall noch nicht ganz fertig bin."
„Nun gut, wir haben jetzt fast zwei Wochen. Den Abstecher nach Castellane hätten wir uns eigentlich sparen können. Diese fürchterliche Frau und dieser grauenhafte Döner, ich weiß gar nicht, was schlimmer war."
„Aber, dass sie uns nicht erlaubt hat, mit ihrem Sohn zu reden, kann ich schon irgendwie nachvollziehen" konterte Renard. „Nach einem Jahr kommen da zwei Polizisten aus Marseille und wollen alles noch mal aufwärmen. Aber diese Art zu reden und zu gestikulieren, so dass die Leute auf der anderen Straßenseite alles mithören können, war schon eigenartig, da gebe ich dir völlig recht. Und dieser Döner, den wir ihr danach abgekauft haben, na ja. Mir ging es noch den ganzen Abend schlecht, so schwer lag der mir im Magen. Aber als wir gegessen haben,

wurde sie dann ja doch noch recht gesprächig betreffs der Person und dem Weg hoch zum Kastell, nach dem er gefragt hatte. Ein ziemlich einsamer Ort, den ihm der Junge zeigen sollte, gut, dass der so reagiert hat. Und dass sein Französisch sehr schlecht war, das war ebenfalls interessant, etwas über den Akzent zu erfahren wäre noch hilfreicher gewesen, aber wenn sie den Kontakt zum Sohn ablehnt, müssen wir uns damit zufriedengeben. Das absolut Schlechteste, was uns passieren könnte, wäre wenn sich jemand über uns beschwert."
„Nun gut, hast du irgendeine Idee, wie wir weiter vorgehen?"
„Ich würde vorschlagen, wir fahren morgen nach Servoz zu den ersten zwei Familien und übermorgen machen wir in Les Houches weiter. Und morgen Abend würde ich gern hierher gehen und mir diese Band anhören, „RED", Rockchansons, klingt interessant. Findest du nicht, Moulin?"
„Klar, gerne."

Regina saß nun schon eine gute Stunde im Elevation und wartete auf Ralf. Sie konnte sich nicht erklären, was los war. Er war sonst immer hundert Prozent zuverlässig. Langsam fing sie an, sich Sorgen zu machen. Die verabredete Zeit vergaß er eigentlich nie. Sie bezahlte bei Germain, dem jungen Kellner und bat ihn um einen Gefallen: „Wenn mein Mann kommt, könntest du im bitte sagen, dass ich gleich zurück bin?"
„Der mit dem du gestern da warst? Alles klar, richte ich aus", meinte Germain.
Sie lief die Straßen der Innenstadt ab. Die zahlreichen Geschäfte, meist Outdoorläden oder Boutiquen, waren alle noch geöffnet, die Restaurants waren ebenfalls gut besucht. Ihr wurde plötzlich klar, was für ein aussichtsloses Unterfangen es war, Ralf hier zu entdecken. Sie beschloss, eine Runde durch die Innenstadt zu machen und steuerte auf das Ledergeschäft zu, in dem sie letztes Jahr eine Jacke gekauft hatten. Ebenfalls keine Spur von Ralf.

Sie bog auf den neuen Marktplatz ab, um dann zurück zum Bahnhof zu laufen.

Wie schnell sich dieser Ort veränderte, vom historischen Innenstadtkern zur verwechselbaren Betonwüste in den Randbezirken. Einzig wenn auf dem riesigen versiegelten Platz die Händler ihre Produkte anboten, kam so etwas Ähnliches wie Charme auf. Sie schaute auf diese hässlichen Hochhäuser, die hinter der Nationalen Sportschule in den Himmel ragten. Wenigstens verdeckten sie nicht den Blick auf das Mont-Blanc-Massiv, ging es ihr durch den Kopf, als sie plötzlich Ralf entdeckte. Um völlig sicher zu sein, ging sie noch etwa fünfzig Meter auf ihn zu. Kein Zweifel, das war Ralf. Er saß völlig gedankenversunken auf einer Bank am Fluss und schaute rüber zu dem Spielplatz vor der Sportschule, wo noch einige Kinder an den Geräten spielten.

Regina kannte diesen Zustand bei Ralf, jedesmal wenn das Thema Kinder aufkam, war er tagelang neben der Spur. Sie wusste nicht, was damals zwischen ihm und Bärbel vorgefallen war, sie begriff auch nicht, dass er sich das gefallen ließ, seinen Sohn überhaupt nicht sehen zu dürfen. Auf jeden Fall hasste sie diese Frau dafür, obwohl sie ihr nie begegnet war. So konnte man mit Menschen nicht umgehen, auch wenn Beziehungen kaputtgehen, gibt es ein Mindestmaß an Anstand. Vor allem für die Kinder ist es absolut schlimm, wenn man sie als Druckmittel benutzt, um den anderen zu erpressen.

Sie wäre am liebsten auf ihn zu gegangen, um ihn einfach in den Arm zu nehmen, aber sie wusste, dass er das in solchen Momenten gar nicht mochte. Er machte das alles mit sich selbst ab.

„Hey, was ist denn mit dir los?" fragte sie leise, indem sie noch ein Stück auf ihn zuging. Ralf erschrak sich heftig: „Scheiße" sagte er und sah auf seine Uhr, „oh sorry, ich habe völlig die Zeit vergessen. Bist du mir böse?"

„Nein, ist schon in Ordnung. Ich habe mir halt Sorgen gemacht. Schau mal, da oben", sagte sie, als sie sich neben ihn gesetzt hatte, „wollen wir da morgen rauffahren?"

„Klar, wenn du das möchtest", entgegnete Ralf.

Regina konnte ihm sein schlechtes Gewissen ansehen, es waren nur Feinheiten in seiner Mimik. Ein paar Falten um seine Mundwinkel, die nur in solchen Situationen zu sehen waren, machten Regina sicher, dass er sich in diesem Moment absolut nicht wohl fühlte.

Sie beschlossen, die Wartezeit auf den letzten Zug in Richtung Les Bossons noch im Elevation mit einem Absacker zu überbrücken. Germain lächelte, als er sie entdeckte: „Na, hast du ihn gefunden?" war sein Kommentar. „Ein Bier und ein Rotwein?" fragte er mit hochgezogenen Augenbrauen.

Ralf nickte genervt, er hasste das, er war schon wieder berechenbar. Einerseits zollte er solchen Leuten Anerkennung, sich die Gewohnheiten seiner Gäste zu merken, zeichnete gute Kellner aus, und Leute, die in ihrem Job gut sind, gab es heutzutage viel zu wenig. Andererseits wollte er einfach anonym sein, besonders nach den Erfahrungen in La Palud.

Die Sonne schien bereits, als beide erwachten, und strahlte die Aiguille du Midi an. Um in das Tal zu scheinen, brauchte es noch eine Weile, dafür war es noch zu früh am Tag und die umgebenden Berge zu hoch. Aber dass dieser Tag großartig werden würde, daran bestand überhaupt kein Zweifel. Keine einzige Wolke war zu sehen.

Regina hatte am Abend zuvor noch alles vorbereitet. Sie wollten den Zug um acht Uhr nach Chamonix nehmen und im Elevation frühstücken. „Oder vielleicht bei dem Bäcker mit der leckeren selbstgemachten Nuss-Nugat-Creme?" fragte Regina, als sie in den Zug einstiegen.

Ralf reagierte auf solche Fragen immer genervt. Er mochte diese

Eigenart an Regina nicht, Sachen, die schon beschlossen waren, im letzten Moment in Frage zu stellen, und dann schon wieder die Blagen in dem Zug. Am liebsten wäre er einen Zug später gefahren, aber je später, um so voller war die Seilbahn beziehungsweise umso länger die Schlange vor dem Ticketschalter. An solch schönen Tagen war der Ansturm ganz einfach exorbitant.

Ralf überlegte, die Zwischenfrage nach dem Bäcker ganz einfach zu ignorieren, doch dann dachte er an letztes Jahr. Dieser Lärm im Elevation am frühen Morgen, die Bauarbeiter, die morgens dort ihren Espresso nahmen, vielleicht war der Bäcker ja die bessere Wahl. Regina hatte im Laufe der Jahre ein Gespür entwickelt für Situationen, die ihm nicht guttaten.

„Okay, gehen wir dahin", war seine knappe Antwort. Beide waren froh, an der Station „Aiguille du Midi" den Zug verlassen zu können.


Das Frühstück hatte länger gedauert als geplant, dementsprechend war die Schlange vor der Seilbahnstation schon angewachsen. Eine bunte Menge Wartender hatte sich auf mehrere Schalter aufgeteilt. Zumindest hatten alle geöffnet und es schien recht schnell zu gehen. Ralf sah sich im Foyer die Fotos vom Bau der Gipfelstation an. „Wahnsinn", ging es ihm durch den Kopf, „was diese Menschen in der Zeit mit diesen Mitteln geschaffen hatten, beeindruckend. Das wäre heute so nicht möglich, und dann in dieser Zeit fertiggestellt." Da musste er zwangsläufig an den neuen Berliner Flughafen denken und grinste.

Während er sich noch etwas in der Vorhalle umschaute, kam eine Kabine zurück und entließ ihre Passagiere durch den Souvenirladen ins Freie. Quengelnde Kinder versuchten, ihre Eltern mit Geschrei zu erpressen, ihnen eines der Stofftiere zu kaufen, die geschickt auf Augenhöhe und in Griffweite des

Klientels positioniert waren.

Er schaute auf die Schlange, die vor einer elektronischen Schranke darauf wartete, die frei gewordene Kabine zu besteigen. Die übliche Mischung aus Sightseeing-Touristen, aber auch ambitionierte Berggänger mit Steigeisen und Pickel standen wie auf der Perlenschnur aufgereiht und warteten auf Einlass. Eine jüngere Frau hatte Flipflops an. Ralf schüttelte den Kopf, als ihn Regina von hinten antippte: „Komm, wir können" sagte sie mit leuchtenden Augen.

„Schau mal, da drüben", er zeigte auf die junge Frau, die er gerade entdeckt hatte.

„Die wird das schon merken", Regina deutete auf die Wetterstation, „Gipfelstation -3° und Sonne. Wer lesen kann, ist klar im Vorteil" lachte sie.

Sie bekamen noch den letzten Platz in der Kabine. „Komfortabel ist anders", dachte Ralf, der seinen Rucksack vor seinen Füßen abgestellt hatte, „so müssen sich Ölsardinen fühlen, wenn sie in Dosen verpackt werden." Für den aufgerufenen Preis war so etwas wie ausreichend Platz nicht mit inbegriffen.

Ralf versuchte, Regina eine Lücke am Fenster freizuhalten, damit sie einige Fotos schießen konnte, was wegen der zerkratzten Scheiben an sich schon recht hoffnungslos erschien. Der Mitarbeiter der Seilbahn verriegelte die Tür und gab das Signal zur Abfahrt.

Als sich die Kabine in Bewegung setzte, löste sich die Mimik in den meisten Gesichtern, als der erste Stützpfeiler passiert wurde und dieses mit einer wankenden Bewegung quittierte, um danach für einen kurzen Moment den Anschein des freien Falls zu vermitteln, ging ein kollektives „Ahh" durch den Raum und auch der letzte war der Faszination dieser Seilbahn erlegen. Dabei war das erst der Anfang, ab der Mittelstation begann dann erst das richtige Spektakel.

Ralf deutete auf den Weg zum Grand Balcon Nord, den sie

vorgestern gelaufen waren, und der aus dieser Perspektive mit seinem Zickzackmuster eine Art Verzierung in den Berg zauberte. Sie schwebten über die Schutzhütte, die früher den Hirten bei schlechtem Wetter Unterschlupf gewährt hatte und die jetzt Wanderern auf einer grob gezimmerten Holzplattform bei Wetterumschwüngen die Möglichkeit bot, ihren Schlafsack auszurollen. Aus dieser Position konnte man nur erahnen, wie beschwerlich sich der Aufstieg zu Fuß bis zu diesem Punkt gestaltet. Überhaupt war dieses Bergmassiv des Mont Blanc von seiner Herausforderung her nicht zu unterschätzen. Es mussten Höhenunterschiede von den Tälern zu den einzelnen Gipfeln überwunden werden, die weltweit in diesen Dimensionen von maximal knapp viertausend Höhenmetern einzigartig waren.
Kurz vor Erreichen der Mittelstation wurde die Sicht auf den gesamten Höhenwanderweg frei, der jetzt fast bis zu diesem schönen alten Grand Hotel einsehbar war und noch von Ausläufern riesiger Schneefelder bedeckt war, welche die Spitzen der Gletscher bedeckten. Auch der Bossons-Gletscher sah mit seinen Eisskulpturen und Spalten aus dieser Perspektive ganz einfach gigantisch aus. Diese Berge machten Ralf demütig. Er hatte das Gefühl, in der Bedeutungslosigkeit zu verschwinden, in einer allumfassenden Anonymität.
Regina machte unzählige Fotos. Auch sie konnte von diesem Moment nicht genug bekommen.
Mit einem Ruck fuhr die Kabine in der Mittelstation ein. Was auf dem ersten Abschnitt lange ein Nachteil war, als letzte in eine überfüllte Kabine einzusteigen, verkehrte sich nun in einen Vorteil. Nun standen sie als erste vor dem Seil, das den Einstieg in die nächste Kabine versperrte, welche sich noch mit einem Wahnsinnstempo auf dem Rückweg von der Gipfelstation befand. In der Hütte neben der Mittelstation hatten es sich schon die ersten Gäste auf der Terrasse bequem gemacht.
„Ach, weißt du eigentlich, wen ich gestern gesehen hab, das

habe ich ganz vergessen, dir zu erzählen", begann Regina. „Als ich im Elevation auf dich gewartet habe, ist dieser Moulin aus dem Hotel gegenüber herausgekommen, mit noch so einem Typ, den ich nicht kannte. Die sind dann in Richtung Innenstadt gelaufen."

Ralf blickte auf die Kabine, die ihre Fahrt eingebremst hatte und nun kurz vor der Einfahrt in die Mittelstation fast zum Stehen kam. Sein Blick war konzentriert, als hätte er vor, sämtliche Personen in der Kabine zu scannen.

„Ralf, hast du gehört, was ich gesagt habe?"

„Ja ja, der Kommissar aus Cassis" antwortete er, ohne sich umzudrehen.

Die Gondel hatte sich im Schritttempo ihrer Parkposition genähert, und die Tür öffnete sich. Um diese Zeit war die Kabine noch nicht mal halb voll mit Rückkehrern. Ein junger Mann stieg als erster aus, in einem Outfit, das in seiner Perfektion an einen der Erstbesteiger von vor circa hundert Jahren erinnerte, er machte jedoch diesen Eindruck sofort zunichte, als er nach seinem Smartphone griff, gefolgt von den obligatorischen Japanern und Chinesen, die, ihrem engen Reisezeitplan wahrscheinlich geschuldet, keinen längeren Zeitraum für den Aufenthalt am Aussichtspunkt zur Verfügung hatten.

Endlich wurde vom Begleitpersonal der Weg zum Einstieg freigegeben. Ralf ging zielstrebig auf den vorderen Teil der Kabine zu, der den besten Ausblick auf die zu erwartende Strecke versprach. Der vor ihnen liegende Abschnitt war atemberaubend. Regina schaffte nach kurzer Zeit auch, den von Ralf für sie freigehaltenen Platz einzunehmen und wechselte noch schnell das Objektiv an der Kamera.

Kurze Zeit später schloss sich die Tür der Gondel, der mitfahrende Angestellte gab über Funk sein Okay durch, und die Bahn setzte sich in Bewegung. Zuerst etwas langsam, um später rasant an Fahrt zuzulegen.

Erst von hier oben war das gigantische Ausmaß der Gletscher zu erkennen. Die Kabine raste auf den Fels der Aiguille du Midi zu, so dass man den Eindruck hatte, sie müsste dort gleich einschlagen. Doch kurz davor nahm sie beachtlich an Höhe zu. Plötzlich blieb die Bahn mit einem Ruck stehen. Regina stieß mit dem Objektiv gegen die Scheibe, und die Kamera rammte ihren Kopf. Die Passagiere stürzten ineinander und fingen an zu schreien, die Kabine pendelte langsam aus. Ralf half Regina auf die Beine und sah sich ihren Kopf an.
„Halb so wild" meinte er, „das wird nur ein blauer Fleck."
Er schaute aus dem Fenster hoch zur Gipfelstation. Schwarzer Rauch stieg aus einem der Maschinenräume.

Kommissar Moulin hatte sich um sieben Uhr wecken lassen. Eigentlich viel zu früh, er hatte sich mit Renard um acht Uhr im Elevation zum Frühstück verabredet. Er sah nach dem Duschen aus dem Fenster, direkt auf das Café, in dem gerade die Vorbereitungen für den Tag liefen. Renard hatte mehr Glück bei der Zimmerwahl gehabt. Er hatte einen direkten Blick auf den Mont Blanc und auch noch einen kleinen Balkon. Moulin war das die zwanzig Euro Aufschlag ganz einfach nicht wert gewesen, sie waren ja schließlich nicht zum Spaß hier. In seiner Kindheit war der Ausblick auf diese Berge das Normalste der Welt gewesen und das Meer absolut faszinierend. Aber nach zwanzig Jahren Marseille hatte sich das wieder ein wenig geändert.
Er schaute den Bedienungen zu, die die Tische im Elevation abwischten und die Stühle ausrichteten. Alle waren recht jung und durchaus hübsch anzusehen, dementsprechend zelebrierten sie auch diese Arbeit. Ein Job in solch einer hippen Lokalität war in diesem Alter auch mehr als angesagt.
Er erinnerte sich an seine eigenen Versuche, in dem Alter in Mégève einen Nebenjob in einer der angesagten Après-Ski-Bars

zu bekommen. Anfangs gelang ihm das auch, als er noch freakig unterwegs war, mit langen Haaren und alter Lederjacke aus den Fünfzigern. Doch als er dann die Ausbildung bei der Polizei begann, hatte sein Chef ihn ganz einfach ausgetauscht gegen Sybille. Die sah ja unstrittig besser aus als er mit seinem Fassonschnitt nach Polizeivorschrift.

Da hatte alles angefangen, dass er sich nicht mehr verstanden fühlte und weg wollte ans Meer, nur weg aus diesem Muff der Bergdörfer, deren einzige Attraktion die Bars mit den Skitouristen waren.

Während er so nachdachte, war er sich sicher, die Chefin im P.M.U., das müsste diese Sybille sein. Da war er fast hundert Prozent sicher, fast.

Die ersten Gäste trudelten im Café ein, nachdem sie einfach die Halteverbots-Schilder und Ladezonen ignorierten und zwischen den Baustellenabsperrungen ihre Autos parkten. Gerade gestern hatte man damit begonnen, in dieser Straße die Wasserleitungen auszutauschen. Zumindest war der Platz vor dem Elevation nicht betroffen, so dass man die Sonne auf der Terrasse genießen konnte. Als er so über ihre Pläne für den heutigen Tag nachdachte, sah er Renard aus dem Hotel kommen. Er sah auf die Uhr, Punkt acht Uhr. Er musste sich beeilen.

Lieselotte hatte sich mit Bernd verabredet. Im Laufe der Jahre waren sie sich nähergekommen und irgendwann hatten sie sich entschieden, es miteinander zu versuchen. Für beide war es nicht

einfach gewesen, noch einmal Nähe zuzulassen nach all den Jahren. Wenn man allein ist, gewöhnt man sich schon so einige Marotten an. Zusammenziehen war allerdings nicht geplant, dafür waren die Zeiten zu unsicher. Diese ganzen Demos in Leipzig, erst in der Kirche, und dann wurden es immer mehr. Ihre jungen Kollegen waren Feuer und Flamme, fuhren jeden Montag dorthin, um dabei zu sein, um etwas zu verändern.
Lieselotte wollte nichts verändern, sie hatte ganz einfach Angst. Angst, dass ihr Leben in die Brüche geht. Sie hatte an das alles geglaubt, wogegen jetzt demonstriert wurde. „Wir sind das Volk", diese Spinner, waren sie etwa nicht das Volk, sie und Bernd, die nach dem Krieg alles aufgebaut hatten? Sie wollten damals ganz einfach vieles anders machen, besser, das war nun nichts mehr wert. In ein paar Monaten konnte sie in Rente gehen, und nun versank alles im Chaos.
Letzten Monat war dieser Krüger dagewesen, der damals mit seiner Frau den Günter adoptiert hatte. Er hatte an der Pforte Bernd seinen Ausweis vorgezeigt, „Ministerium für Staatssicherheit", und gegangen ist er mit einer Hand voll Akten. Lange hatte er sich nicht aufgehalten, hatte es irgendwie eilig.




Moulin war in Windeseile die Treppe im Hotel runter gelaufen. Er war voller Tatendrang, was den Tag betraf, und er freute sich auch auf den Abend im P.M.U.. Ihm ging die Frage durch den Kopf, ob er sich geirrt hatte mit seiner Vermutung, dass es sich da um die Sybille handelt, die ihm in Mégève den Job weggeschnappt hatte. Aber er hatte sich dann doch vorgenommen, sich nicht zu blamieren und sie darauf anzusprechen. Er mochte nicht, dass solche privaten Gedanken ihn ablenkten. Sie waren ja schließlich aus einem ganz anderen Grund hier.

Renard hatte schon seine Bestellung aufgegeben, als sich Moulin neben ihn setzte. Ein Kellner mit beeindruckender Afro-Frisur und ebenso beeindruckendem Vollbart nahm auch seine Bestellung auf.

„Wie wollen wir vorgehen, Renard", begann Moulin.

„Am vielversprechendsten finde ich diesen Jungen in Servoz, der die detailliertesten Angaben von allen gemacht hatte und der große Courage bewiesen hat, indem er dem Mann angedroht hat zu schreien, wenn der ihn nicht in Ruhe lässt."

„Das finde ich auch", erwiderte Moulin, „aber lass uns erst mal in Ruhe frühstücken, irgendwie muss man ja merken, dass wir Urlaub haben."

„Übrigens, die Aussicht aus meinem Zimmer ist überwältigend, ich kann mich gar nicht satt sehen." Renard lehnte sich in seinem Stuhl zurück und schaute hoch zur Aiguille du Midi, die völlig klar an diesem strahlenden Tag zu sehen war.

„Schau mal, Moulin, mit welcher Geschwindigkeit die Gondeln da unterwegs sind. Das macht Lust, da selbst einmal hoch zu fahren", sagte er mit einem versunkenen Gesichtsausdruck.

Als Moulin sein Croissant und den Espresso bekam, begannen sie nochmals, die Fakten aufzuarbeiten. Renard hatte sein Notizbuch aufgeschlagen und Stichpunkte aufgeschrieben, die sie im Rahmen eines Brainstormings als Fragen an die Jungen und deren Eltern erarbeitet hatten.

„So macht arbeiten Spaß" stellte Moulin fest, als er sich nach dem vierten Espresso und einer wie im Flug vergangenen Zeit in seinem Stuhl zurücklehnte, nachdem er auf die Uhr gesehen hatte.

„Kurz nach zehn Uhr schon, der nächste Zug fährt elf Uhr, na gut, was soll's", sagte er, verschränkte die Arme hinter dem Kopf und blickte in Richtung Mont Blanc.
„Schau mal, Renard, da oben auf der Aiguille du Midi steigt Qualm auf, siehst du das?"
„Bist du sicher, ist das keine Wolke?"
„Nein, schau doch, das ist schwarz, was da aufsteigt, und vor zwei Minuten war da noch nichts!"
„Stimmt", entgegnete Renard, „ich glaube, die Kabinen sind stehengeblieben."
„Ach, wer weiß, komm lass uns bezahlen, ich lade dich ein" antwortete Moulin, „ich gehe kurz rein."




„Nehmen sie Platz, Genossen!"
„Jawohl, Genosse Mieske", antworteten Ralf und Erich fast im Einklang. Der Platz, der ihnen zugewiesen wurde, war ein kleiner Tisch mit zwei Stühlen, der direkt hinter dem Schreibtisch stand, an dem ihr Chef saß.
Schon der lange dunkle Gang, durch den sie gelaufen waren, hatte ihre Stimmung einfrieren lassen, doch dass die schweren Vorhänge an den Fenstern zugezogen waren, ließ beide nichts Gutes erahnen. Die Stimmung im Land in diesem Spätsommer '89 war schon sehr aufgeheizt.
Beide waren aufs äußerste angespannt, als ihr Chef telefonisch drei Kännchen Kaffee orderte und zu reden begann.
„Genossen, ich habe sie hierher bestellt, da die Aufgabe, die vor

uns liegt, äußerste Priorität hat und bedingungslose Erledigung erfordert. Wie ihnen nicht entgangen sein dürfte, sind konterrevolutionäre Kräfte im ganzen Land zugange und der Mob stellenweise außer Kontrolle. Die Genossen in Moskau sind der Meinung, dass das ganz allein unser Problem wäre und verweigern den Einsatz von militärischen Mitteln."
Die Sekretärin klopfte und stellte, als sie hereingebeten wurde, den Kaffee auf den Tisch.
„Nun gut", versuchte er fortzufahren, kurz hatten Ralf und Erich den Eindruck, dass ihr Chef nicht ganz bei der Sache war, so kannten sie ihn nicht, er schien gesundheitlich angeschlagen zu sein.
„Ja, nun gut, dass ausgerechnet sie beide hier sitzen, hat einen Grund. Sie haben ja in der Vergangenheit schon einmal hervorragend als Team zusammengearbeitet."
Ralf und Erich sahen sich verdutzt an. Mieske grinste genussvoll und ließ die Pause bis zum nächsten Satz extra etwas länger ausfallen.
„Nun, sie glauben doch nicht ernsthaft, dass uns ihre Zusammenarbeit bei der Abschlussprüfung verborgen geblieben ist. Was sie nicht wussten, diese Prüfung ist nur so, ich betone nochmals, nur so zu schaffen gewesen in den vorgegebenen zehn Tagen. Wir brauchen hier keine egoistischen Einzelkämpfer, nur zusammen sind wir stark, Genossen!"
Er stand auf und bewegte sich auf die Wand hinter ihm zu. Erich und Ralf trauten sich nicht, den vor ihnen stehenden Kaffee einzuschenken. Mieske bückte sich, um an der Wand auf eine bestimmte Stelle der Täfelung zu drücken, als mit einem klackenden Geräusch zwei Teile dieser sich öffneten und ein wohnzimmerschrankgroßer Tresor zum Vorschein kam. Nachdem er diesen geöffnet hatte, wurde der Blick auf ein Regal voller Akten frei, an dessen oberem Ende nochmals ein kleiner Tresor eingelassen war.

„So, Genossen, jetzt kommt der Moment, von dem ich mir gewünscht hätte, er würde nie eintreten."

Mieske griff zum Telefon, um eine Zahlenkombination durchzugeben. Etwa zwei Minuten später erschienen zwei Männer im Raum, die beide jeweils einen Schlüssel dabeihatten. Zu dritt öffneten sie die letzte, tief eingelassene Tür.

„Danke Genossen, wegtreten!"

Mieske holte einen Schnellhefter aus dem Tresor und legte ihn vor sich auf den Schreibtisch.

„Genossen, sie erhalten von mir nun folgenden Befehl. Sämtliche Akten unserer Behörde werden umgehend hier in der Normannenstraße zusammengeführt. Hier in diesem Hefter sind sämtliche Standorte und dazugehörige Codes zur Öffnung der Tresore und Objekte aufgelistet. Dies obliegt ihrer Verantwortung, Genosse." Er nickte dabei in Erichs Richtung und schon ihm den Schnellhefter entgegen.

„Sie hingegen tragen dafür Verantwortung, dass sämtliche Akten, ich betone, sämtliche, nach den vorgegebenen Dringlichkeitsstufen vernichtet werden, sobald sie hier angekommen sind. Ausnahmslos" schob er nochmals nach, mit dem Blick auf Ralf gerichtet.

„Jawoll, Genosse Mieske!" antworteten beide.

„Wegtreten, Genossen!"




„Dab dab dada", tönte die Melodie durch den Lautsprecher am Bahnhof von Chamonix, um erst durch die Ansage der

Sprecherin zu verstummen, die den Regionalzug nach Saint Gervais ankündigte. Kurz nach dem Öffnen der Zugtüren stiegen einige Mountainbiker aus, die in voller Protektorenmontur ihre schweren Downhillbikes den Bahnsteig entlang schoben, um den nächsten Lift zum Balcon Süd anzusteuern, der sie zu einer dieser spektakulären Abfahrtsstrecken brachte, die es in diesem Tal zuhauf gab. Im Bahnhofsgebäude war Moulin eines der Werbeplakate aufgefallen, die den Bikepark „VTT Portes du Soleils" anpriesen, ein Areal mit knapp achtzig Quadratkilometern und knapp zwanzig Liftanlagen sowie Strecken unterschiedlichster Schwierigkeitsgrade, wie er sie sonst nur vom Skifahren kannte.

„Man müsste noch mal jung sein", sagte er wehmütig zu Renard, „schau dir bloß mal diese Bikes an, Wahnsinn, wenn ich da an meine Torpedo-Dreigang-Nabenschaltung denke von damals."
Renard nickte zustimmend.

Sie stiegen in den Zug ein und ergatterten noch einen Fensterplatz, der den Blick zur Aiguille du Midi ermöglichte. Der Rauch hatte sich verzogen, aber zwei Kabinen standen immer noch in der gleichen Position wie vorhin. Von der Mittelstation abwärts fuhr die Bahn noch, allerdings nur zur Bodenstation. „Nun gut" dachte sich Moulin, „wir werden heute Abend erfahren, was los war."

„Hast du gestern eigentlich noch bei Madame Richard angerufen?" fragte Renard.

„Ja selbstverständlich, wir sind für zwölf Uhr angekündigt. Der Junge ist dann auch da, er hat heute Mittag schon Schulschluss. Ich habe uns auch einen Ortsplan besorgt. Die Familie wohnt circa fünf Minuten vom Bahnhof entfernt."

Moulin sah sich im Zug um, der um diese Zeit relativ leer war. Sie hatten ja noch einen Sitzplatz bekommen, und noch dazu eine Sitzreihe mit gegenüberliegenden Plätzen.

„Ich glaube, wenn ich Kinder ansprechen wollte, wäre das hier der beste Platz. Wenn ich hier sitze und die Orte abfahre, ist es nur eine Frage der Zeit, bis sich jemand dazu setzt. Das ist in den engen Zweierbänken nicht so optimal."

„Da hast du recht", bemerkte Renard, „schau mal da, der Gletscher, ist der nicht beeindruckend?"

„Ja, schon. Aber in den Achtzigern ging der fast bis zum Talboden und der da drüben bis zur Hälfte des Berges. Das ist überhaupt kein Vergleich mehr. Wenn dich das interessiert, fahren wir mal mit der Zahnradbahn zu dem alten Grand Hotel, da gibt es zurzeit eine Ausstellung alter Fotos, wie das hier vor hundert Jahren mal aussah.

Das Mer de Glace ist nur noch ein Schatten seiner selbst. Während der kleinen Eiszeit im Mittelalter gingen die Gletscher teilweise bis in die Ortschaften und zerstörten in den kältesten Jahren manchmal sogar Häuser. Das kann man sich heute gar nicht mehr vorstellen. Als sich vor Jahren der Bossons-Gletscher so stark zurückzog, hat man dort das Fahrwerk einer Militärmaschine gefunden, das ist dort oben bei der Hütte ausgestellt. Die da drüben, wo die kleine Seilbahn hochfährt", Moulin deutete zur Unterstützung in die Richtung.

„Mag sein, dass das alles zurückgeht, ich finde das trotzdem einfach alles gigantisch hier", meinte Renard.

Einige Ortschaften später waren sie in Servoz angekommen. Als sie ausgestiegen waren, stellte Renard fest, dass sie fast noch eine Stunde Zeit hatten bis zu ihrem Termin. Servoz machte einen beschaulichen Eindruck.

„Was wollen wir in der Zwischenzeit machen, Moulin, einen Kaffee trinken?"

„Bloß nicht, wenn du möchtest, können wir noch zu der Kirche hier im Ort gehen, die stammt noch aus dem Barock, oder in die Schlucht, die ist auch recht bekannt."

„Mensch, Moulin, du hast ja ungeahnte Fähigkeiten", witzelte Renard, „wenn wir wegen unseren nicht legitimierten

Ermittlungen bei der Polizei rausfliegen, kannst du zumindest hier schon mal als Fremdenführer arbeiten." Daraufhin mussten beide kurz lachen.


„Sie sind die beiden Polizisten aus Marseille?" fragte Madame Richard interessiert, nachdem sie die Tür geöffnet hatte. Moulin und Renard stellten sich nacheinander vor.
„Kommen sie herein."
Die Wohnung befand sich in einem alten Bauernhof, der etwas außerhalb des Ortes lag. Die Einrichtung machte einen einfachen, aber sauberen Eindruck. Madame Richard war etwa fünfunddreißig Jahre alt und hatte schwarze Hautfarbe.
„Möchten sie vielleicht Kaffee?"
„Nein danke", platzte Moulin heraus, „aber vielleicht ein Glas Wasser?"
„Das wäre toll, ich bitte auch", sagte Renard.
„Darf ich sie fragen, woher sie kommen, Madame?" begann Moulin.
„Aus Marokko, ich habe meinen Mann damals kennengelernt, als er dort im Urlaub im Atlasgebirge zum Bergsteigen war, ein Jahr später haben wir geheiratet und ich bin hierhergezogen. Kurz danach ist Simba zur Welt gekommen. Er ist ein richtiger Sonnenschein. Sehr offen und kontaktfreudig.
Umso stolzer war ich auf ihn, dass er in dieser Situation so reagiert hatte. Es war genau vor einem Jahr, als ihm das passierte, und nicht nur ihm. Es waren einige, die belästigt wurden. Die meisten Kinder haben überhaupt nicht verstanden, was der Mann von ihnen wollte. Er sprach so ein komisches Französisch, wie ein Ausländer, nur noch schlechter. Als er Simba dann fragte, ob er Englisch kann und der es bejahte, hat er ihn gefragt, ob er schon mal was von den Dinosaurier-Abdrücken gehört habe. Sie müssen wissen, mein Mann hat viel beruflich mit Engländern in Chamonix zu tun, er arbeitet als Bergführer, deswegen spricht er

perfekt Englisch. Wir haben Simba zweisprachig aufgezogen, kann ja nicht schaden. Da kommt er gerade, den Rest können sie ihn selbst fragen."

„Hallo Maman" rief Simba, als er zur Tür hereinkam, „Marcel holt mich nachher zum Klettern ab."

„Komm mal bitte, die zwei Polizisten sind da."

Simba schaute neugierig um die Ecke.

„Hallo Simba", sagte Moulin, „der Mann hier und ich sind von der Polizei aus Marseille und wir möchten dir ein paar Fragen zu dem Mann aus dem Zug im letzten Jahr stellen."

„Du meinst den komischen?"

„Inwiefern komisch?" hakte Renard nach.

„Na, komisch halt, fragt mich nach den Dinosaurier-Abdrücken, ob ich die kenne. Kennt doch jedes Kind hier. Dann will er sie mir zeigen, fährt aber in die falsche Richtung. Als ich ihm das sagte, wollte er mich an die Hand nehmen und mit mir aussteigen. Da habe ich gesagt, ich schreie, wenn er mich nicht loslässt. Da hat er seine Mütze noch tiefer ins Gesicht gezogen und ist schnell ausgestiegen."

„Das hast du super gemacht. Was ist dir denn an dem Mann aufgefallen?"

„Er konnte kein Französisch, nur Englisch, das aber genauso super wie mein Papa", sagte er stolz, „und stark war er. Als er mich angefasst hat, hat er mir weh getan. Der war so stark wie der Papa von Marcel, der mit uns immer Klettern geht, der kommt ganz schwere Routen hoch."

„Ist dir noch etwas aufgefallen?" wollte Moulin wissen.

„Weiß nicht, der hat so eine komische Fahrkarte gehabt. So 'ne Karte mit Namen und Stempel drauf. Die hat er am Anfang gezeigt, als der Schaffner durchging."

Moulin stutzte kurz, holte sein Portemonnaie aus der Hosentasche und zog seine Touristenkarte heraus.

„Ja, genau so was", sagte Simba strahlend, „bloß der Stempel war anders."

„Wie anders?" fragte Renard.

„Na, anders halt."

In dem Moment klingelte es an der Tür.

„Das ist Marcel, der holt mich ab! Tschüss" rief Simba, schon halb im Rennen und war verschwunden.

„Tut mir leid", sagte Madame Richard, „aber wenn es ans Klettern geht, ist er durch nichts zu halten."

„Schon in Ordnung, danke für die Hilfe."

„Das bringt doch nichts", sagte Renard, kurz nachdem sie gegangen waren. „Ohne Büro, ohne Phantomzeichnung, das sind Kinder, da wird uns jedes was komplett Anderes erzählen. Warum haben die hier damals keine Phantomzeichnungen angefertigt?"

„Weil die Vorfälle genau so abrupt aufhörten, wie sie angefangen haben", entgegnete Moulin, „da hat man die Ermittlungen eingestellt, war halt nichts Konkretes, bis auf 'stark, Sportler' keine Gemeinsamkeiten in den Beschreibungen. Ich glaube, ich bin der Einzige, der da einen Zusammenhang sieht, beziehungsweise erkannt hat."

„Nicht der Einzige, Moulin, ich glaube auch, das könnte unser Mann sein, so ein Gefühl eben. Der kommt, verschwindet wieder, taucht woanders auf, hinterlässt keine Spuren und hatte keine Verbindung zu den Opfern, der perfekte Verbrecher halt. Oder aber das hat alles überhaupt nichts miteinander zu tun. Ich weiß nicht weiter, Moulin."

„Ich auch nicht, Renard."

Wie kannst du denn so ruhig bleiben", fragte Regina und schaute Ralf entgeistert an. Die restlichen Passagiere rappelten sich langsam auf und sahen sich gegenseitig mit ratlosen, ängstlichen Blicken an. Einzig die Japaner schrien immer noch. Einige junge Leute nutzten die Gelegenheit, um das Ereignis mit der restlichen Welt über die sozialen Netzwerke mittels ihrer Smartphones zu teilen. Als ein Japaner das Handy in Ralfs Richtung hielt, schlug der im bestimmt gegen den Unterarm, so dass ihm dieses aus der Hand fiel.

„I don't like this", sagte Ralf laut und in einem Tonfall, der keine Widerrede zuließ.

„Das ist nur ein Nothalt", versuchte Ralf Regina zu beruhigen. „Entweder ist der Motor überlastet gewesen, oder Stromausfall, es geht bestimmt gleich weiter."

„Hoffentlich hast du recht."

Der junge Seilbahnbegleiter versuchte, ein gelassenes Gesicht aufzusetzen, obwohl ein leichtes Zucken um seine Augen genau das Gegenteil signalisierte. So richtig schien er keinen Plan zu haben, wie er jetzt vorgehen sollte. Er schnappte sich das Bordtelefon und versuchte, eine Verbindung zur Mittelstation herzustellen, welches dieses mit einer satten Rückkopplung honorierte.

„Merde" war der knappe Kommentar seinerseits, was dazu führte, dass wieder einige Leute zu schreien anfingen.

„Na prima" meinte Ralf zu Regina, „was für einen Idioten haben die uns denn hier mitgegeben. Dilettanten überall, unglaublich."

Er sah sich den Begleiter erst einmal genauer an, schätzte ihn auf circa fünfundzwanzig Jahre. Seine blaue Uniform verlieh ihm schon so etwas wie Seriosität, Kleider machen ja bekanntlich Leute. Aber schon im vermutlich ersten kleinen Störfall hatte er sich selbst disqualifiziert. Dieser Jugendwahn hatte eben seine Grenzen, Erfahrung und Menschenkenntnis waren durch eine Uniform nicht wett zu machen.

Der Kabinenbegleiter versuchte nochmals, über das Bordtelefon Kontakt aufzunehmen, was genauso scheiterte, wie der erste Versuch. Ralf konnte das nicht mehr mitansehen.

„Don't you have a mobilephone to contact the base? "

„Oh, yes, very good idea", gab der Begleiter als verlegene

Antwort zurück und zog sein Handy aus der Tasche, um die Nummer der Talstation zu wählen. Keine Verbindung, auch beim dritten und vierten Versuch, der Anschluss war ständig besetzt. Nun war guter Rat teuer.

Ralf sah nochmals zur Gipfelstation hoch. Es hatte aufgehört zu rauchen. Alles sah normal aus. Die Gondel, die abwärtsfahren sollte, hatte sich vielleicht zwei bis drei Meter bewegt, wie er es aus der Entfernung einschätzen konnte. Es hatte ein leichter Wind eingesetzt, der ihre Gondel etwas in Bewegung versetzte, aber was ihn eigentlich beunruhigte, war der Geruch, den der Wind mit sich trug. Dieser Geruch von verkohlter Plastik, den er zur Genüge aus seiner Ausbildung als Elektriker kannte, der immer auftrat, wenn ein Elektromotor durchgebrannt war. Das hatte sich in seinem Geruchsgedächtnis manifestiert. Kein Zweifel, der Motor der Gipfelstation war außer Betrieb. Und was das in dieser exponierten Lage bedeutete, war ihm sofort klar, eine schnelle Lösung gab es da nicht. Er versuchte, Regina gegenüber einen neutralen Gesichtsausdruck aufzulegen, um sie nicht zusätzlich zu beunruhigen, was ihm aber nicht sonderlich gelang.

„Riechst du das auch?" fragte sie mit besorgtem Gesicht.

„Klar, ist bestimmt nicht so schlimm."

Er schaute sich in der Kabine um. Es war etwas Ruhe eingekehrt. Der junge Japaner hatte sein Handy aufgehoben und nach skeptischer Prüfung festgestellt, dass es noch funktionierte und auch sonst nichts abbekommen hatte. Die Frauen aus seiner Reisegruppe hatten aufgehört zu schreien und tuschelten vor sich hin, um einen kurzen Augenblick später anzufangen zu singen: „We are all from Singapore", dazu bewegten sie die Arme im Gleichklang. Eine äußerst skurrile Vorstellung, die sie wahrscheinlich für das Gipfelvideo auf der Aiguille du Midi einstudiert hatten. Ihr junger Begleiter schaute nur kurz zu Ralf hinüber und steckte sein Handy brav in die Jackentasche, ohne es erneut zu benutzen.

Auf der anderen Seite der Kabine stand ein schwarz gekleidetes Pärchen, „die sehen aus wie vom Trashmetal-Hiking-Club" ging es Ralf durch den Kopf und er musste schmunzeln. Unpassender angezogen konnte man ganz einfach nicht in die Berge gehen, außer natürlich mit Flip-Flops. Ralf schaute fast schon mitleidig zu der jungen Frau, die versuchte, indem sie sich von einem Bein auf das andere bewegte, etwas gegen ihre kalten Füße zu tun.

Der Mann vom Kabinenpersonal versuchte noch immer, Kontakt zur Station aufzubauen.

„Wenigstens sind keine Kinder vor Ort", stellte Regina beruhigt fest, während aus der anderen Ecke von der Metal-Fraktion der Spruch kam: „Am liebsten würde ich jetzt eine rauchen."

Ralf setzte schon zu einem Konter an, als ihn Regina beherzt am Ärmel zog: „Lass gut sein, das macht der sowieso nicht."


Die beiden Kommissare stiegen gerade in Chamonix aus dem Zug, als sich wenig über ihnen ein Hubschrauber mit ohrenbetäubendem Geräusch auf den Weg in Richtung Mont Blanc machte. Mittlerweile hatte sich auf dem Bahnhofsvorplatz ein beachtlicher Menschenauflauf gebildet, der gemeinschaftlich in Richtung Aiguille du Midi schaute.

„Der fliegt nun schon das zehnte Mal", schnappte Renard auf, um das umgehend Moulin mitzuteilen.

„Komm, lass uns im Elevation Platz nehmen", entgegnete dieser und deutete auf den einzig noch freien Tisch. Bedeutete doch die Terrasse so eine Art Logenplatz mit Bedienung. Diese hatte inzwischen gewechselt, die Vormittagsschicht hatte anscheinend Feierabend. Moulin und Renard bestellten sich Bier und erkundigten sich beim Kellner, was dort oben los wäre.

„Die evakuieren mit dem Hubschrauber die Gipfelstation, das geht schon seit anderthalb Stunden so. Die Gondeln sind immer noch an derselben Stelle wie heute Morgen, die werden normalerweise mit einem Notfallsystem heruntergeholt. Da funktioniert anscheinend irgendetwas nicht."

„Da möchte ich jetzt nicht drinnen festsitzen", stellte Moulin fest.

„Nun lass uns noch mal in Ruhe überlegen, Renard", begann Moulin, nachdem sie angestoßen hatten, „was wir nun machen. Ich glaube, es war ganz einfach dumm von uns, so ins Blaue hinein, ohne Legitimation hierher zu fahren. Wie konnten wir nur denken, dass wir nach so langer Zeit noch relevante neue Fakten finden. Und wenn das laut hiesigen Ermittlungsakten eh' schon die detaillierteste Aussage war, von dem Jungen, den wir heute befragt haben, dann können wir einpacken, das macht so doch keinen Sinn."

„Nun sei doch mal nicht so pessimistisch, für mich hat sich das schon alles hier gelohnt. Diese Wahnsinns-Landschaft, der Ort, die Leute, hier wollte ich schon immer mal her. Außerdem haben wir Urlaub, schon vergessen? Wir machen morgen eine Bergtour, das macht den Kopf frei. Vielleicht bringt uns das neue Ideen. Aber heute genießen wir ganz einfach den Tag. Hier ist heute Abend überall was los", Renard deutete in Richtung Terrassenende, wo sich Rowdys bemühten, trotz der Menschenmassen die letzten Arbeiten an der Bühne zu erledigen. Er fand das ganze Treiben einfach nur interessant.

Moulin entgegen konnte die Situation nicht so recht genießen. Er ertappte sich dabei, wie er die Leute beobachtete, allerdings nicht wie jemand, der im Urlaub ist, sondern wie ein Kommissar, der um die Möglichkeit weiß, dass sich seine Theorie bestätigen könnte und womöglich ein Mann hier in diesem Moment auf der Suche nach seinem nächsten Opfer war. Dass hier, wenn es wirklich einen Zusammenhang gab, in den nächsten Tagen oder Wochen ein Junge, vermutlich mit Migrationshintergrund und circa acht Jahre alt, spurlos verschwinden könnte.

Diese Vorstellung machte ihn wütend auf seinen Chef, der die Ermittlungen in Cassis einstellen ließ. Auf seine ignoranten

Kollegen, die bei diesen Ausländerkindern und ihren Familienverhältnissen eh' alles für möglich hielten und froh waren, nicht mehr in diesem Gangmilieu ermitteln zu müssen. Die die Augen verschlossen vor der Realität, die eigentlich schon längst alle eingeholt hatte, und die durch Wegschauen und Verdrängen kein bisschen weniger real wurde. Die Welt war ganz einfach in Bewegung. So viele Konflikte und Bürgerkriege, die Europa für die Menschen, die darunter litten, wie das Paradies erscheinen lassen mussten.

Doch die meiste Wut hatte er auf sich selbst. Kommissar Moulin, die Großklappe, der Standard-Schreiber, der sich damit anmaßte, Kollegen belehren zu wollen, aber selbst nicht in der Lage war, dieses kranke Arschloch zu finden, der sich an den Schwächsten der Schwachen unserer Gesellschaft vergriff, den Kindern.

„Mensch, hast du einen Zug drauf", weckte ihn Renard aus seinen Gedanken.

Erst jetzt realisierte Moulin, dass er sein großes Bier fast in einem Zug ausgetrunken hatte. Er winkte dem Kellner: „Wie heißt du?"

„Germain, Monsieur", antwortete dieser freundlich.

„Germain, bringst du uns bitte zwei neue."

„Le même chose, geht in Ordnung."


Das geht so nicht weiter", stellte Ralf fest, „warum macht denn keiner was?"

Der Geruch in der Kabine war kaum noch auszuhalten. Nach zwei Stunden konnten es die ersten nicht mehr aushalten und man beschloss, für die Notdurft eine Art provisorische Toilette einzurichten, indem man eine Ecke mit dem Stoff eines Ponchos abtrennte und eine kleine Serviceluke öffnete, die die Hinterlassenschaften theoretisch eigentlich gleich nach draußen beförderte.

„Wo ist denn genau das Problem?" fragte Ralf den

Kabinenbegleiter. Der hatte in der Zwischenzeit jemanden von der Bodenstation mit seinem Handy erreicht.

„Die schicken uns einen Servicetechniker mit dem Hubschrauber, sobald der Wind etwas nachlässt."

„Wofür brauchen wir hier einen Techniker?"

„Normalerweise wird die Gondel mit einem Hilfsmotor herunter geholt, wenn der Hauptmotor ausfällt. Doch dieser hat anscheinend ebenfalls ein Problem, der funktioniert nicht."

„Ja, wie, funktioniert nicht, wo befindet der sich?"

„Oben am Ausleger, direkt neben den Seilrollen, ist aber wahrscheinlich ein Problem der Steuerung, und die ist direkt hier über mir, oben auf dem Dach. Bei der Windstärke kann man niemanden vom Hubschrauber abseilen, und der Wind lässt voraussichtlich erst morgen früh nach. Voraussichtlich."

„Geht das auch etwas genauer. Du weißt doch hoffentlich, was für Temperaturen hier nachts bei klarem Himmel herrschen!"

Um die Situation nicht noch zusätzlich zu erschweren, hatte man nach einer Abstimmung auch eine Art Raucherzone eingerichtet, was den jungen Mann von der Metal-Fraktion sichtlich entspannte. Niemand störte sich ernsthaft an dem süßlichen Geruch, der sich mit dem Qualm in entspannender Weise durch den Raum ausbreitete. Übertünchte er doch wohltuend den Fäkalgeruch sowie den anderer menschlicher Ausdünstungen.

Ralf konnte die Situation immer schwerer ertragen, er wurde zusehends unruhiger, wie immer in Situationen, die er nicht unter Kontrolle hatte. Kontrolle war für ihn das Wichtigste im Leben gewesen, schon immer, früher in seinem Job, aber auch in seinem Leben danach. Kontrolle war so etwas wie das Salz in der Suppe, vor allem Selbstkontrolle. Wenn die ihm entglitt, fühlte er sich krank, elend. Er wusste, dass er sich diesem Zustand wieder näherte, die Zeit ohne Medikamente hatte ihm so schon zugesetzt. Der einzige Ausweg aus dieser Lage war, selbst die Kontrolle zu übernehmen.

Er beschloss, sich der Sache anzunehmen. Schon der Entschluss reichte ihm, um seine Ruhe wiederzufinden, das Adrenalin sorgte für ein wohliges Gefühl in der Magengegend, nach dem er süchtig war, das seine Schmerzen besiegte, welches er sofort vermisste, wenn es nur etwas nachließ und seine Hilflosigkeit erneut anklopfte.

„Schau mal, Renard, irgendetwas passiert gerade dort oben."
Durch die Menschenmasse auf dem Bahnhofsvorplatz ging ein Raunen. Einige der Berggänger hatten ihre Ferngläser ausgepackt und schauten angespannt zu der Kabine, die ihre Position seit dem Vormittag nicht verändert hatte.
„Da ist jemand auf dem Dach", schnappte Moulin auf, „Wahnsinn, in der Höhe, ist der lebensmüde, was macht der da?"
Irgendwie hatte man den Eindruck, die Zeit würde stehen bleiben. Der Wind hatte nochmal merklich zugenommen, als plötzlich die Ersten zu applaudieren begannen, und einen Moment später war auch mit bloßem Auge zu erkennen, dass sich die Gondel langsam in Richtung Mittelstation bewegte. Nach kurzer Zeit löste sich die Gruppe auf dem Platz auf. Einige Schaulustige schienen sich in Richtung der Bodenstation aufzumachen.
„Was machen wir heute noch, Renard?"
„Na, den längsten Tag des Jahres genießen. Bald ist wieder Weihnachten", setzte er mit einem Lächeln nach. „Unglaublich, wie die Zeit vergeht. Je älter man wird, umso schneller."
„Ich würde vorschlagen, wir trinken hier noch ein Bier und gehen dann zum Rathausplatz, da spielen einige gute Bands, und danach noch ins P.M.U. zu 'Red'."
„Du bist derjenige, der sich hier auskennt. Ich komme ganz einfach mit."
„Weißt du, was dort oben los war?" fragte Moulin Germain, als dieser die Bestellung aufnahm.

„Eine Freundin, die an der Kasse der Seilbahn arbeitet, hat auf Facebook gepostet, dass da wohl einer in der Kabine war, der sich auskannte. Anscheinend ein Ausländer, ein Tourist, der ganz einfach gehandelt hat, da der Hubschrauber wegen des Windes keinen Mechaniker hinbringen konnte und die Umstände in der Kabine immer katastrophaler wurden. Die Presse hat davon auch schon Wind bekommen. Ein Kamerateam vom Fernsehen ist ebenfalls schon da. Die aus der Gondel werden wohl gerade auf der Mittelstation versorgt, ungefähr in einer Stunde kommen die hier unten an."
„Wollen wir auf dem Weg zum Rathausplatz einen kleinen Umweg machen und da kurz vorbeischauen? Mich würde mal interessieren, was das für ein Typ ist."
„Okay, meinetwegen", entgegnete Moulin, der sich gedanklich nicht von ihrem Fall lösen konnte.

Kurz bevor die Kabine in der Talstation einfuhr, konnte man das gesamte Ausmaß des Auflaufes erahnen, welchen der Störfall verursacht hatte. Ralf kannte dieses Phänomen zur Genüge, „perverse Neugier", es gab für viele Menschen nichts Spannenderes, als sich an dem Unglück und den Tragödien anderer Menschen zu weiden. Fast sämtliche Staus auf den Autobahnen waren diesem Phänomen geschuldet, zumindest die auf der anderen Fahrbahnrichtung, auf der gar kein Unfall passiert war.
Wie oft hatte er das für sich ausgenutzt. Er hasste es, im Mittelpunkt zu stehen. Einer der wichtigsten Grundsätze seiner Ausbildung war, jegliches Aufsehen zu vermeiden, Menschen waren so berechenbar.
Regina quoll fast über vor Stolz, vergessen war die Angst, die sie ausgestanden hatte, als ihr Ralf auf dem Dach versucht hatte, den Fehler zu finden. Dieser konzentrierte Blick, den er hatte, als er die Leiter, die sich an der Decke befand, löste, um sie

neben der Luke einzuhaken. Dieser Blick, der sich für sie anfühlte, als fixiere er am Ende eines Tunnels ein Ziel, so fest und so intensiv, dass ihn niemand davon abbringen konnte. In diesem Moment kannte sie ihn nicht, er war dann jemand völlig anderer.

Als er nach einer gefühlten Ewigkeit vom Dach zurückkam und knapp anwies: „Da war Wasser im Schaltkasten, das müsste jetzt wieder funktionieren", war die Spannung in der Kabine unerträglich und Ralf so entspannt, wie lange nicht mehr.

Als der Kabinenbegleiter den Schalter des Hilfsmotors anstellte und dieser bereitwillig mit einem leichten Ruck seine Arbeit aufnahm, kannten die Beifallsstürme und der Jubel keine Grenzen mehr, aber niemand traute sich, über sein Smartphone die Situation festzuhalten.

„Ich will das nicht", war der erste Satz, den Ralf seit langem von sich gab.

„Was willst du nicht", fragte Regina verdutzt.

„Das da unten", er deutete auf den Menschenauflauf, der gerade hinter dem Dach verschwand, als die Gondel in die Bodenstation einfuhr.

„Aber die sind wegen dir hier", antwortete Regina mit großen Augen.

„Ich will das nicht, ich brauche meine Ruhe", untermauerte Ralf nochmals angespannt seine Einstellung, „nimm du den Rucksack, wir sehen uns später."

„Wie, später?"

Ralf zog sein Tuch über das Kinn, rollte den Sonnenschutz aus seiner Mütze: „Später halt."

„Übertreibst du es jetzt nicht etwas mit deiner Paranoia? Diese Zeiten sind vorbei, du bist jetzt Rentner, für dich interessiert sich keiner mehr!"

Als sich die Tür öffnete, zog Ralf seine Mütze tief ins Gesicht und stieg aus. Als er sah, dass die ersten Fotografen durch die Absperrung kamen, sprang er über die Barriere hinter der Gondel und war verschwunden.

„Wie, weg?"
„Der ist verschwunden", antwortete einer der Passanten, die mittlerweile den ganzen Vorplatz vor der Seilbahnstation besetzten.
„Der hatte anscheinend keinen Bock auf den ganzen Trubel und ist gleich, nachdem die Kabine angehalten hat, hinten raus abgehauen. Der Angestellte, der mit in der Gondel war, hat gerade ein Interview gegeben, eigentlich mehr rumgestammelt. Der scheint irgendwie überfordert mit der ganzen Situation. Der Rest der Menschen war ganz einfach nur froh, nicht auch noch die Nacht da oben verbringen zu müssen und wollte nur noch nach Hause."
Das kann man schon nachvollziehen", meinte Renard. „Ich bin einmal zehn Minuten im Fahrstuhl stecken geblieben, das hat mir schon voll gereicht. Wenn man noch die Höhe dazu nimmt, die Kälte dort oben, manche hatten nur Sommerklamotten dabei, wie einige berichtet haben. Da können die echt froh sein, dass der Typ dabei war. Nachts kann es da gut minus zehn Grad werden, auch im Sommer."
So langsam hatte sich die Nachricht herumgesprochen, dass der Retter verschwunden war, und die Ansammlung begann, sich aufzulösen. Auch das Fernsehteam begann, sein Equipment abzubauen.
„Irgendwie sympathisch", murmelte Moulin, „bei den ganzen narzisstischen Selbstdarstellern mit ihrem Selfy-Wahn. Da kommt ein Typ, turnt auf über dreitausendfünfhundert Metern Höhe auf dem Kabinendach einer Seilbahn herum, repariert da etwas und verschwindet danach einfach."
„Solche Leute bringen dann immer mein Weltbild

durcheinander", meinte Renard. „Wir sind, glaube ich, viel zu viel mit den Abgründen der Spezies Mensch beschäftigt, sodass wir es gar nicht mehr für möglich halten, dass es auch solche gibt, die uneigennützig ihr Leben riskieren und danach bescheiden ihrer Wege gehen."
„Eigentlich schade, denn gerade solche Menschen braucht unsere Gesellschaft. Vorbilder, gerade für die Kinder. Du weißt gar nicht, wie recht du hast. Lass uns losgehen, hier passiert sowieso nichts mehr, und den Rest erfährst du morgen aus der Zeitung."
Um den Menschenmassen etwas zu entgehen, schlug Moulin vor, durch den alten Stadtpark zu gehen: „Ich hab' gehört, dass dort die alte verfallene Villa zu einem Jazzclub umgebaut wurde. Ist vielleicht auch eine gute Idee für abends. Aber heute schauen wir uns die Konzerte auf dem Rathausplatz an."
Der Weg durch den Park war einer der krassesten Gegensätze, die Chamonix zu bieten hatte. Überall sonst steppte an diesem Abend der sprichwörtliche Bär, und hier war ganz einfach Stille. Die frisch sanierte Jazzclub-Villa mit ihrer unglaublichen Dachkonstruktion fügte sich hervorragend in die Parkanlage ein, außer ein paar Jugendlichen, die heimlich auf einer abgelegenen Bank rauchten, war hier gar nichts los.
Nachdem sie durch die kleine Gasse der alten Stadtbefestigung gegangen waren, änderte sich das schlagartig. In der Fußgängerzone mit den frisch sanierten mondänen Hotels und der Vielzahl an Geschäften, Boutiquen und Restaurants kehrte der Trubel jäh zurück. Moulin drehte sich noch einmal um und blickte hoch zu den Bergen. Der Wind hatte dafür gesorgt, dass keine einzige Wolke am Himmel zu sehen war. Das einzigartige Licht der tiefstehenden Sonne des Mittsommerabends verlieh der Kulisse noch mal einen besonderen Touch.
„Ist das nicht einfach herrlich", kam Renard ins Schwärmen, „da kann man sich einfach nicht satt sehen."

„Absolut", schloss sich Moulin dem an. „Du kannst dir nicht vorstellen, wie sich das hier alles verändert hat, seitdem ich nach Marseille gegangen bin. Hier war früher eine ganz normale Straße, und da vorn befand sich mitten im Ort noch eine Tankstelle mit Ladengeschäft, dort wo jetzt die neuen Apartmenthäuser stehen. Manchmal frage ich mich, was noch so alles kommt. Zumindest haben sie die ganzen Neubauten architektonisch angepasst. Hast du vorhin dahinten die Hochhäuser aus den Achtzigern gesehen? Dort, wo der Kebab-Laden war, da hat sich im Laufe der Jahre auch so ein Mikrokosmos gebildet. Bei weitem nicht so schlimm wie in den Neubaugebieten von Marseille, aber schon mit deutlichen Tendenzen in diese Richtung. Habe ich bei dem Aktenstudium zu unserem Fall lesen können. Mit dem Fortschrittsglauben der vergangenen Jahrzehnte haben wir uns einen Bärendienst erwiesen."

„Nicht nur durch die Ghettoisierung von Zuwanderern in die Plattenbau-Hochhäuser, in denen sonst keiner mehr wohnen will, auch diese ganzen Atomkraftwerke, da darf ich gar nicht drüber nachdenken", entgegnete Renard. „Kannst du dir vorstellen, hier in der Nähe gibt es einen Störfall wie in Fukushima, und diese wunderschöne Gegend ist für Jahrzehnte verstrahlt."

„Hör auf, Renard, unvorstellbar. Ich glaube, wir müssen lernen, dass alles seinen Preis hat."

„Wie wahr, wie wahr."

„Schau mal, da vorn ist das Denkmal zur Erstbesteigung des Mont Blanc."

„Wahnsinn, dieser alte pinkfarbene Pavillon da drüben!" Renard geriet wieder ins Schwärmen und war auf dem besten Weg, damit auch Moulin etwas anzustecken.

„Was meinst du, wollen wir noch kurz ins Casino, unsere Urlaubskasse aufbessern?"

„Oder vernichten, lass mal gut sein."

„Ist nicht ernst gemeint, Renard, war nur ein Scherz."
Als sie auf dem Rathausplatz ankamen, war dort schon gut was los. Eine der Bands hatte gerade ihre letzte Zugabe gespielt und die Rowdys holten die Instrumente von der Bühne, um mit den Vorbereitungen für die nächste Gruppe anzufangen.
„Komm, lass uns noch eben ein Bier trinken", schlug Moulin vor, und deutete auf das P.M.U..
„Okay, machen wir."
Das Café war noch recht leer. Die kleine Bühne für die Band war schon aufgebaut und die Bedienung damit beschäftigt, die Kühlschränke aufzufüllen. Moulin schaute sich um, es hatte sich nicht viel verändert, außer dass man nicht mehr rauchen durfte und die Fernsehbildschirme flacher waren. Der Lauf der Zeit hatte hier noch nicht allzu sehr gewütet, bemerkte er wohlwollend.
„Was kann ich für sie tun?" fragte die junge Frau, als sie bemerkte, dass Moulin am Tresen stand.
„Zwei Bier bitte, wir sitzen draußen."
„Ja, gerne", antwortete sie mit einem Lächeln, das ihn stutzen ließ. War das Sybilles Tochter? Für einen Moment hatte er genau das Lächeln erkannt, dass diese damals aufgesetzt hatte, als sie seinen Kneipen-Job bekommen hatte.
„Du, Renard, ich habe hier ständig das Gefühl, alles und jeden zu kennen", kommentierte er die Situation, als er sich neben ihn setzte. „Das ist irgendwie verrückt, blockiert mich, wenn ich über den Fall nachdenke. Ich habe ständig Überschneidungen, ich glaube, die Wanderung morgen ist eine richtig gute Idee. Mein Kopf fühlt sich an wie ein Laptop, dessen Festplatte so voll ist, dass es viel zu langsam geworden ist, um damit zu arbeiten.
„Kenn ich", entgegnete Renard, „manchmal, wenn ich keine Lösung zu einem Problem finde, eine Spur nicht deuten kann und überhaupt keinen Ansatz habe, um weiter zu kommen, mache ich Feierabend, lege zu Hause eine gute Schallplatte auf,

öffne einen Rotwein, das ist dann, um bei dem Laptop zu bleiben, so ein Reset-Modus, der die Festplatte entmüllt, und am nächsten Tag geht es dann weiter, als wäre nie etwas gewesen. Der Kopf ist klar und arbeitet tadellos."
„Du hast recht", antwortete Moulin. „Möchtest du auch noch ein Bier?"
„Danke, ich mach erst einmal Pause", erwiderte Renard und schaute auf sein Glas, welches noch randvoll war.

„Früher habe ich den Weg in zweieinhalb Stunden geschafft", prahlte Moulin mit schon etwas verwaschener Aussprache. „Heute haben die den mit vier Stunden ausgeschildert, habe ich vorhin gesehen."
„Wovon redest du?"
„Na, von unserer Wanderung morgen, hab' ich doch gesagt, oder?"
„Ja ja, hast du" entgegnete Renard schmunzelnd.
Die Band hatte gerade angefangen zu spielen, Coversongs von Rockbands aus verschiedenen Epochen. Die Stimme der Sängerin war auch ganz passabel, der Rathausplatz gut gefüllt. Eine Vielzahl von Familien hatte ihre Kinder dabei. Es war zwar nicht mehr die Zeit für Kinder, um auf zu sein, aber dieser Tag war ganz einfach zu schön. Die blaue Stunde hatte mit einer unglaublichen Intensität das Licht gedimmt. Schlafen konnte man in den elend langen Wintermonaten eh' noch genug, und den Kindern schien es augenscheinlich Spaß zu machen. Sie tanzten und spielten mit den Skulpturen, die um den Platz herum aufgestellt waren. Der Wind hatte sich entschieden, etwas nachzulassen und brachte mit den letzten flauen Stößen durch seinen Föhneffekt die sommerlichen Temperaturen zurück.
„Das sind so Momente, die man ganz einfach konservieren möchte" dachte Renard, als ihn die verwaschene Ansprache seines Kollegen aus den Gedanken riss.

„Da, schau mal, der Typ da drüben, wie der die Kinder anstarrt, das ist doch nicht normal!"
„Ja ja, lass mal gut sein, ich glaube, du brauchst wirklich mal eine Pause. Tu mir bitte einen Gefallen und versuch', nicht ständig überall Pädophile zu entdecken, was wir brauchen ist ein klarer Kopf und, entschuldige bitte, ich glaube, den haben wir heute beide nicht mehr."
„Sorry, tut mir leid, hast ja recht", erwiderte Moulin kleinlaut.

Regina war in den letzten Zug Richtung Chamonix eingestiegen. Sie hatte im Camper einige Stunden auf Ralf gewartet. Einerseits machte sie sich große Sorgen, aber sie war auch wütend. Sie verstand ihn einfach nicht.
Der ganze Winter war schon anstrengend genug mit ihm gewesen. Diese in sich gekehrte Art, diese depressiven Verstimmungen, die seinen Schmerzen geschuldet waren. Was sie aber am meisten wütend machte war seine kategorische Art, jedwede Hilfe abzulehnen. „Ich brauche keinen Arzt" war seine Antwort, die er immer und immer wieder gab, wenn sie ihm vorschlug, sich doch mal untersuchen zu lassen.
Damals, als er das Medikament absetzte, war er das letzte Mal in einer Arztpraxis. Seine Schmerzen machte er mit sich selbst aus. Woher er diese Medikamente hatte, die er angeblich so dringend brauchte, war ihr auch nie klar gewesen. Die brachte er ganz einfach immer mit, meist in Großpackungen, die kein Apotheker abgeben würde. „So ist es billiger", war seine ausweichende Antwort auf ihre Frage, woher er diese denn bekam.
Irgendwann war es ihr auch egal gewesen, woher er diese Mittel hatte, bis diese unerträglichen Schmerzen kamen. Ein schleichender Prozess, der ihn immer mehr veränderte. Das war auch die Zeit gewesen, als der Kontakt mit Erich wieder anfing. Darauf hätte sie so gerne verzichtet.

Erich war einer der Menschen, den sie überhaupt nicht vermisst hatte. Aber sie war bereit gewesen, auch das zu akzeptieren. Aber seinen Anruf vorhin konnte sie überhaupt nicht deuten. Und die SMS, die sie Ralf zeigen sollte, wenn er zurückkommt, schon gar nicht. Die letzten drei Jahre waren für sie in einziges Rätsel. Doch heute hatte sie für einen kurzen Moment alles in Frage gestellt. Nicht nur, dass sie wie Bruder und Schwester zusammenlebten, das war es nicht. Das kannte sie auch von anderen Paaren, die sich so lange kannten.

Es waren diese unberechenbaren Momente, die zunahmen, in denen sie Ralf nicht mehr wiedererkannte, die ihr Angst machten. Doch dann hatte sie in Erich den Schuldigen an dieser Situation erkannt, an der sich langfristig etwas ändern musste.

Das war ihre Entscheidung, doch jetzt musste sie ihn erst einmal finden. Sie stieg in Chamonix aus und ging über den Bahnhofsvorplatz zum Elevation, vielleicht saß er ja dort und trank gemütlich ein Bier?

Das Elevation war übervoll, die ganze Straße war voller Leute, die sich mehr oder weniger versuchten, in Szene zu setzen. Einige Gesichter waren ihr mittlerweile vertraut, waren wahrscheinlich so etwas wie lebendes Inventar der unumstrittenen Trendbar Nummer Eins vor Ort, dabei sein war einfach alles.

Sie versuchte, sich einen Weg durch die Massen zu bahnen, was ihr nicht einfach fiel nach den Erlebnissen der letzten Stunden in der Seilbahn. Sie hätte sich am liebsten hingelegt und geschlafen, aber wie sollte das gehen ohne Ralf, zumindest ohne zu wissen, was mit ihm los war, ob es ihm gut ging. Ihre Wut, die sie vorhin empfunden hatte, war verflogen und hatte sich in Sorge verwandelt. Sie überlegte, Germain anzusprechen, doch der schien sie gar nicht wahrzunehmen.

Er erledigte seine Arbeit im Akkord, wie auch seine Kollegen. Die Band, die im Playback-Stil alte Klassiker abspulte, stufte sie als unteren Durchschnitt ein, aber so richtig hatte sie keine Muße, zuzuhören. Auch wenn die Musik besser gewesen wäre, war das gewiss heute nicht der Ort, wo Ralf sich aufhalten würde, das war ihr klar. Doch bevor sie weiterging, kämpfte sie sich doch noch in die Bar durch, um ganz sicher zu sein. Ralf war nicht hier.

Sie lief weiter in Richtung Stadtmitte, auf jedem Platz war eine andere Band, die um die Gunst der Zuhörer warb, doch nirgends war Ralf zu entdecken. Sie überlegte, noch kurz zur Sportschule zu gehen, wo sie ihn das letzte Mal gefunden hatte, beschloss dann aber, erst noch die letzte Bühne auf dem Rathausplatz aufzusuchen.

Der Auflauf von Menschen stand denen vor den anderen Konzertbühnen um nichts nach. Sie schaute sich um, irgendwie war die Mischung der Leute hier am angenehmsten. Die Anzahl der Betrunkenen war hier keineswegs so groß wie an den anderen Bühnen, was wohl an dem fehlenden Ausschank lag. Auffällig viele Familien mit ihren Kindern hatten sich diesen Umstand zunutze gemacht und waren trotz fortgeschrittener Zeit noch zahlreich vertreten.

Sie ließ ihren Blick schweifen, nichts von Ralf zu sehen. Als sie gerade im Begriff war, zur Sportschule aufzubrechen, sah sie ihn hinter der Absperrung auf einem Geländer sitzen.

„Was machst du denn hier? Kannst du dir vielleicht vorstellen, dass ich mir Sorgen gemacht habe?"

Er schaute sie mit einem verlegenen Blick an: „Ich weiß, es ging nicht anders. Hat dich denn noch jemand angesprochen?"

„Nein, das nicht, aber angenehm war das nicht für mich. Die Leute aus der Kabine haben mich schon recht merkwürdig angeschaut. Aber darum geht es gar nicht, ich hatte Todesangst um dich, du turnst da in der Höhe auf dem Dach herum, bewahrst damit eine Menge Leute vor noch größerem Stress und vielleicht auch gesundheitlichen Schäden, und dann verschwindest du, als

hättest du was verbrochen! Ich versteh das nicht.
Du hast dich verändert, seitdem du wieder Kontakt zu Erich hast. Ich weiß nicht, wie ich damit umgehen soll. Ich wäre in diesem Moment am liebsten im Erdboden versunken, als du da halb vermummt weggerannt bist, und wie auf Bestellung ruft zwei Stunden später Erich an. Ich krieg das nicht zusammen, was passiert da zwischen euch? Als er erfahren hat, dass du nicht da bist, hat er mich gebeten, dir diese SMS zu zeigen. So 'nen wirren Kram. Ihr müsst doch irgendwann mal kapieren, dass es die DDR nicht mehr gibt! Auch euren Verein gibt es nicht mehr, versteh das endlich mal!
So, nun ist es raus", beschloss Regina ihren emotionalen Ausbruch, der einige Leute veranlasst hatte, zu ihnen hinüber zu schauen.
„Ich habe verstanden", gab Ralf als knappe Antwort, „aber müssen wir das unbedingt zwischen all den Leuten hier klären? Komm, lass uns was trinken gehen."
„Okay, dann lass uns da vorn in das Café schräg gegenüber vom Rathaus gehen."
Nachdem sie vor dem Café Platz genommen und ihre Bestellung erhalten hatten, fing Ralf an.
„Das ist alles nicht so einfach, wie du denkst. Das war nicht nur ein Job, den man an den Nagel hängen kann. Das funktioniert so nicht. Die Kameradschaft war damals das Wichtigste überhaupt, als Modrow 1989 unsere Einheit ganz einfach aufgelöst hat, kurz vor der Wiedervereinigung. Kannst du dir vorstellen, was das für die meisten bedeutete? Sie standen vor dem Nichts. Keine Arbeit mehr. Keine Altersversorgung, alles weg, woran man geglaubt hatte. Keiner wollte mehr was mit uns zu tun haben. Vorneweg die Gutmenschen, Kriecher und Wendehälse, die sowieso schon immer dagegen waren.
Doch dann stellte sich heraus, dass unser Schwur Bestand hatte, als einige unserer Vorgesetzten Wachschutzfirmen gründeten

und nach und nach alle Kameraden zurück ins Leben holten. Alle, ausnahmslos alle hatten bald wieder einen Job. Wo findet man so etwas heute noch?
Ich habe diesen Leuten eine Menge zu verdanken, verstehst du? Ohne die Betriebsrente meiner Firma könnten wir nicht so leben, wie wir das tun, und Erich ist und bleibt ein Kamerad.
Kannst du nicht versuchen, das zu trennen, das hat überhaupt nichts mit dir zu tun."
Regina ließ das Gehörte sacken und trank etwas Rotwein.
„Doch Ralf, das hat was mit uns zu tun. Du hast dich verändert, und das betrifft auch mich."
„Kann ich bitte mal die SMS von Erich sehen?"
„Hier bitte, ich muss eh' mal zur Toilette."
Sie reichte ihm das Handy und ging ins P.M.U..
'Sie haben eine Textnachricht heute 20.15 Uhr' stand als Einleitung vor dem Text:
Kamerad, hörst du den Fanfarenruf.
Am längsten Tag des Jahres möchte ich mit dir
ein Feuer entzünden und es mit unserem
gemeinsamen Bekenntnis, dem Licht des Glaubens
an die gemeinsame Sache, am Erlöschen hindern.
„Wir tragen die roten Spiegel, wir sind Soldaten vom
Wachregiment,
wir bilden einen festen Riegel, uns fürchtet jeder Agent."
Allzu gern würde ich im Gedenken an die Toten
auch die fehlenden Kränze ins Feuer werfen,
Erich
Ralf legte das Handy auf den Tisch, er musste nachdenken. Vielleicht würde er morgen Erich anrufen. Er musste erst eine Nacht darüber schlafen. Morgen würde er sich entscheiden.
Als Regina zurückkam, musste sie etwas lächeln: „Was glaubst du, was ich gerade gesehen habe?"
„Sag schon."

„Da drinnen sitzt der Kommissar aus Cassis am Tresen. Ich glaube, der ist stockbesoffen und labert die Chefin hinter der Theke voll, sie hätte ihm mal den Job weggenommen. Ein zweiter Mann versucht mit Engelsgeduld ihn zum Gehen zu überreden, und einen von der Band, ich glaub, es ist der Sänger, den hat er auch schon zugetextet. Das ist irgendwie total lustig. Schau mal, da vorn", deutete Regina durch das Fenster hinein, „kannst du dich an den erinnern? Ich glaub, die gehen jetzt".

Renard hatte es endlich geschafft, Moulin zu überreden, zumindest vor die Tür zu gehen.
„Schau mal, Renall, die da drüben kenne ich auch." Er deutete schwankend auf einen Tisch, an dem ein Mann und eine Frau saßen.
„Jetzt reicht's aber, Moulin, ich glaube, du hast genug, wir gehen jetzt!"
„Glaub' mill, isch kenn' die wirklisch!"
„Na klar. Pardon Madame, Monsieur", entschuldigte sich Renard noch, als er Moulin unterhakte und ihn an dem Tisch vorbei manövrierte.

„Sie wollten geweckt werden", verkündete die sympathische Stimme aus dem Telefonhörer, nachdem es Moulin endlich geschafft hatte, diesen zu greifen zu bekommen. Als er seinen Kopf bewegte, hatte er den Eindruck, dass sein Gehirn mit tausend Nadelstichen traktiert wurde.
Was war los, wo war er, und vor allem, warum wollte er geweckt werden?
Nachdem er es geschafft hatte, sich auf die Bettkante zu setzen, kamen langsam die Erinnerungen wieder.
Gestern, diese Mittsommertour mit Renard, war wohl etwas heftiger gewesen. Seine Muskeln schmerzten, als hätte er eine Woche Polizeisportverein hinter sich, aber vor allem seine Füße

taten ihm weh. Als er hinabschaute, stellte er fest, dass er seine Schuhe noch anhatte.
Sofort überkam ihn ein ausgeprägtes Schamgefühl. Das konnte doch nicht wahr sein. Soweit er sich erinnern konnte, war es ihm das letzte Mal mit sechzehn Jahren passiert, dass er sich so hatte gehen lassen.
„Mein Gott, und Renard, was soll der denn von dir denken?" ging es ihm durch den Kopf. Hatte der etwa den Weckruf beauftragt? In seinem Gedächtnis lag noch ein Schleier über den letzten Stunden des gestrigen Abends. Doch nach und nach kamen Bruchstücke zurück. Sie wollten heute zum Mer de Glace wandern, durchfuhr es ihn urplötzlich wie ein Stromschlag!
Er zog sich aus, sprang unter die Dusche und genoss das kalte Wasser, das über seinen Kopf lief. Es brachte zusätzlich noch ansatzweise etwas Ordnung in das Chaos in seinem Kopf.

„Ich sitz' hier drüben im Elevation, kannst du dich daran erinnern, wir wollten frühstücken."
Moulin schaute auf die Uhr, nachdem der das Gespräch auf dem Handy angenommen hatte. Er ging zum Fenster und sah hinaus. Renard saß gegenüber auf der Terrasse und genoss die ersten Sonnenstrahlen, die es über die angrenzenden hohen Berge geschafft hatten.
„Ich weiß", antwortete Moulin kleinlaut, „gib mir noch fünf Minuten, ich bin gleich da."

„Guten Morgen", grüßte er etwas verhalten, als er sich zu Renard an den Tisch setzte.
„Na, gut geschlafen?"
„Geht so, etwas zu kurz. War gestern irgendetwas, was ich wissen sollte?" versuchte Moulin sich zu vergewissern.
„Nein, bis auf die Tatsache, dass du eine Menge Leute geglaubt

hast zu kennen und der ein oder andere sich deiner Meinung nach verdächtig verhalten hat, war alles okay."

„Na, das wird heute nicht passieren", gab Moulin mit einem Schmunzeln zurück, „heute begnüge ich mich damit, mich selbst zu kennen, und das fällt mir schon schwer genug."

Bei dem Versuch, über das gesagte mit Renard zusammen zu lachen, kamen die Nadelstiche in seinem Kopf zurück.

„Na, gestern spät geworden", lächelte Germain, „was darf ich bringen?"

„Ein Espresso, ein Wasser und ein Aspirin, falls ihr habt."

„Ich glaub' schon, ich schau mal nach."

„Und, bist du fit für die Zeit, die du gestern vorgegeben hast, um zum Grand Hotel hoch zu laufen?"

„Nun lass mal gut sein, Renard, ich bin heute froh, mein Leben zu haben. Was ich mir vielleicht vorstellen könnte, wäre, die Zahnradbahn zu nehmen, die fährt bis zum Mer de Glace hoch. Ich gehe noch kurz zu dem Supermarkt da vorn, um zwei Flaschen Wasser zu holen, dann können wir los."

„Du kannst dir Zeit lassen, ich habe vorsorglich schon mal auf den Fahrplan geschaut, die nächste Bahn fährt erst in fünfzig Minuten."

Der Bahnhof der Zahnradbahn lag etwas oberhalb des Bahnhofs von Chamonix. Die Stufen der Fußgängerbrücke brannten Moulin in den Oberschenkeln, der seine Sumpferei noch einmal deutlich zu spüren bekam. Einige Menschen standen vor dem Stationsgebäude und kontrollierten nochmals ihre Ausrüstung, die meist aus Seilen, Steigeisen, Pickeln und Helmen bestand. Obwohl er die Ernsthaftigkeit der Unternehmungen anzweifelte, denn der Tag war ganz einfach schon zu weit fortgeschritten, um jetzt noch Hüttentouren über das Mer de Glace zu beginnen, war er schon begeistert von der Art und der Perfektion, die diese Ausrüstungsteile mittlerweile erreicht hatten.

Er tippte Renard an den Oberarm und deutete auf die alte Dampflok, die unweit des Bahnhofs in einer unnatürlichen Schräge aufgestellt war, die die Steilheit der Strecke erahnen ließ, und die an diesem Platz Kindern mit leuchtenden Augen zum darauf Herumturnen und Spielen diente.
„Mit dieser Lok bin ich das erste Mal als Kind da hochgefahren. Das war noch um einiges abenteuerlicher als heute, obwohl die Waggons zumindest immer noch die gleichen sind, glaube ich."
Renard würdigte das technische Denkmal mit einem anerkennenden Nicken und machte sich auf den Weg, um die Karten zu besorgen. An dem Schalter war dann doch noch eine beachtliche Schlange, die allerdings schnell abgearbeitet wurde und sich schon in Richtung Zug in Bewegung setzte. Neben den gut ausgerüsteten Sportlern gab es auch einige Menschen, die anscheinend den Zielbahnhof oberhalb des Gletschers mit der exponierten Gaststätte nebst großer Terrasse nur als Sightseeingtour betrachtete, und die dann eventuell mit der Seilbahn auf den Gletscher hinabfuhren, um in die riesige, künstlich angelegte Gletscherhöhle zu gehen oder auch dem höchstgelegenen Grandhotel Europas einen Besuch abzustatten. Irgendwie fühlte sich Moulin heute auch wie ein Tourist. Sein Kopf war total leer, wie er es eigentlich nur vom Urlaub kannte, wenn er nach ein bis zwei Wochen endlich abschalten konnte. Sie nahmen im Waggon Platz, der mit seinen nach vorn geneigten Bänken in der Waagerechten einen nicht gerade gemütlichen Eindruck machte, was sich aber, nachdem der Zug einige Hundert Meter zurückgelegt hatte, ändern sollte.
„Schau mal, da drüben die Sommerrodelbahn und diese riesigen Liftanlagen mit Beschneiung. Früher war da ein Schlepplift, gar nicht zu vergleichen mit dem Gigantismus heutzutage, und das war damals schon was Besonderes. Die meisten Berge mussten wir selbst hochkommen, um Ski fahren zu können."
„Na ja, die Zeiten ändern sich halt, Moulin."

Mittlerweile schraubte sich der Zug in einer beachtlichen Steigung über ebenso beachtliche Bauwerke den Berg hinauf. Im Waggon war nahezu Stille eingetreten, die dem Panorama geschuldet war, das der dichte Bergwald an einigen Stellen auf beeindruckende Weise freigab. Nach gefühlt viel zu kurzer Zeit erreichten sie den Bahnhof am Mer de Glace und reihten sich in die Schlange der Menschen ein, die es alle auf einmal unheimlich eilig hatten, auszusteigen.

Das Wetter meinte es gut mit ihnen, es zeichnete sich ab, dass es wieder ein wunderschöner Tag werden würde, nur vereinzelt waren einige Wolken zu sehen, die sich an die Gipfel der nahen Viertausender lehnten, sonst das reinste Blau. Von den vorhergesagten Gewittern war noch nirgends eine Spur.

Als sie auf der Terrasse der an den Bahnhof angeschlossenen Gaststätte das erste Mal einen Ausblick auf den Gletscher hatten, rutschte Moulin ein lautes „Merde, was ist das denn!" heraus.

„Was meinst du denn?" fragte Renard erstaunt.

„Das gibt es doch nicht, das glaub ich nicht!"

„Was meinst du?" wiederholte Renard seine Frage.

„Der Gletscher, ich glaube, ich war vor dreißig Jahren das letzte Mal hier, da ging der noch bis ungefähr dorthin." Er zeigte auf einen Felsvorsprung, an dem noch deutliche Spuren zu sehen waren, die das sich bewegende Eis an ihm hinterlassen hatte, und der sich circa einhundert Meter über der darunterliegenden Eisfläche befand.

„Ich habe immer gedacht, das mit dem Klimawandel hat die Autoindustrie erfunden, um uns mit angeblich immer saubereren Autos zu beglücken, da wir mit den alten nicht mehr in die Umweltzonen fahren dürfen. Aber wenn ich das hier sehe, Wahnsinn."

„Ich weiß nicht, was du hast, ich finde diesen Gletscher ganz einfach riesig", entgegnete Renard. „Lass uns zuerst einen Kaffee trinken, ich muss das erst einmal sacken lassen."

Moulin kam das sehr entgegen. Die Höhenluft hatte sich nicht positiv auf seine Kopfschmerzen ausgewirkt. Aber er wollte sich nicht beklagen. Zu sehr war der Spruch seines Vaters noch präsent: „Wer feiern kann, der kann auch arbeiten". Doch heute klopfte der innere Schweinehund vehement an: „Du hast Urlaub, Moulin".

Nachdem Renard zwei Espresso besorgt hatte, löste Moulin sein zweites Aspirin, das er von Germain erhalten hatte, auf und nachdem der das Glas ausgetrunken hatte, setzte etwas Linderung ein.

„Weißt du, was mir gerade durch den Kopf geht, Renard? Urlaub ist, glaube ich, der Schlüssel zu unserem Fall."

„Wie meinst du, ich verstehe nicht, meinst du, wir machen ganz einfach Urlaub und der Fall löst sich von allein?"

„Nein, mal ernsthaft, Cassis, Castellane, Chamonix, Les Saintes-Maries-de la-Mer, fällt dir da was auf? Dann ein Mann, der kein Französisch spricht, aber Englisch."

„Du meinst, das könnte ein Urlauber sein?"

„Überleg' doch mal. Mitte März, Cassis, zwei Jungen verschwinden fast auf den Tag genau in zwei Jahren hintereinander. Diese Schluchten dort, die Calanques, ein absoluter Touristenmagnet. Dann die Schluchten des Verdon, dann die Route Napoleon und schlussendlich Chamonix mit dem direkten Blick auf den Mont Blanc, also, wenn ich Tourist wäre, das wären so Orte, wo ich auf jeden Fall mal hinfahren würde. Und Castellane bietet sich ganz einfach als Zwischenstopp an, wenn du mit dem Auto unterwegs bist und nicht über die Autobahn fahren möchtest, um Maut zu sparen."

„Oder mit dem Wohnmobil."

„Wie meinst du, Renard?"

„Du sagtest, mit dem Auto, vielleicht aber auch mit dem Wohnmobil. Da lohnt sich das Mautsparen noch mehr, da die ja noch teurer sind."

„Da hast du recht", entgegnete Moulin.
„Aber Les Saintes-Maries-de la-Mer, wie passt das da rein?"
„Na, das ist doch, soweit ich weiß, auch ein absolutes Touristengebiet, mit den rosa Vögeln und den Pferden. Aber wie passt das in die Route?"
„Na, vielleicht fährt der ganz einfach die gleiche Streck zurück", meinte Renard.
„Du vergisst den Mont-Blanc-Tunnel. Du bist ruckzuck in Italien, und bis zum Mittelmeer ist es auch nicht weit, dann die Côte d`Azur und schon schließt sich der Kreis. Und Camper sind Gewohnheitstiere."
„Ich verstehe, was du meinst, Moulin. Also, wenn du recht hast, müsste unser Mann eigentlich jetzt irgendwann hier auftauchen und erneut zuschlagen."
„Jetzt weißt du, was mir die ganze Zeit Kopfschmerzen macht, mal abgesehen von dem letzten Bier gestern, das war bestimmt schlecht. Und nicht zu vergessen, diese Gästekarte, die der Typ der Aussage des Jungen nach gehabt hat. Als ich ihm meine gezeigt habe, hat er die wiedererkannt, bis auf den Stempel, der anders war, vielleicht ein Campingplatz?"
„Klingt logisch, Moulin, absolut logisch! Du meinst also, es geht weiter?"

In der letzten halben Stunde waren die Barkas-Transporter fast im Minutentakt angekommen. Ralf schaute schon eine Weile gedankenversunken zu, wie sie nacheinander in den massiven

Vorbau, den man aus Gründen des Sichtschutzes vor dem Eingang der Normannenstraße gebaut hatte, einfuhren, mittlerweile stauten sie sich allerdings davor, da nicht mehr alle Platz hatten. Früher hätte er sich über einen solchen Dilettantismus aufgeregt, bei dem Anblick der Aufschriften, die diese Sonderumbauten auf ihren Kasten trugen, stieg dann aber doch noch so etwas wie Wut in ihm hoch.

„Was sollen denn die Anwohner denken, dass wir hier eine Party feiern?" „Fisch", „Fleisch", „Bäckerei", „Großwäscherei Weißenfels" war da zu lesen. Was organisieren und vorbereiten betraf, war Erich schon immer ein Dilettant gewesen, dafür war er in anderen Bereichen eine Koryphäe. Aber was soll's, auf die Feinheiten kommt es jetzt wohl nicht mehr an. Das Wichtigste war das Abarbeiten des Befehls, den sie erhalten hatten.

Ralf sah sich in dem Büro um, das er für die Dauer seines operativen Einsatzes zugewiesen bekommen hatte. Honecker schaute immer noch in gewohnter Weise aus seinem Rahmen auf ihn herab. Es änderte sich so viel jeden Tag, dass man sich an solchen Kleinigkeiten nicht aufhalten konnte. Alle Kräfte waren mit der wirklich wichtigen Aufgabe beschäftigt, die Akten zu schreddern. Eine zuverlässige Arbeitsgruppe zu finden war die erste Herausforderung, der er sich gestellt sah. Zuviel war geschehen.

Früher war es unmöglich, private Befindlichkeiten vor die Sache zu stellen. Alles wurde dem gemeinsamen Ziel untergeordnet. Doch dieses Gesetz hatte erste Risse bekommen. Keiner wusste, wie lange die Organisation noch bestehen würde, besonders nach diesen ganzen hirnlosen Eingeständnissen, die man ohne Not gemacht hatte.

Die Frage war jetzt, wie lange die Normannenstraße noch zu halten war. Die Demonstrationen wurden immer größer und diese Bürgerbewegung immer selbstbewusster. Es war Eile geboten.

Er war die ganze Nacht durchgefahren. Eigentlich wollte er ja einfach alles schreddern, was ihn in Bedrängnis bringen konnte, doch das, was er in der Akte „Abseits" zu lesen bekam, hatte ihn zuerst geschockt, aber dann hatte er sich anders entschieden. Den wichtigsten Teil musste er nach Eisleben in Sicherheit bringen, vielleicht konnte ihm das irgendwann noch einmal von Nutzen sein.
Früher, zu Beginn seiner Karriere hatte es ihn immer nach Berlin gezogen, in die Anonymität. Doch Sachen änderten sich. Berlin war die große Unbekannte in dieser unruhigen Zeit. Momentan fühlte er sich in Eisleben wohler. Die Kontakte aus seiner Jugend, die Familie, die Strukturen der Kleinstadt konnten ihn im Fall einer Wende besser schützen.
Eisleben war nie ein Hort besonderen Widerstandes gewesen. Auch die Aktivitäten der sogenannten Bürgerbewegung konzentrierten sich vorwiegend auf die größeren Städte, Halle, Leipzig, Magdeburg. Eisleben war in diesen Zeiten ein relativ sicherer Platz. Insbesondere für ihn, hatte er doch seinen Kontakt hierher nur auf das Persönliche beschränkt und war nie beruflich in Erscheinung getreten.
Sein Plan stand fest. Nach seinem Auftrag würde er seine Sachen packen.

Als Regina erwachte, war Ralf nicht da. Sie hatte noch lange wachgelegen und gegrübelt. Zuviel war gestern passiert. Und was noch wichtiger war, Ralf hatte endlich einmal ansatzweise

erklärt, warum er so funktionierte, wie er es tat. Sie hatte es als eine Art Entschuldigung verstanden, als einen hilflosen, aber auch halbherzigen Versuch, sein Verhalten zu rechtfertigen.
Auf dem Tisch lag ein Zettel: „Bin gegen zehn Uhr zurück, wollte dich nicht wecken. Bis dann, Ralf". Sie sah auf die Uhr, kurz vor zehn.
Sie beschloss, Kaffee zu kochen. Wenn man sich auf eines verlassen konnte, dann war es Ralfs Zuverlässigkeit. Wenn er „gegen zehn Uhr" schrieb, war er garantiert Punkt zehn zurück, hundertprozentig.
So war es auch, der Kaffee entfaltete gerade sein Aroma im Camper, als Ralf eintrat.
„Morgen, wo warst du denn", wollte Regina wissen.
„Ich bin mit dem ersten Zug nach Chamonix gefahren, habe bei deinem Lieblingsbäcker Baguette gekauft und ein Glas von der hausgemachten Schoko-Nuss-Creme." Er streckte den Arm nach vorn, den er im Moment seines Eintretens hinter dem Rücken gehalten hatte und präsentierte seinen Einkauf.
„Den Rückweg bin ich gelaufen und habe mit Erich telefoniert. Du hattest recht, ich muss da was klären. Ich habe mir dein Handy ausgeliehen, ich hoffe, du hast nichts dagegen" sagte er, als er es auf den Tisch zurücklegte. „Möglich, dass er die nächsten Tage hier aufkreuzt. Aber das ist noch nicht sicher. Am liebsten würde ich weiterziehen. Der gestrige Tag hat mich ganz schön mitgenommen."
„Klar, und im nächsten Ort kommt dir wieder jemand zu nahe, der Kellner kann sich nach dem zweiten Tag merken, was du trinkst, und schon fühlst du dich beobachtet und kontrolliert. Ich glaube, du musst einfach mal mit deiner Vergangenheit abschließen. Verbundenheit, Kameradschaft, Loyalität hin oder her, das ist alles längst vorbei, da liegen fünfundzwanzig Jahre dazwischen!"
Ralf trank einen Schluck von dem Kaffee, den sie inzwischen

eingeschenkt hatte. Er betrachtete sie lange, ehe er antwortete: „Das glaubst du, das ist nie vorbei, solange wir leben."

„Klar geht das weiter", entgegnete Moulin, „und der Gedanke macht mich wütend, dass wir nichts tun können, zumindest nicht offiziell. Ich glaube, wenn meine Theorie stimmt, wird er ähnlich vorgehen wie letztes Jahr."
„Das heißt also, er wird sich wieder im Zug nach einem potentiellen Opfer umschauen", komplettierte Renard Moulins Gedanken.
„Klar, und da müssen wir ihn suchen, Renard!"
„Ja klar, wir fahren jetzt den ganzen Tag Zug, zwischen Châtelard und Servoz immer hin und her, bis uns jemand auffällt, der Jungen anspricht, zwischen sechs und acht Jahren mit Migrationshintergrund."
„Genau das ist meine Idee", antwortete Moulin.
„Und was machst du, wenn dir jemand auffällt, gehst du dann zu ihm hin und erklärst ihm, dass du Polizist aus Marseille bist, der hier Urlaub macht und bittest ihn höflich, sich hier bei der örtlichen Polizei zu stellen, da du ihn auffällig findest? Moulin, wir haben uns mit den Befragungen der Jungen auf ganz dünnem Eis bewegt, aber das kann uns den Job kosten!"
„Ich weiß, ich weiß", brummelte Moulin vor sich hin, „immer noch besser, als wenn wieder ein Junge spurlos verschwindet. Und du weißt ja, einen Job als Fremdenführer könnte ich ja zumindest dann versuchen."
Renard musste lachen, er hatte den Eindruck, dass sein Kollege es durchaus ernst meinte mit seinem Vorhaben.
„Und als Probe meiner Fertigkeiten zeige ich dir dann noch die Ausstellung im Grandhotel und den Stollen mit den Kristallen, und als Bonus für geduldiges Zuhören laufen wir dann noch runter zur Gletscherhöhle."
„Einverstanden."

Moulin merkte, wie seine Lebensgeister zurückkamen. Er war voller Entschlossenheit.

Ralf und Regina hatten beschlossen, den Tag in Chamonix zu verbringen. Diesmal hatte Ralf darauf gedrängt. Regina war es allerdings nicht unrecht, nach dem gestrigen Tag eine Art Ruhepause einzulegen. Ralf machte den Vorschlag zu laufen, was sie schon etwas verwunderte, doch durchaus erfreute.
Es war diese Unbeständigkeit, mit der sie nicht zurechtkam. Dieser Wechsel zwischen absoluter Unzufriedenheit, Fahrigkeit und den Tagen der Ausgeglichenheit, die allerdings immer seltener wurden. Manchmal schob sie das auf seine Frührente, die ihn zur Untätigkeit zwang. Er hatte anfangs versucht, auf 460 Euro-Basis noch irgendetwas zu machen. Doch da waren seine Probleme, sich unterzuordnen, durchaus verständlich bei seiner Arbeitsbiografie.
„Ich kann diesen ganzen Dilettantismus nicht ertragen", war seine knappe Rechtfertigung, wenn er nach wenigen Tagen wieder hinschmiss.
Heute war so ein ausgeglichener Tag, der fast perfekt war, doch, wenn sie es sich überlegte, um welchen Preis? Ralf fehlten die Aufgaben, die Aktion, die ihn früher ausfüllte. Diese Ruhe, die er gestern ausstrahlte, als er das Zepter des Handelns in der Hand hielt. Diese Entschlossenheit erinnerte sie an früher, als er sie verlassen hatte und seiner Ausbildung beim Wachregiment alles unterordnete. Dieser Hang, seinen Körper zu immer höheren Spitzenleistungen zu treiben, war ihr früher schon suspekt, doch Ralf schien das zu brauchen, ohne dieses körpereigene Belohnungssystem, Dopamin, Adrenalin, konnte er kein normales Leben führen.
Sie verstand nur zu gut, was Drogen mit einem Menschen anstellen, die eigenen Erfahrungen waren noch schmerzlich präsent. Sie kannte den Teufelskreis, das Ausprobieren, auf den

Geschmack kommen, dieser Gewöhnungsprozess, der Selbstbetrug, jederzeit aufhören zu können und die ernüchternde Erfahrung, immer mehr davon zu brauchen.

Und zu guter Letzt der Schmerz, den einem sein Körper bereitete, wenn sein Lebenselixier fehlt. Umso ratloser war sie, wie sie ihm helfen sollte. Sein Kopf brauchte die Aktion und seine Knochendichte verdammte ihn zur Untätigkeit, zu ständiger Vorsicht, nichts zu übertreiben. Aber dann war da noch diese Paranoia, hier musste sich was tun.

Sie beschlossen, auf der anderen Seite der Arve nach Chamonix zu laufen, auf diesem schön angelegten Wanderweg, der im Tal die vielen Einstiege zu den Höhenwanderwegen markierte, die zum Grand Balcon Süd führten, dem Gegenstück zum Grand Balcon Nord, den sie vor einigen Tagen gewandert waren.

„Die Aussicht von dieser Seite auf das Mont-Blanc-Massiv muss ganz einfach grandios sein. Auch der Startplatz der Paraglider in der Nähe der Planpraz-Hütte wäre wohl mal ein lohnendes Ziel", sagte Ralf, indem er in die Richtung deutete. Regina kannte diese Ankündigungen schon zur Genüge und maß ihr keine besondere Bedeutung bei. Aber so nach und nach verflog ihre Wut über seinen gestrigen Auftritt.

Als sie die Arve über die Brücke hinter dem Campingplatz querten, kamen auf den reißenden Wellen einige Menschen in Neoprenanzügen und Schwimmwesten auf einer Art halbierten Surfbrettern angeschwommen. Steuern konnten sie diese Bretter mit den Beinen und den daran befindlichen Schwimmflossen. Regina und Ralf lehnten sich an das Geländer und sahen dem Schauspiel zu, das bei einigen der Ungeübten, die noch weiter hinten zu sehen waren, recht seltsam anmutete. Der Guide der Truppe hatte auf einer der wenigen Sandbänke des fast vollständig kanalisierten Flusses gestoppt, um die Gruppe wieder zusammenzuführen.

„Die können wenigstens nicht ins Wasser fallen", witzelte

Regina, ihr ging allerdings nicht so ganz der Sinn der ganzen Geschichte auf. „Das ist ja so was wie eine riesige Wasserrutsche mit dem Unterschied, dass das Wasser hier gesäßkalt ist, weil es von den ganzen Gletschern gespeist wird."
„Klar, halt Hauptsache immer was Neues", kommentierte Ralf, „kannst du dich an letztes Jahr erinnern, die Typen in Les Saintes-Maries-de la-Mer mit dem Surfbrett, die ohne Segel darauf gestanden und gepaddelt haben? Macht meiner Meinung nach auch keinen Sinn. Ist halt so 'ne Trendscheiße, einer fängt an und alle anderen machen es nach. Irgendwann wird mal jemand sich vor einen Baum stellen und mit dem Kopf dagegen hauen, und ich könnte mir vorstellen, dass es da auch Leute gibt, die das gut finden und mitmachen."
Regina musste schmunzeln: „Na klar, probier das doch mal aus. In Chamonix gibt's genügend Bäume und zu dir würde das sicherlich gut passen, willst ja sonst auch immer mit dem Kopf durch die Wand."
„Ha Ha Ha", gab Ralf lächelnd zurück, „lass uns weitergehen."
Der weitere Weg war idyllisch angelegt und führte durch den alten Wald, der die Geröllfelder und Hänge vor weiterer Erosion schützte. Eine Wohltat bei der fast senkrecht stehenden Junisonne. Einige Jogger und Radfahrer kamen ihnen entgegen und grüßten freundlich. Rechter Hand kam eine alte Ruine in Sicht, auf der anderen Seite war ein spektakulärer Baumwipfelpfad errichtet worden.
„Der war aber letztes Jahr noch nicht da, Ralf, oder?"
„Doch, ich glaub schon, der war aber noch nicht ganz fertig."
Etwas weiter vorn konnte man schon die Menschenmenge erkennen, die sich auf der Wiese vor den Kletterfelsen versammelt hatte.
„Wollen wir mal schauen, ob wir dort einen Platz auf einer Bank finden?"
Als sie dort ankamen, wurde auf einer der Bänke gerade etwas

frei, mit dem besten Blick auf die Kletterfelsen. Es war schon erstaunlich, wieviele Menschen sich mittlerweile für diesen Sport begeistern konnten. Mal abgesehen von der Gebirgsjägereinheit, die an diesem Tag eine der einfacheren Routen für einen Anfängerkurs belegten, waren jede Menge ziviler Nutzer da, von der Schulklasse bis hin zu Eltern, die ihren Kindern diesen Sport in spielerischer Art näherbrachten. Einige dieser Zwerge hatten schon erstaunliche Fähigkeiten entwickelt und stellten diese mit einem beachtlichen Selbstbewusstsein zur Schau. Regina nutzte die Kulisse, um ein paar Fotos zu machen. Aber auch der Blick auf den Bossongletscher war von diesem Ort aus ausgezeichnet.

Ralf hatte wieder ausgeholt, um die Kompanie zu kritisieren, deren Rekruten stellenweise einen sehr unbeholfenen Eindruck machten, als ihn Regina mit einem „Lass es bitte" unterbrach.

Sie hatte ja recht. Sein Blick schweifte danach wieder zu den Kindern, doch gerade als er erneut zu einem Kommentar ausholen wollte, merkte er, dass Regina gar nicht mehr neben ihm saß. Sie war zu einem der großen Steine gegangen, die die Wiese vom Parkplatz abgrenzten, um dort die Kamera zu positionieren, um den Gletscher in seiner ganzen Ausdehnung zu fotografieren.

Ralf sah zur Nachbarbank, die Leute dort, die gerade gingen, hatten eine Tageszeitung liegen gelassen. Er ging hinüber, nahm die Zeitung und schaute auf die Titelseite. „Spektakulärer Einsatz eines Touristen auf einer defekten Kabine", versuchte er, die Schlagzeile frei zu übersetzen. Hastig schlug er die nächsten Seiten auf, um sich die Bilder anzusehen, die zu der Schlagzeile gehörten. Nirgendwo ein Bild von ihm. Jetzt war er beruhigt. Er legte die Zeitung hin und ging wieder zu seinem Sitzplatz, dann lehnte er sich zufrieden zurück und verschränkte die Arme hinter dem Kopf.

„Wie genau stellst du dir das denn nun eigentlich vor, Moulin, das kann doch nicht dein Ernst sein, den ganzen Tag Zug fahren?"

„Ja, hast du einen besseren Vorschlag?"

„Nein, nicht wirklich. Zumindest nicht hier. Wenn wir zurück sind, würde ich gerne mal die Meldedaten der Campingplätze in den fraglichen Orten zu den betreffenden Zeiten überprüfen."

„Gute Idee, aber mit einem gewissen Spielraum um die fraglichen Zeiten, denn Camper bleiben meist nicht nur einen Tag an einem Ort, außer sie sind auf der Durchreise."

„Noch ein Bier?" fragte Germain.

Moulin wollte heute eigentlich nichts mehr trinken, aber er hatte das Gefühl, noch nicht ins Bett gehen zu können, und das Argument Renard's, nochmals alles durchzugehen, hatte ihn dann doch überzeugt. Nicht zuletzt wegen dieser exponierten Lage des Elevation genau neben ihrem Hotel bot sich dieser Pub an. Auch die Tatsache, dass auf dem Weg zum Bahnhof die Leute zwangsläufig hier vorbeimussten, spielte in seinem kriminalistischen Unterbewusstsein keine unwesentliche Rolle.

„Okay, eins nehm' ich noch, Germain", war seine verhaltene Antwort mit einem fragenden Blick in Renard's Richtung.

„Ich auch, bitte."

Als das Bier vor ihnen stand, fuhr Renard fort: „Wir sollten vielleicht auch mal in Norditalien auf unserer fiktiven Reiseroute des Ermittlungsobjektes nach ähnlichen Vorfällen fahnden."

„Das wäre super, aber ich glaube, das wird inoffiziell nicht möglich sein, es sei denn, du kennst jemanden bei der italienischen Polizei oder bei Interpol?"

„Nicht wirklich, Moulin, aber hilfreich wäre es schon. Nicht zuletzt wäre es das letzte Puzzle, welches unsere Theorie untermauern würde. Ich glaube, wenn wir das noch nachweisen, wäre das schon ein sehr guter Grund, die Ermittlungen wiederaufzunehmen. Das müsste auch unseren Chef überzeugen. Aber trotz alledem bin ich der Meinung, dass unser Mann hier erneut zuschlägt. Ich habe das Gefühl, der taucht hier bald auf, oder er ist schon hier."

Wie gewohnt klingelte das Telefon um sieben Uhr: „Sie wollten geweckt werden" war der immer gleiche Satz der immer gleichen Stimme der letzten drei Tage. Moulin machte sich wie gewohnt fertig und ging hinüber ins Elevation zum Frühstück. Ihm blieb noch knapp eine Woche, um irgendwelche Auffälligkeiten im Zug zu beobachten.
Die Begegnung mit diesem Schaffner gestern war schon speziell gewesen. Hätte er nicht seinen Dienstausweis dabeigehabt, wäre er auf der Polizeistation gelandet: „Kann das sein, dass sie hier Kinder beobachten?" war die lautstarke und eindeutige Frage gewesen, mit der der Schaffner ihn völlig unvorbereitet konfrontiert hatte. Er hatte sich so sehr darauf fokussiert zu beobachten, dass ihm nicht im Geringsten auffiel, dass er selbst beobachtet wurde. Es war schon sehr dilettantisch, was er da abgezogen hatte. Kleinlaut hatte er versucht, sich zu erklären, doch mehr und mehr wurde ihm klar, dass die Ermittlungen im vergangenen Jahr keineswegs so oberflächlich gelaufen waren, wie er sich das vorgestellt hatte.
„Einer ihrer Kollegen hatte letztes Jahr genau dieselbe Idee wie sie, allerdings war der so schlau, uns vorher einzuweihen. Wissen sie, Herr Kommissar, wir haben alle selbst Kinder, nach diesen Vorfällen im letzten Jahr waren hier alle total sensibel, was solche Typen betraf. Aber irgendwann hat das aufgehört. Sie sind der Erste seit diesen Vorkommnissen, der mir persönlich aufgefallen ist."
Moulin war klar, das, was ihm gestern passiert war, war ein ermittlungstechnischer Super Gau, doch er konnte nicht anders, er musste wieder los. Renard wollte heute morgen nach dem

Frühstück zurückfahren, er war die letzten Tage wandern gewesen.

Moulin bewunderte ihn dafür, so konsequente Entscheidungen treffen zu können und diese dann auch umzusetzen. „Das macht hier keinen Sinn mehr", war seine abschließende Einschätzung einen Tag nach Mittsommer, danach hatte er sich vorgenommen, das schöne Wetter zu nutzen. Doch ab heute war ein Wetterumschwung angekündigt, Dauerregen und gar nicht sommerliche Temperaturen.

„Du bist sicher, dass du nicht mitkommen möchtest?", vergewisserte sich Renard nochmals.

Moulin hatte ihm seine gestrige peinliche Begegnung mit dem Schaffner verschwiegen. Überhaupt lud die Atmosphäre im Elevation nicht dazu ein, sich zu unterhalten. Der Regen hatte eingesetzt, und die ersten englischen Bauarbeitertrupps hatten bereits um diese Zeit mit einem Bier den Feierabend eingeläutet. Die Geräuschkulisse hatte sich langsam gesteigert.

„Ja", antwortete Moulin, „ich bin mir sicher, ich bleibe hier." Er sah auf die Uhr: „Ich muss zum Zug, Renard, ich melde mich bei dir."

Ralf schloss das Fenster. Der Geruch, der von der Bösen Sieben aufstieg, war unerträglich. Wenn sie so stank, dann war das ein untrügliches Zeichen für einen Wetterumschwung.

Sie roch eigentlich immer ein wenig, wen wunderte das bei den ganzen Abwässern, die ungeklärt in diesen kleinen Bach abgeleitet wurden, der mitten durch seine Heimatstadt Eisleben floss.

Seine Abreise aus Berlin hatte sich dann doch früher ergeben als geplant. Wenn er genau darüber nachdachte, war es eine Kapitulation auf der ganzen Linie. Als die ersten Demonstranten über die Gitter gestiegen waren, verschwanden die ersten Kollegen, ließen ganz einfach alles stehen und liegen. Er hatte dann mehrfach versucht, Kontakt mit seinem Vorgesetzten aufzunehmen. Nichts, keine Reaktion. Niemand ging ans Telefon.

Vorgestern hatte er noch seine Personalakte gefunden und in Sicherheit gebracht. Schreddern wäre einfacher gewesen, aber dann hatte ihn die Neugier gepackt. Als er sie das erste Mal überflog, überkam ihn ein beklemmendes, unwohles Gefühl.

Er schaute sich in seinem Kinderzimmer um, das immer noch so aussah wie früher. Auf dem Wandregal standen immer noch die alten leeren West-Cola-Dosen herum, die er während seiner Schulzeit gesammelt hatte, das „Kiss"-Plakat, damals sein ganzer Stolz, hatte sich erfolgreich an einer Ecke gegen seine Klebestreifen gewehrt und hing lustlos mit einem großen Eselsohr über dem alten Röhrenfernseher. Den hatte er gerade ausgestellt, nachdem er in der Tagesschau die Nachricht von der Erstürmung der Normannenstraße durch die Bürgerbewegung erfahren hatte. Sein Vater hatte, auch nachdem Ralf seinen Job beim Wachregiment angefangen hatte, nicht eingesehen, auf sein Westfernsehen zu verzichten: „Die können mich mal, deine Kollegen! Die Antenne drehe ich nicht um!" war sein knapper Kommentar gewesen.

Aber nicht nur dieses Detail fand er in seiner „Personalakte" wieder, die er gerade erneut durchblätterte. Sie ähnelte in vielen Teilen denen einer Zielperson. Einige Ausschnitte machten ihn wütend, andere wiederum nachdenklich.

Immer wieder musste er überlegen, zu viel war passiert in den letzten Monaten. Sein Chef, Minister Mieske war zurückgetreten, danach dieser peinliche Ausspruch „ich liebe doch alle, alle Menschen", dann dessen Verhaftung. Der „Auftrag" war danach nur noch Selbstzweck, für die meisten jedenfalls, alle waren nur noch damit beschäftigt, ihre eigenen Spuren zu beseitigen.

Dass dieser riesige Krake sich einmal zum Problem auswachsen würde, war damals niemandem bewusst gewesen, daran hätte niemand auch nur einen Gedanken verschwendet. Die Sammelwut war grenzenlos, das musste Ralf nun am eigenen Körper spüren. Sein Chef, der hatte sich nur selbst geliebt, das wurde ihm nun Stück für Stück klar.

Alle redeten von der „Wiedervereinigung", dieses Wort war vor kurzem das erste Mal auf den Montagsdemos in Leipzig aufgetaucht und seitdem nicht mehr aus den Köpfen der Menschen zu bekommen. Er musste sich schon eingestehen, auch aus seinem nicht. Er war einer der wenigen, der aus seinen Auslandseinsätzen im NSA wusste, dass das nicht die schlechteste Lösung sein würde, was sich nun langsam Bahn brach. Er hatte zwar nie ernsthaft überlegt, im Westen zu bleiben, schon, weil der die möglichen Konsequenzen, die das bewirken konnte, nur zu gut kannte. Aber Angst machte ihm das nicht, wenn es so kommen würde, für ihn konnte es nur besser werden. Er stand vor den Trümmern seiner Existenz. Seinen Arbeitgeber gab es nicht mehr. Doch, was das Wichtigste war, er war safe, zu 99 Prozent.

Sein Vater hatte sich vor ein paar Jahren scheiden lassen. Der Kontakt zu seiner Mutter bestand schon lange nicht mehr. Den hatte er rigoros unterbunden, als er nach Berlin gegangen war. Seinen Vater hatte er nur sporadisch angerufen. Doch vor einiger Zeit war ihm aufgefallen, dass der sich veränderte. Er wurde sanfter, als hätte er sich vorgenommen, nicht mehr das brutale

Arschloch zu sein. Er erzählte ohne Grund und Zusammenhang von seiner Kindheit während des Krieges, doch ansonsten vergaß er immer mehr. Alzheimer hätte er, hatte seine neue Frau gesagt, zwar im Anfangsstadium, aber sie fand es jetzt schon schlimm genug.

Für den Anfang war er in seinem Kinderzimmer untergekommen. „Das Haus ist groß genug, Junge", hatte sein Vater gesagt, „du kannst dir die obere Etage ausbauen, wenn du jetzt hierbleibst."

Gestern hatte er in einer Schublade das Foto von Regina entdeckt. Sie sei in Eisleben zu Besuch, hieß es. Als er das Bild betrachtete, überkam ihn so etwas wie ein Schamgefühl, er schob das auf die sentimentale Atmosphäre seines Kinderzimmers. Er konnte sich nicht erinnern, solch ein Gefühl jemals wieder, seitdem er hier ausgezogen war, gehabt zu haben. Er war hin und hergerissen bei der Vorstellung, sie wiederzusehen, doch als erstes musste er sich um seine Akte kümmern, die musste an einen sicheren Ort. Nicht, dass es in Eisleben unsicher wäre, keinesfalls, noch nicht einmal in dieser Zeit war hier sowas wie Veränderung zu spüren. Allein der Umstand, dass einige der Leute zu Besuch kamen, die damals „rübergemacht" waren, ließ ahnen, war gerade passierte und brachte etwas Farbe in den grauen Alltag, der nun noch mit einem neuen, bislang unbekannten Problem aufwartete, der Zukunftsangst.

Die Akten mussten aus einem ganz anderen Grund in Sicherheit. Ralf kannte seine Kollegen, und er kannte vor allem auch sich selbst.

„Dab dab dada" klang es aus den Lautsprechern des Bahnhofs in Chamonix, als Moulin sich dabei ertappte mitzusummen, unterbrach er dies sofort und schaute sich um. Die Sprecherin kündigte den Zug nach Servoz und ebenso alle Zwischenstationen in französischer, englischer und deutscher Sprache an.

Die sommerliche Stimmung des Mittsommers war einer fast winterlichen gewichen. Einige Passanten hatten Daunenjacken angezogen, die in den letzten Jahren als modisches Accessoire sozusagen unverzichtbar waren. Andere hatten kalendergerecht die kurzen Hosen aus dem Schrank geholt und legten diese wahrscheinlich erst im September dorthin zurück. Wie dem auch sei, Sommer war anders.

Die Anzeige der digitalen Wetterstation des Bahnhofs offerierte sparsame 8° Celsius. Als der Zug einfuhr, waren auch dementsprechend die Scheiben beschlagen, da dieser ja aus höheren Regionen kam. Die Nacht hatte es bis auf 2000 Höhenmeter runtergeschneit, und das Mitte Juni. Moulin wurde schlagartig wieder bewusst, warum er damals hier wegwollte. So schön diese Region im Sommer war, oder auch im Winter bei schönem Wetter, zwischen den beiden Saisons war es einfach unerträglich. Für einen Moment überlegte er, doch Renard anzurufen, dass er auf ihn warten sollte. Aber nein, er hatte sich entschieden.

Nach dem Einsteigen ging er wie gewohnt den Zug vom ersten bis zum letzten Wagen durch, um sich einen geeigneten Sitzplatz zu suchen. Der Zug hatte sich in Chamonix fast vollständig geleert, so entschied er sich, in den ersten Waggon zurückzugehen, um beim Eintreffen in den nächsten Bahnhöfen eine Übersicht über alle zusteigenden Personen zu bekommen.

Die Ausbeute an geeigneten Zielpersonen wie auch die der potentiellen Opfer hielt sich heute mehr als in Grenzen, als wollte ihn der Tag belehren, fahr nach Hause, lass es sein. Er versuchte, in der Tristesse aus tiefhängenden Wolken einen Blick auf den Bossons-Gletscher zu erhaschen, als sich aus der Gegenrichtung ein Zug in sein Blickfeld schob, während sie in die Station von Les Bossons einfuhren. Wie elektrisiert sprang Moulin auf: „Das gibt es doch nicht, Merde!" fluchte er und fing sich sofort den strafenden Blick eines Familienvaters ein, der gerade von seinem Sohn belehrt wurde, wie unfair er das finde, ständig kritisiert zu werden, wenn er solche Worte gebrauchte und Erwachsene das einfach dürften.

Moulin ging schnell zum Ausgang, drückte den Türöffner, nach schier endloser Zeit öffnete sich diese und er rannte los, um vor dem Zug die Gleise zu queren, als in diesem Moment der Schaffner den Zug in Richtung Chamonix abpfiff und sich die Türen schlossen.

„Das gibt es doch nicht", fluchte er, „wie blöd muss man denn sein!" Er schaute sich um, das kleine Bahnhofsgebäude dieser Station war schon lange zweckentfremdet. Es hatte als normales Wohnhaus seine neue Bestimmung gefunden. Er war anscheinend der Einzige, der hier ausgestiegen war. Er lief zum Bahnhofsvorplatz und sah sich um. Die üblichen Hinweisschilder wiesen den Weg zu den ansässigen Hotels, Pensionen und Campingplätzen.

Klar, das war die Lösung, er hatte die ganze Zeit mit der verkehrten Richtung begonnen, und das nur aus dem einfachen Grund, weil der Junge berichtet hatte, dass ihn der Fremde in einem Zug Richtung Servoz angesprochen hatte, als er von Chamonix nach Hause gefahren ist. Das war allerdings später, am Mittag. Am Morgen fuhren die ganzen Kinder in die entgegengesetzte Richtung, nach Chamonix zur Schule. Eigentlich logisch, eine ganze Woche hatte er vertrödelt.

Voller Wut trat er vor einen der Müllcontainer, die neben dem Bahnhofsgebäude standen. Er hatte noch genau zwei Tage, dann musste auch er zurückfahren.

„La même chose", fragte Germain mit besorgtem Blick.
„Klar", entgegnete Moulin mit leicht verwaschener Aussprache.
„Kannst du mir vielleicht helfen, Germain?"
„Worum geht's denn?"
„Kennst du jemanden, der morgen früh gegen 7 Uhr nach Servoz fährt?"
„Wann, 7 Uhr? Solche Leute kenne ich nicht. Ich kenne eine Menge, die um sieben ins Bett gehen, aber die können dann nicht mehr fahren", scherzte er. „Ich hör mich mal um, ich sag dir Bescheid. Wo ist denn dein Kumpel heute?"
„Der ist heute früh zurück nach Marseille gefahren."
„Weise Entscheidung, da unten sind doch bestimmt 30°C, und hier…", er deutete mit der Hand aus dem Fenster. Der Regen hatte den ganzen Tag keine Pause gemacht, im Gegenteil, er hatte nochmal zugenommen.
„Wie wird denn morgen das Wetter, Germain?"
„Morgen scheint die Sonne."
„Wirklich?"
„Ja, in Afrika."

„Was ist los?" fragte Regina, als Ralf nach zwanzig Minuten wieder zurückkam.
„Ich hatte keine Lust, heute nach Chamonix zu fahren."
„Hab mich eh' schon gewundert, nachdem du gestern total durchnässt warst, dass du heute bei dem Wetter wieder loswolltest, wir haben doch noch Toast. Mit dem frischen Bäckerbaguette ist zwar super, aber den Toast müssen wir auch alle machen, sonst können wir den wegschmeißen."
„Wie meinst du?"

„Den Toast können wir sonst wegschmeißen."
„Ja ja, du hast recht."
„Alles okay mit dir, Ralf?"
„Ich glaub, ich habe mich gestern ein bisschen erkältet. Wie lange geht das noch mit dem Regen?"
„Keine Ahnung, wir können ja später nach Chamonix fahren und im Café in die Zeitung schauen. Du willst weiter, oder?"
„Ja, vielleicht", entgegnete Ralf. „Ich mache Frühstück."

Kommissar Moulin stieg in Marseille aus dem Zug. So sehr er diesen Moloch manchmal verfluchte, aber auf das Wetter war Verlass. Wie auf Bestellung hatte die Sonne circa 50 Kilometer vor seiner Ankunft angefangen zu scheinen.
Die Côte d' Azur war schon ein besonderer Fleck Erde. Chamonix hatte ihm den Abschied nicht schwergemacht. Dieses grauenvolle Wetter, das sich dort breitgemacht hatte. Und auch seine „Ermittlungen" waren alles andere als erfolgreich gewesen. Er hatte noch das Wochenende, bevor er am Montag wieder anfangen musste zu arbeiten.
Gestern hatte er mit Renard telefoniert, der hatte seinen Urlaub abgebrochen. Zuviel Arbeit war bei der Spurensicherung liegengeblieben. Meist Eigentumsdelikte, das übliche halt. Sie hatten für den Sonntag vereinbart, eine Rennradtour nach Cassis zu machen. Als er jetzt so darüber nachdachte, graute ihm davor, die ganze Sumpferei in der letzten Woche, jeden Abend Bier und zu wenig Bewegung. Er musste da was ändern, klar, aber gleich so eine Tour? Heute Abend würde er das Rad aus dem Keller holen und kontrollieren.
Die ganze Zugfahrt war er in Gedanken bei dem Fall gewesen. Am liebsten hätte er Renard am Telefon gefragt, ob er schon Neuigkeiten herausgefunden hätte bezüglich ihrer Idee mit der fiktiven Route über Italien. Aber er verkniff es sich dann doch. Er war froh, dass ihn Renard überhaupt unterstützte. Das

rechnete er ihm sehr hoch an, aber sie hatten auch noch einen Job zu erledigen, und so schwer er sich damit auch tat, die offiziellen Ermittlungen waren eingestellt.

Insgeheim aber hoffte er, dass wieder etwas passierte, dass er Recht behalten würde und die Ermittlungsarbeit wiederaufnehmen durfte. Es musste ja kein Kind verschwinden, eine Belästigung würde schon reichen.

Er schämte sich für diesen Gedanken, den er zugelassen hatte und sogar schon ausschmückte mit dem wohltuenden Gefühl, auf dem richtigen Weg gewesen zu sein., sowie das Gesicht seines Chefs, der das dann anerkennen müsste.

Die Wiedervereinigung war vollzogen. Die DDR existierte nicht mehr. Ralf hatte sich mittlerweile in Eisleben eingelebt. Das Leben war alles andere als spektakulär für ihn. Der Gang zum Arbeitsamt war so ziemlich das aufregendste, was sich in diesem Spätherbst ereignete.

Er hatte nach und nach die obere Etage renoviert und neu eingerichtet. Es gestaltete sich alles so einfach. Die ersten Baumärkte hatten auf der grünen Wiese eröffnet und man hatte den Eindruck, dass die Leute darum wetteiferten, wer es als erster schaffte, die vierzig Jahre Mangelwirtschaft mit bunten Farben zu überstreichen. Die meisten alteingesessenen Betriebe hatten dichtgemacht und nach und nach wurden die noch intakten Maschinen geplündert, verschwanden spurlos. Die Polizei war mit der Situation überfordert, aber so richtig interessierte das auch keinen. Die Liegenschaften wurden in die Treuhandgesellschaft überführt, die mit der Abwicklung von DDR-Vermögen beauftragt wurde. Die meisten Betriebe wurden für die symbolische 1 DM verkauft.

Letzte Woche hatte sich überraschend Erich gemeldet, Major Meyer hatte ihn kontaktiert, sagte er. Der hätte eine Wach- und Personenschutzfirma in Leipzig aufgemacht und Erich als leitenden Mitarbeiter eingestellt. Meyer hatte ihn gebeten, mit anderen zuverlässigen Ex-Kollegen Kontakt aufzunehmen, um in weiteren Städte expandieren zu können. Erich hatte Ralf für Eisleben vorgeschlagen.

Ralf hatte sich eine Woche Bedenkzeit erbeten. Er musste sich erst im Klaren sein, was er wollte. In seinem früheren Beruf als Elektriker zu arbeiten, war nun wahrlich keine Option, und Eisleben, wollte er das wirklich? Einiges sprach dafür, vor allem in der näheren Zukunft. Aber er kannte auch Erich, der machte nichts für umsonst, sein Misstrauen ihm gegenüber war extrem gewachsen, nachdem er seine „Personalakte" gelesen hatte. Aber vor allem die Akte „Abseits" ging ihm immer wieder durch den Kopf. Ahnte Erich vielleicht, dass diese noch existierte? Wie sollte er, der Auftrag hieß „ausnahmslose Vernichtung", von Generalmajor Mieske persönlich. Da musste man schon lebensmüde sein, sich dem zu widersetzen.

Andererseits kannte ihn kein Mensch so gut wie Erich, und genau das machte ihm Kopfschmerzen. Doch dann schob er seine Zweifel beiseite, er war safe, zu 99,9%. Er schaute in den Spiegel, der im Korridor hing. Sein Gegenüber machte alles andere als einen selbstsicheren Eindruck. Früher hätte er einen solchen Menschen gescannt und den augenscheinlichen Selbstzweifel sofort für sich genutzt. Eigentlich wollte er sich mit seinem Spiegelbild Mut zusprechen, aber so richtig war ihm das nicht gelungen, im Gegenteil. Sein Selbstbewusstsein hatte Risse bekommen, aber vielleicht lag das ganz einfach nur an

Eisleben, an der momentanen Situation, an der Ungewissheit, wie es weitergehen wird.

„Was für eine Plackerei", stöhnte Moulin, als er sich den ersten Anstieg hinter dem letzten Vorort von Marseille die Gineste hochquälte. „Das ging alles schon mal viel leichter" dachte er sich, als er den Blick vom Boden weg nach vorne richtete, dahin, wo Renard schon einen beachtlichen Vorsprung herausgefahren hatte. „Hätte ich dem gar nicht so zugetraut", musste er sich eingestehen. Rein optisch war er der fittere von beiden. Aber naja. Er musste wieder regelmäßig etwas tun, soviel war sicher, das hatte er am Morgen festgestellt, als er sich im Spiegel betrachtete, nachdem er seine Rennradklamotten ganz unten aus dem Schrank gekramt und diese übergezogen hatte.
Mehrfach hatte er überlegt, um eine Pause zu bitten, hatte den Gedanken aber jedes Mal verworfen. Doch jetzt sah er eine Möglichkeit gekommen, er beobachtete, wie sein vorderer Reifen schon eine beachtliche Auflagefläche entwickelt hatte. Seine Chance, er musste nachpumpen. Auch nicht verwunderlich, nach der langen Zeit, die das Rad ungenutzt im Keller gestanden hatte.
Er rief Renard zu, und dieser wartete auch sofort. Die Parkbucht, in der er stehenblieb, gab einen dieser unverwechselbaren Blicke preis, die diese Straße so berühmt machten. Die Wolken schoben sich in loser Reihenfolge über die Küste und ermöglichten immer wieder sonnige Abschnitte, um sich dann in sicherer

Entfernung an den ersten Bergen der provenzalischen Alpen zu stauen, die am Horizont noch zu erahnen waren. Diese typische Wetterlage, die diese Region so bevorzugte, überlegte Moulin als er anfing, seinen Reifen aufzupumpen. Die letzten Tage in Chamonix waren alles andere als schön gewesen, und so kam es ihm seit langem mal wieder als Privileg vor, hier unten leben zu können.

„Was meinst du, Renard, wollen wir mal die Koll.." begann Moulin den Satz, als es plötzlich immer lauter wurde und eine Gruppe Motorräder aus Marseille kommend sich genussvoll durch die Kurven schwang. In diesem Moment verfluchte Moulin das, was er gerade tat, umso mehr, da doch der Genuss dieser Fortbewegung durchaus größer schien, wie den Fahrern durch die Visiere an ihren Augen anzusehen war, vor allem ohne garantierten Muskelkater die ganze Woche danach.

Nachdem die letzten vorbei waren, kommentierte Renard das Spektakel: „Das wäre durchaus auch eine Option, wir werden ja schließlich nicht jünger, aber was wolltest du gerade sagen?"

„Ach ja, ob wir die Kollegen in Cassis vielleicht mal besuchen und nachfragen, ob es noch neue Erkenntnisse in der Sache gibt."

„Mal sehen, Moulin, das würde ich gerne davon abhängig machen, wer gerade Dienst hat. Aber durchaus eine Überlegung wert."

„Aber irgendwie hab` ich das Gefühl, dass wir das gar nicht brauchen", überlegte Moulin, „ich habe noch einen zweiten Plan, wie wir an Informationen kommen."

Sie ergatterten gerade noch einen freien Platz in der ersten Reihe im Le France, nachdem sie sich durch die Menschenmenge gearbeitet hatten, die sich um eine Gruppe Artisten bildete, die gerade eine Vorstellung auf dem Weg vor dem Kai darboten. Mit schlafwandlerischer Sicherheit katapultierten sie sich gegenseitig durch die Luft, um die Zwischenzeiten am Boden mit einer Art Kampfsportkunst auszufüllen. Durchaus spektakulär. Die Darbietung wurde mit afrikanischer Trommelmusik untermalt und kurz vor Ende der Vorstellung ging einer der Akteure mit einem Hut durch, um von den Gästen der Cafés Geld einzusammeln. Eine Gruppe anderer Musiker wartete schon geduldig, um deren Platz einzunehmen. Cassis hatte definitiv nichts mehr zu tun mit dem beschaulichen Küstenort der Vorsaison.

Michel kam sofort auf ihren Tisch zu, um diesen abzuräumen und mit einem Lappen, den er auf dem Tablett dabeihatte, gekonnt zu säubern: „Sie wünschen? Möchten sie etwas essen?" Plötzlich stutzte er: „Monsieur Kommissar, ich habe sie in den Sportsachen erst gar nicht erkannt, was führt sie denn nach Cassis, Urlaub?"

„Nein nein, nur Wochenende, mal ein wenig für die Fitness tun."

„Verstehe", entgegnete Michel, „sie wünschen?"

„Zwei Plat du jour und zwei Bier bitte."

„Gibt es denn was Neues von dem vermissten Jungen?"

„Nicht, dass ich wüsste", entgegnete Moulin.

„Ach ja, mit der Madame Afra, das ist ein Desaster, sie geht zwar wieder aus dem Haus und sie arbeitet auch, aber ansonsten ein völlig anderer Mensch. Unsere Zeit ist so schnelllebig und so ignorant", seufzte er, „so richtig interessiert das hier niemanden mehr. Die Gesprächsthemen sind völlig andere. Am Anfang waren einige noch der Meinung, der Junge wäre sicher wieder in Afrika, man solle das die mal alleine klären lassen, gibt eh' zu viele von denen mittlerweile hier, das war`s dann auch. Traurig, traurig", schob er noch mit einem fragenden Blick hinterher, wohl in der Hoffnung, Information aus erster Hand zu erhalten. „Na dann", resignierte er nach einer Weile und ging die Bestellungen holen.

„Wie ich vermutet habe, Renard, nichts Neues. Hätte mich auch gewundert, wenn nach der Zeit der Junge immer noch Gesprächsthema wäre. Erstens ist das schlecht fürs Geschäft, wenn in einem Urlaubsort Kinder spurlos verschwinden, und zweitens war es eh' ‚nur' ein Ausländerkind."

„Das macht einen krank, diese Einstellung", gab Renard in Gedanken versunken als Antwort. „Wer weiß, wie es aussehen würde, wenn das ein Kind eines angesehenen Unternehmers, Geschäftsmannes oder gar eines Politikers wäre, da würde man nicht ganz einfach zur Tagesordnung übergehen und froh sein, dass sich die Wogen gelegt haben. Was für eine verlogene Scheiße", rutschte es ihm noch heraus.

Der erste Tag nach dem Urlaub war mühselig. Moulin schaute anteilnahmslos auf den Stapel Akten, die sich zur Durchsicht auf seinem Schreibtisch angehäuft hatten. Er hatte nicht wirklich Lust, zum Alltag überzugehen, aber er wusste, dass es sein musste. Er hatte seine Chance gehabt und hatte versagt. Jeder Fall, den man nicht löste, war irgendwie unbefriedigend. Aber Entführungen, mutmaßliche Tötungsdelikte, das war etwas Anderes, das ging an die Substanz. Das war ganz einfach Versagen.

Er saß die ersten Stunden ganz einfach nur da und dachte nach. Stück für Stück ging er in Gedanken die Fakten durch. Wo war der Fehler, die Unachtsamkeit, das kleine Detail, das ihnen nicht aufgefallen war? Nichts! Je länger er darüber nachdachte, um so leerer fühlte sich sein Kopf an.

Zwischendurch nahm er immer mal eine Akte vom Schreibtisch. Eigentumsdelikte, ein Raub mit Personenschaden. Der Täter wurde mittels Videoüberwachung bereits einen Tag später überführt. Die Akte befand sich ausschließlich zur Kenntnisnahme darunter. Solche Fälle machten ihn zufrieden. Die ersten 24 Stunden wurden effektiv genutzt mit zeitgemäßen Ermittlungsmethoden, und Bingo. Doch nachdem er den Akt

abgezeichnet hatte, war er schon wieder bei den Jungen. Er konnte sich gedanklich nicht lösen, unmöglich.
Plötzlich riss ihn das Läuten des Telefons aus seinen Gedankenspielen.
„Hallo Moulin, hier ist Renard, wie geht's dir?"
„Es geht, auf dem Schreibtisch stapeln sich die Akten, aber ich komme gedanklich nicht von unserem Fall los."
„Kann ich verstehen, irgendwie hab` ich es da auch einfacher, ich bin ja nur für die Auswertung der Spurenlage zuständig und ansatzweise für die Schlüsse, die sich daraus ergeben. Für mich ist der Fall ausermittelt, zwar nicht befriedigend, aber konsequent und meiner Meinung nach lückenlos. Aber eigentlich rufe ich an, um dich zu fragen, ob wir uns zum Mittagessen treffen wollen."
„In der Kantine?"
„Besser nicht, Moulin."
„Warum denn nicht?"
„Das erkläre ich dir dann. Ich würde vorschlagen, wir treffen uns am Hafen."
„Okay, einverstanden."

„Was gibt es denn so Spannendes, Renard? Erzähl mal."
Renard lehnte sich zurück, nachdem sie das Essen bestellt hatten: „Irgendetwas is` los auf dem Kommissariat. Mein Chef hat mich vorhin dermaßen komisch angeschaut, nachdem er einen Anruf von deinem Chef bekommen hat und ist dann für eine Stunde verschwunden. Kurz bevor ich dich angerufen habe, hat er mir mitgeteilt, dass er und ich um 15 Uhr ein Gespräch bei deinem Chef hätten."
„Seltsam, und worum geht es?"
„Das hat er nicht gesagt, aber ich zähle mal eins und eins zusammen. Ist in Chamonix irgendetwas vorgefallen, worüber wir reden sollten, Moulin?"

„Meinst du, das hat was mit Chamonix zu tun?"

„Nun eiere nicht so rum, Moulin!"

„Naja, während meiner Zugpatrouillen bin ich einem Schaffner aufgefallen, der mich fragte, warum ich seiner Meinung nach Kinde beobachte. Hätte ich meinen Dienstausweis nicht dabeigehabt, wäre das ins Auge gegangen."

„Na prima, und du hältst es nicht für nötig, mich darüber zu informieren?"

„Entschuldigung, Renard, das war alles so peinlich, dass ich in dem Moment am liebsten im Erdboden versunken wäre. Ich hoffe, du kannst verstehen, dass ich das irgendwie versucht habe zu verdrängen. Es gehörte ja schließlich nicht zu meinen Sternstunden."

„Okay, Moulin, lass uns zumindest versuchen, uns abzustimmen, was wir zu dem Thema Chamonix sagen, falls es darum geht."

Moulin begann zu erzählen, als sein Telefon klingelte: „Moulin hier, hallo Chef, 15 Uhr, okay, alles klar."

Die beiden sahen sich an: „Klar, um was soll es denn sonst gehen, wir haben`s verbockt. Beziehungsweise, ich hab`s verbockt, Renard", gab Moulin zu bedenken, „wenn du möchtest, nehme ich alles auf mich, du hast da nur Urlaub gemacht."

„Nein, so einfach ist das nicht, Moulin, das ist nett gemeint von dir, aber es war auch meine Idee, da nachzuhaken. Auch mein Ehrgeiz als Ermittler hat da eine Herausforderung gefunden, die ihn nicht so einfach loslässt. Wir waren gemeinsam der Meinung, dass das noch nicht zu Ende ist, dass es sich womöglich um eine Serie sogar quer durch Europa handeln könnte, und genau das vertreten wir auch."

Moulin lehnte sich zurück und schaute zu Renard. Zwanzig Jahre hatte es gedauert, bis er zum ersten Mal den Eindruck hatte, hier unten im Süden dazuzugehören, ohne Wenn und Aber. Er empfand ein tiefes Gefühl der Dankbarkeit.

„Okay Renard, so machen wir das."

„Nehmen Sie Platz, meine Herren."
Moulin und Renard schauten sich kurz an. Der Tonfall des Chefs hatte so gar nichts von dem, was beide sich ausgemalt hatten. Auch Renards Vorgesetzter, der direkt neben ihm saß, machte einen durchaus freundlichen Gesichtsausdruck. Die Situation war an Skurrilität nicht mehr zu überbieten.
„Können sie sich vorstellen, warum sie beide hier sitzen?" beendete der Polizeichef die angespannte Ruhe.
„Nein, eigentlich nicht", antwortete Moulin.
„Eigentlich? Also, um es gleich klarzustellen, meine Herren, sie sind nicht hier, um mit mir ihren gemeinsamen Urlaub zu besprechen. Das liegt mir völlig fern. Allerdings sollten sie, Moulin, sich Gedanken machen, woher ich davon weiß. Als ich von der mutmaßlichen Amtsanmaßung hörte, war ich schon, nun, sagen wir mal, zwiegespalten. Mal so unter uns, Respekt vor so viel Hartnäckigkeit. Aber so was geht überhaupt nicht, damit wir uns nicht missverstehen!
Allerdings sitzen wir hier, weil sich die Vorzeichen geändert haben, aus diesem Grund sind auch sie anwesend, Renard. Am Sonntag ist in Chamonix ein Junge als vermisst gemeldet worden, acht Jahre alt, dunkler Hauttyp. Es handelt sich um den Adoptivsohn eines Lokalpolitikers aus Chamonix. Er wurde das letzte Mal auf dem Rummelplatz mit den Fahrgeschäften an der Sommerrodelbahn gesehen, wo er sich mit Schulfreunden aus seiner Klasse aufhielt. Es scheint also, sie haben recht mit ihrer Theorie, leider. Sie wurden beide von der Polizei aus Chamonix zur Unterstützung angefordert. Bringen sie mich bitte auf den neuesten Stand ihrer ‚Ermittlungen'."
„Jawohl, Patron", antwortete Moulin, „sie bekommen einen umfassenden Bericht von uns in zwei Stunden." Er sah Renard an, der seltsamerweise auch nicht sehr zufrieden schien.
Sie hatten Recht behalten mit ihrem Instinkt, doch so richtig

konnte Moulin sich nicht freuen. Hatte er sich nicht heimlich gewünscht, dass es so kommt, es quasi herbeigesehnt, dass noch ein Kind Schaden nimmt?
In diesem Moment merkte er, wie ihm ein Schauer den Rücken herunterlief. Er schämte sich für seinen Egoismus, er merkte, wie dieser Fall sein Leben veränderte. Er nahm noch den anerkennenden Blick der beiden Vorgesetzten wahr, den sie beide noch mit einem Nicken verstärkten, als er und Renard aufstanden, um den Raum zu verlassen.
Noch vor Monaten hätte er alles gegeben für diesen Blick, für die Anerkennung, die er immer so vermisst hatte, all die Jahre im Polizeidienst, aber vor allem in Marseille, wo er nicht dazugehörte, da er aus dem Norden kam. Doch jetzt fühlte er sich schuldig, er wusste, dass das Blödsinn war, aber es fühlte sich nun mal so an. Er konnte die neue Situation nicht genießen.
„Wollen wir in mein Büro gehen und gleich anfangen?" fragte er Renard.
„Einverstanden, Moulin."

„Interessante These, meine Herren", kommentierte der Polizeichef den Bericht, den er gerade gelesen hatte, nachdem Renard und Moulin ihn persönlich abgegeben hatten. „Ich werde umgehend veranlassen, dass die Campingplätze, Hotels und Pensionen in den aufgeführten Orten und in den fraglichen Zeiträumen der letzten zwei Jahre auf Übereinstimmungen überprüft werden. Ebenfalls werden wir die italienische Polizei um Amtshilfe ersuchen. Einen europaweiten Abgleich von ähnlichen Straftaten halte ich momentan auch noch nicht für erforderlich, da schließe ich mich ihnen zu 100% an. Meine Herren, finden sie diesen Menschen, der so etwas tut, bitte so schnell wie möglich.
Können sie morgen früh losfahren? Ich habe ihnen Zimmer im Hotel gegenüber vom Bahnhof reservieren lassen, das ist circa

200 Meter von der Polizeiwache von Chamonix entfernt. Ein Wagen ist in der Fahrbereitschaft für sie reserviert."

„Weißt du, an was mich das erinnert, Ralf?"
„Na klar, an die Eislebener Wiesen. Aber bei weitem nicht so groß, das hier."
Ein Fahrgeschäft hatte Regina dennoch magisch angezogen. Diese spektakuläre Loopingbahn hatte schon was. Nachdem sie das Werbeplakat auf dem Weg nach Chamonix gesehen hatte, war sie fast automatisch in die Richtung gelaufen, wo sich der Rummel befand.
Schon in ihrer Heimat Bulgarien war ihre Familie mit wechselnden Attraktionen von Stadt zu Stadt und von Dorf zu Dorf gezogen. Roma hielten sich damals mit allem über Wasser, was irgendwie Geld versprach, mehr oder weniger. Beliebt waren sie nirgends, und auch nicht gern gesehen. Das hatte sie von frühester Kindheit an geprägt. Das erste Mal kam sie sich in der DDR zuhause vor, in Eisleben, wo ihre Familie sesshaft geworden war, wider Willen, wie ihr Vater immer schimpfte.
Für sie war es ganz einfach nur schön gewesen, nicht immer rumziehen zu müssen, in die Schule gehen zu können, auch wenn ihr Vater immer von dem selbstbestimmten Leben schwärmte, dass die Kommunisten nicht zuließen. Ihr fehlte nicht wirklich etwas, selbst die Hänseleien in der Schule, die zunahmen, je älter sie wurde, hätten sie nicht überzeugen können, dieses Leben irgendwann aufzugeben. Wenn da nicht der Ausreiseantrag gewesen wäre, den ihr Vater gestellt hatte. Normalerweise dauerte es ewig, bis so etwas genehmigt wurde, wenn überhaupt. Aber die Zigeuner, da waren auch die Kommunisten froh, sie los zu sein.
Sie hasste ihren Vater dafür, und dann hatte auch noch Ralf ihr den Laufpass gegeben. All diese unterschiedlichen Gefühle kamen in ihr hoch, wenn sie einen Rummel sah. Das

Fahrgeschäft ihrer Familie, der Autoskooter, den sie nicht mitnehmen durften in den Westen und zu einem Spottpreis veräußern mussten. Sie wusste noch genau, wie ihr Vater über die Verbrecher geschimpft hatte, dieses Kommunistenerpresserpack.

„Entweder sie unterzeichnen den Vertrag und verkaufen, oder sie kommen hier nicht raus", hatte dieser Stasityp ganz unverhohlen mit einem Grinsen im Gesicht gesagt, „meinen sie wirklich, die im Westen waren auf so was wie sie?"

Sie hatte ihren Vater noch nie so betrunken gesehen, wie an diesem Tag, an dem er die Unterschrift unter das Papier gesetzt hatte, gegen den Autoskooter, für ein selbstbestimmtes Leben. Eine Woche später durften sie ausreisen, und was dann kam, hatte sie verdrängt.

Wenn sie sich mal auf einem Rummelplatz befand, löste das bei ihr so viele Erinnerungen aus, die sie in sich aufsog. Ralf hingegen mochte solche Plätze nicht. Er wurde nach kurzer Zeit immer unruhig, musste da weg, wie er es immer salopp sagte. Es war ihm dort einfach zu viel los. Er war halt mehr der ruhige Typ. Früher, als sie ihn kennengelernt hatte, war das anders, da hatte er sich tagelang an diesen Plätzen aufgehalten. Schließlich werden wir ja alle älter, seufzte sie in sich hinein und genoss die Atmosphäre, bevor sie zurück in die Innenstadt gingen. Sie hatten beschlossen, ins Elevation zu gehen, das Wetter lud nicht dazu ein, sich noch länger im Freien aufzuhalten.

Moulin öffnete das Fenster zum Balkon seines Hotelzimmers. Seine Dienststelle hatte ihm und Renard jeweils ein Zimmer mit Blick auf den Mont Blanc reservieren lassen, und dann dieses Wetter. Der ständige Regen und die aufsteigenden Wolken hatten so etwas wie Novemberwetter entstehen lassen und das im Sommer, das einzige, was zu sehen war, Wolken, nichts als Wolken.

Er hatte sich schon darauf gefreut, seine Morgengymnastik bei diesem grandiosen Ausblick durchführen zu können. Täglich Sport, das hatte er sich vorgenommen, nachdem er bei der Rennradtour nach Cassis feststellen musste, in welch einer körperlichen Verfassung er sich befand. Auch der tägliche Alkoholkonsum musste zurück in normale Bahnen gelenkt werden, kurzum, er musste fit sein für die Aufgabe, die vor ihm lag.

Sie waren zeitig losgefahren, um nicht in den Berufsverkehr zu geraten, kurz nach Sonnenaufgang bei wunderschönem Wetter, und nun das. Bei den Kollegen hatten sie sich für kurz nach 10 Uhr angekündigt, noch genügend Zeit für ein Frühstück im Elevation.

Renard war schon da, als Moulin eintraf. Germain zog in gewohnter Weise die Augenbrauen hoch: „Petit déjeuner, Urlaub verlängert?"

„Nein, nein, diesmal Arbeit."

„So?" erwiderte Germain, entschloss sich aber, nicht weiter nachzufragen.

„Hast du den Bericht eingesteckt für die Kollegen hier?" wollte Renard wissen.

„Na klar, ich habe auch gestern noch ein Exemplar per E-Mail gesendet, damit die sich hier schon einarbeiten können. Es gilt, möglichst wenig Zeit zu verlieren."

„Ich habe von den Spurensicherungsbefunden betreffs dieses Mittels, diesem seltsamen WC-Reiniger, eine Anfrage an Interpol geschickt", sagte Renard. „Auch die Auswertung der Meldedaten der betreffenden Zeiträume und Orte läuft auf Hochtouren. Ich bin ganz schön aufgeregt, Moulin."

„Meinst du, ich nicht? Das letzte Mal, dass ich so unruhig war, war der Tag vor meiner Kommissar-Prüfung! Aber diesmal ist es etwas anders, positiver, wir haben die große Chance, diesen Menschen zu stoppen, der so etwas tut."

„Wir müssen diesen Menschen stoppen, Moulin, jetzt erst recht, mehr als vorher! Egal welche Umstände dazu geführt haben."
Die Bauarbeiter mit ihrer bierseligen Schlechtwetter-Mentalität erschwerten die Unterhaltung schon wieder erheblich und so beschlossen sie, sich erst einmal ihrem Frühstück zu widmen, das Germain gerade brachte.
Als sie die Wache betraten, die sich gleich um die Ecke des Elevation befand, wurden sie schon mit Spannung erwartet. „Sie sind die Kommissare aus Marseille", begrüßte sie der uniformierte Dienststellenleiter, kurz nachdem er aus seinem Büro getreten war und zielstrebig mit ausgestreckter Hand auf sie zukam. Moulin und Renard stellten sich vor und wurden ins Büro gebeten. „Nehmen sie Platz, meine Herren, Kaffee?"
„Nein danke", antworteten beide übereinstimmend, „wir haben gerade gefrühstückt."
„Ich habe mir gerade ihren Bericht durchgelesen. Wenn sie damit Recht haben, nicht auszudenken, was das bedeutet. Der Herr Abgeordneter Muller ist gerade in Paris auf einer Sitzung, aber seine Frau hat heute schon zweimal angerufen und gefragt, was es Neues gibt, ihr Mann und sie kommen auch übermorgen zurück und möchten dann umfassend informiert werden. Ja, diese Politiker, man kennt sie ja, wenn sie irgendwas selbst betrifft, dann muss alles sofort sein, aber haben wir irgendwelche Wünsche, mehr Personal, Fahrzeuge et cetera, werden wir immer vertröstet.
Letztes Jahr haben wir Motorräder beantragt, um flexibler und schneller voranzukommen bei den ständigen Staus, die es hier im Sommer so gibt, und was haben die uns hingestellt? Zwei 125-Kubik-Maschinen! Verfolgen sie damit mal einen Motorradfahrer, der schaut in den Rückspiegel, gibt Gas und lacht sich kaputt. Aber das nur mal am Rande. Nun stehen die Dinger die meiste Zeit rum, weil es nicht wirklich Sinn macht. Aber jetzt zurück zu unserem Fall, ich habe ihnen meinen

erfahrensten Mann zur Unterstützung zugeteilt, Kommissar Simond."

„Ist schon eine Antwort von Interpol gekommen?" wollte Renard wissen.

„Nein, leider noch nicht, auch die Auswertung der Meldedaten ist noch nicht abgeschlossen, aber mir wurde zugesagt, dass ich im Laufe des Tages noch ein Fax erhalten würde mit den Übereinstimmungen aus Les Saintes-Maries-de la-Mer, Cassis und Castellane. Hier in Chamonix und den umliegenden Ortschaften im Tal ist die Auswertung noch in vollem Gang. Wir haben aus diesem Grund extra eine weiterentwickelte Form der Rasterfahndung benutzt, die die Deutschen damals bei der Rote-Armee-Fraktion angewandt haben. Sehr aufwendig, aber auch sehr effektiv. Wir haben das Augenmerk, wie von ihnen ermittelt, auf Ausländer gerichtet. Das Programm läuft auf unseren Computern auf Hochtouren. Des weiteren haben wir bei den Verkehrsbetrieben die Zugbegleiter und die Fahrkartenkontrolleure nochmals um Mithilfe gebeten für den Fall, dass ihnen verdächtige Personen unterkommen. Aber was wir leider überhaupt nicht auf dem Plan hatten, war dieser verdammte Rummel!" fluchte er, um sich gleich danach für seinen Ausbruch zu entschuldigen.

Der Dienststellenleiter zog verlegen seine Krawatte zurecht: „Sie können sich nicht vorstellen, welche Vorwürfe ich mir mache. Ich habe zwar, gleich nachdem der Junge verschwunden war, veranlasst, dass dort Sicherheitspersonal in Zivil anwesend ist, aber anscheinend zu spät. Die letzten zwei Jahre wurde das aus Kostengründen eingespart, aber wie das so funktioniert wissen sie ja selbst. Ich hätte diese ganzen Sparmaßnahmen nicht so einfach hinnehmen dürfen. Sie kennen das ja, am Ende fällt Scheiße ja immer nach unten, das habe ich jetzt gerade nicht gesagt."

Moulin und Renard schauten sich erstaunt an. „Wie wahr, wie

wahr", antwortete Moulin. „Diese Sparmaßnahmen haben uns veranlasst, die letzten vierzehn Tage hier ‚Urlaub' zu machen."
„Habe davon gehört, meinen Respekt haben sie auf jeden Fall, was das betrifft. Nun die Ironie des Schicksals, jetzt ist ausgerechnet einer dieser Politiker betroffen, und plötzlich gibt es natürlich ausreichend Mittel und jede benötigte Unterstützung. Der Kollege Simond wird gut zu ihnen passen. Er kommt extra vorzeitig aus dem Urlaub zurück, um an diesem Fall mitarbeiten zu können. Lassen sie sich bitte nicht von ihrem ersten Eindruck täuschen. Ich bin mir sicher, dass er genau der Richtige für den Fall ist."
„Und wann können wir mit ihm rechnen?" wollte Renard wissen.
„Morgen früh ist er hier. Er kommt aus der Bretagne, er macht dort Urlaub in der Vorsaison, wie jedes Jahr. Ab August ist es da nicht mehr auszuhalten, meint er, aber einmal im Jahr muss er dorthin, er kommt ursprünglich von dort, aber sie werden ja sehen. Ich würde ihnen vorschlagen, ich zeige ihnen erst einmal ihr Büro. Ich habe ihnen sämtliche Akten bringen lasse, die die Ermittlungen im letzten Jahr betreffen. Es ist, glaube ich, fürs erste genügend Material, um sich einzuarbeiten.
Sie werden selbst sehen, meine Herren, wir haben hier alles versucht, um diesen Typen zu finden, doch als die Ferien anfingen und diese Vorfälle abrupt aufhörten, wurden die ermittelnden Beamten von dem Fall abgezogen. Einerseits aus Personalmangel, Ferienzeit halt, und andererseits war ja nicht wirklich was passiert, außer dass er die Kinder angesprochen hat, so die Rechtfertigung von höherer Stelle, aus heutiger Sicht an Zynismus nicht zu überbieten.
Sie sind in dem Hotel am Bahnhof untergekommen?"
„Ja", antwortete Renard, „gegenüber vom Elevation."
„Na, dann wünsche ich ihnen gutes Gelingen, Messieurs", verabschiedete sich der Dienststellenleiter.

„Sie wollten geweckt werden", sagte die Dame von der Rezeption in gewohnter Freundlichkeit, die Moulin das Gefühl gab, die letzten Tage eigentlich gar nicht weg gewesen zu sein. Er bedankte sich höflich und sprang auf den Balkon, um seine morgendlichen Übungen zu absolvieren. Das Treiben auf dem Bahnhofsvorplatz war allerdings schon so groß, dass er sein Vorhaben doch auf sein Zimmer verlagerte.
Acht Uhr hatte er mit Renard ausgemacht, Frühstück im Elevation. Das Wetter hatte sich etwas gebessert. Vielleicht bestand ja die Chance, draußen zu sitzen, frohlockte er und ging duschen.
Als er wenig später im Café ankam, saß Renard schon auf der Terrasse und genoss die ersten Sonnenstrahlen, die es ab und zu durch die Wolken schafften. Er hatte sich die Tageszeitung geholt und studierte aufmerksam den Lokalteil, in dem ein Artikel über den verschwundenen Jungen stand.
„Guten Morgen, Renard", grüßte Moulin, sein Kollege schien ihn erst in diesem Moment zu bemerken.
„Das ist doch nicht möglich, das musst du unbedingt lesen. Da hat doch irgendein Idiot mit der Presse geredet. Woher wissen die denn, dass es da einen Zusammenhang geben könnte zwischen den Ereignissen im letzten Jahr und dem Verschwinden von Brunelle, so heißt der Junge des Politikers. Und der ist noch dazu im Gespräch, als Minister für Entwicklungshilfe nach Paris zu gehen. Unglaublich, was die Schreiberlinge da alles von sich geben!"
Moulin wartete geduldig, bis Renard den Artikel zu Ende gelesen hatte, als ihm ein alter Wellblech-Citroën Typ H Transporter auffiel, der sich seinen Weg vorbei an den zahlreichen immer noch vorhandenen Baugruben und deren Absperrungen direkt bis vor ihr Hotel bahnte und auf der als Halteverbotszone markierten Fläche stehen blieb. Ein Typ mit langen Rasta-Zöpfen und einem skurrilen Spitzbart, den er zum

Zopf geflochten hatte, schaute interessiert auf das Elevation, um kurz danach auszusteigen. Moulin schätzte ihn auf ungefähr Ende Fünfzig. Seine Sachen hatten, wie auch der Transporter, die beste Zeit schon lange hinter sich. Auf dem Transporter befanden sich einige Surfbretter und eine Art Schornstein. Der Lack des Wagens schien noch der originale zu sein, was die zahlreichen Roststellen sowie kleinere und größere Beulen zu untermauern schienen.

Der Typ blieb kurz stehen, schaute zu Moulin und Renard und ging schnurstracks auf sie zu: „Bonjour Kollegen, ich bin Simond. Du musst Renard sein, und du Moulin."

Simond streckte die Hand aus, die Moulin wie automatisch aufnahm, um von einem ungeheuer festen Händedruck aus seiner Schockstarre zu erwachen. Renard tat es ihm mit einem fragenden Gesichtsausdruck gleich. Simond musste lachen: „Hat euch der Chef denn nicht vorgewarnt, macht er doch sonst immer. Na, egal."

Plötzlich kam die junge Kellnerin an den Tisch, die vorher von Renard und Moulin noch überhaupt keine Notiz genommen hatte, um Simond erfreut mit Wangenküsschen zu begrüßen: „Wie immer, Abso?" fragte sie und wollte schon wieder gehen.

„Halt, warte mal, was wollt ihr denn?" fragte Simond an Moulin und Renard gewandt.

„Espresso und Croissant, zweimal bitte", sagte Moulin, der seinen Mund immer noch nicht so richtig zubekam, worauf sich die junge Frau in Bewegung setzte, um die Bestellung zu holen.

„Ist doch okay, wenn wir ‚du' sagen", begann Simond lächelnd, „das vereinfacht die Arbeit ungemein. Das ‚sie' macht alles so kompliziert und steif."

„Woher kennen sie, ähem, woher weißt du denn, wer wir sind?" wollte Renard wissen.

„Ich bin Polizist, hallo?" Simond lächelte.

„Ich habe gestern noch euern Bericht gelesen, den man mir

geschickt hat und bin daraufhin die Nacht durchgefahren. Urlaub kann ich nachholen, wenn wir die Drecksau haben. Ich arbeite eigentlich nur noch Teilzeit, aber dieser Fall interessiert mich einfach. Dazu müsst ihr wissen, ich kenne unseren feinen Herrn Politiker von früher, aber darum geht es nur am Rande, das erzähle ich euch mal beim Bier. Hat jetzt nicht unbedingt was mit dem Fall zu tun, obwohl, ich weiß nicht genau. So, dann lasst uns erst mal in Ruhe frühstücken", sagte Simond, nachdem die Bestellung gekommen war.

„Also", fing Simond mit einem bedeutsamen Blick an, der seine sonnengegerbte Stirn in unzählige tiefe Falten warf, „was mich an diesem Fall besonders interessiert, ist dein Bericht über die Spurenlage an dem alten Industriegebäude im ehemaligen Steinbruch."
„Ja und wieso?" hakte Renard nach.
„Soweit wie ich verstanden habe, wurde direkt neben dem Gebäude das Säckchen mit dem Geld des verschwundenen Jungen gefunden, und das Gebäude war spurenfrei bis auf die Fäkalien, quasi absolut clean. Sind dir denn da nicht irgendwelche Verschaltungen gekommen?" wandte sich Simond an Renard, der blickte fragend zu Moulin, bevor er antwortete.
„Natürlich Simond, klar, die absurdesten Ideen, die du dir vorstellen kannst. In meinem Studium hat solch eine Spurenlage der Professor mal mit dem Mossad in Verbindung gebracht."
„Ja und?" fragte Simond.
„Na, das ist doch völlig absurd! Der Mossad entführt doch nicht kleine Jungen mit Migrationshintergrund und schickt danach ein Cleaner-Team, um die Spuren zu beseitigen!" gab Renard zurück.
„Völlig richtig, da gehe ich mit, absolut abwegig. Oder vielleicht doch nicht?" sagte Simond wieder mit erheblichen Sorgenfalten auf der Stirn.

„Ich glaube, ich muss jetzt schon etwas ausholen. Unseren feinen Herrn Politiker kenne ich aus den frühen Achtzigern. Damals, als in Deutschland und Frankreich die „Grünen" gegründet wurden. Wir waren früher viel in Deutschland unterwegs, genauer in Frankfurt, als die außerparlamentarische Opposition dem Establishment den Krieg angesagt hatte. Die Straßenschlachten mit der Polizei waren schon ziemlich heftig. Ich und Muller, unser Lokalpolitiker, wir gehörten anfänglich zu den Gründungsmitgliedern der französischen Grünen. Wir sind in Frankfurt bei einem Joschka in der WG untergekommen, einer der Radikalsten damals überhaupt. Ihm wurden Verbindungen zur Rote-Armee-Fraktion nachgesagt. In seinem R4 hatte man bei einer Razzia Spuren von Sprengstoff gefunden. Nach seiner Aussage hatte er den Wagen verliehen, ohne den Namen desjenigen zu kennen, der ihn sich ausgeliehen hat.

Und worauf ich eigentlich hinauswill, ist? Die RAF hatte damals Verbindungen zur Staatssicherheit der DDR, wohin auch einige abgetaucht sind, denen es in der BRD zu heiß wurde. Nun, die DDR gibt es nicht mehr, die Stasi auch nicht, aber die ganzen Spezialisten sind ja nicht verschwunden und haben alle danach ihr Wissen mehr oder weniger gewinnbringend weiterhin genutzt."

„Alles klar", meinte Renard, „jetzt weiß ich, worauf du hinauswillst. Es kommt nicht nur der Mossad in Betracht."

„Richtig", antwortete Simond, „es war damals eine heftige Zeit. Ich bin bei den Grünen ausgestiegen, als die in Deutschland dafür eingetreten sind, den einvernehmlichen Sex mit Minderjährigen zu legalisieren und die französischen Grünen laut darüber nachdachten, dies ebenfalls zu tun. Allen voran unser sauberer Herr Politiker, der mittlerweile zu den Erzkonservativen gewechselt ist und dieses Kind für seine fünfundzwanzig Jahre jüngere Frau adoptiert hat, damit sie auf

glückliche Familie machen können. Empfiehlt sich ja selbstredend bei seinen Vorhaben, nach Paris zu gehen."
"Nun, was meinst du jetzt eigentlich genau?" wollte Moulin wissen, "sowas ähnliches wie Stasi auf Südfrankreichurlaub?"
"Ausgeschlossen ist das nicht. Zumal die meisten ja in meinem Alter sind und älter. Genauer gesagt, in Rente oder kurz davor. Genügend Zeit also für Urlaub", entgegnete Simond.
"Interessant", antwortete Moulin, "wenn die Namen der Unterkünfte und Campingplätze durch das Raster gelaufen sind, wissen wir mehr."
"Und was ich noch vorhabe" begann Simond erneut, "wäre, ich nehme mir jeden Abend einen anderen Campingplatz vor, auf dem ich übernachte. Normal bleibe ich mit meinem Citroën meist irgendwo in der Stadt auf den Wohnmobilparkplätzen stehen, aber unter diesen Umständen und vor allem bei eurer Befürchtung, der Typ könnte hier sein, ist das zumindest ein Versuch. Manchmal gehört der Zufall und etwas Glück ja auch zu unserem Job!"
Simond holte sein Smartphone aus der Hosentasche, welches sich durch einen Vibrationsalarm bemerkbar gemacht hatte und schaute sich die eingetroffene Mail an.
"Es geht los" kommentierte er kurz, "die Rasterauswertung ist abgeschlossen. Es gibt Übereinstimmungen." Er schmunzelte: "Ich gehe schon mal vor, ich muss unbedingt noch duschen bevor ich loslege, mein Deo hat glaube ich versagt." Er nahm eine Geruchsprobe, nachdem er den Arm gehoben hatte, und verzog leicht grinsend das Gesicht.
"Ach, seid ihr bitte so nett und legt mir meinen Kaffee aus, ich habe gerade kein Geld bei" sagte er und verschwand, ohne die Politesse auch nur eines Blickes zu würdigen, die gerade einen Strafzettel unter den Scheibenwischers seines Wagens steckte.
"Hast du gehört, Moulin", kommentierte Renard Simonds Abgang, "bevor **ich** loslege, das fängt ja schon gut an. Lass uns

bezahlen und rüber auf die Wache gehen. Bevor unser überaus lockerer Kollege mit Duschen fertig ist, können wir uns ja schon mal einarbeiten."
"Guter Plan" stimmte Moulin zu.

"Sie haben ihre Unterstützung schon kennengelernt?" begrüßte sie der Dienststellenleiter mit Handschlag, als sie sein Büro betraten. "Schon ein bisschen speziell, unser Kollege, aber ungeheuer effektiv, wenn er beschlossen hat, dass ihn ein Fall interessiert. Ansonsten kann er auch genauso intensiv über Monate nichts tun. Sein überaus wacher Geist verschafft ihm in der Truppe eine Art Sonderstellung. Der Polizeipräsident hat ihn mal als seine Geheimwaffe bezeichnet. Manchmal könnte man glauben, er meint damit seinen Geruch, wenn er tagelang nicht zum Duschen gekommen ist. Aber diese Ersterfahrung bleibt ihnen Gott sei Dank erspart. Er steht gerade unter der Dusche und singt ziemlich lautstark."
Moulin und Renard sahen sich an und mussten schmunzeln.
"Das kann ja was werden", entglitt es in diesem Moment Moulin. Der Stapel Papier, der sich auf dem Drucker ansammelte, hatte schon eine imposante Höhe erreicht. Renard hatte zwar noch versucht, den Druckbefehl rückgängig zu machen, es dann aber mit einem Fluch sein gelassen. Eigentlich hätten die letzten zwei Seiten gereicht, die die Übereinstimmungen dokumentierten. Er hätte die sich auch auf dem Bildschirm anschauen können, aber er war noch einer dieser Menschen, die etwas Ausgedrucktes in der Hand halten mussten, um sich zu konzentrieren.
"Schau mal, Moulin, das ist unglaublich, wie viele Engländer und Holländer bei uns Urlaub machen. Man könnte glauben, dass die alle im Sommer in Südfrankreich sind. Deutsche hingegen weniger im direkten Vergleich. Und hier ist auch eine Markierung, ‚cave', Meldedaten ungültig, Person in Deutschland nicht mehr registriert."

„Das hat noch nichts zu heißen, Renard, wir haben Europa. Vielleicht lebt er im Ausland, hat vergessen sich anzumelden und sein Ausweis ist mittlerweile abgelaufen."
„Richtig, Moulin, aber nicht seit 1986!"
„Was sagst du da?"
„Du hast richtig verstanden, 1986."
„Na, Kollegen, mit wem fangen wir an", fragte Simond, als er den Raum betrat, „ich hasse den Papierkram und Duschen hat heute etwas länger gedauert. Ich war mir sicher, dass ihr in der Zwischenzeit schon etwas findet. Zeig mal her, Renard."
Simon nahm das Blatt und las es laut vor: „Erich Eisenhut, letzte Meldeadresse Traunstein in Oberbayern, Deutschland, bis 1986. Registriert in Cassis auf dem Campingplatz, jeweils zwei Tage nachdem die Jungen verschwunden sind, dieses und auch letztes Jahr. Ich glaube, das ist kein Zufall!"
Er gab den Ausdruck an Renard zurück und sinnierte weiter: „Irgendwie eine Ironie des Schicksals, da haben die Deutschen die Rasterfahndung erfunden, und wer gerät ins Raster? Ein Deutscher."
Alle drei sahen sich fragend an.
„Ich glaube, über diesen Mann müssen wir mehr rausfinden", brach Moulin das Schweigen, „aber ich gebe zu bedenken, er ist nur in Cassis aufgetaucht, und dann auch noch zwei Tage nach dem Verschwinden des Jungen."
„Das könnte trotzdem passen", warf Simond ein, „in Les Saintes-Maries-de la-Mer war ich selbst mal zum Campen zur Zeit des Treffens des Fahrenden Volkes im Mai, so ist der politisch korrekte Ausdruck und nicht Zigeuner, wie in eurem Bericht, Chaos pur, rund um den Ort campierten Leute. Selbst auf dem Municipal-Campingplatz hatten die während dieses Treffens nicht so richtig den Überblick, wer sich auf dem Platz befand und wer nicht. Aber auch sonst kannst du mit dem Camper da stehen, wo du willst.

Ich habe am Anfang gedacht, es zieht ein Sturm auf, als im Ort sämtliche Läden mit Sperrholz verbarrikadiert wurden. Ich bin nun weiß Gott tolerant, aber nach einem Tag bin ich dann auch abgehauen. Irgendwie habe ich mich dafür fast geschämt, aber es war schon sehr speziell. Jetzt noch zu den anderen Meldevorgängen, hier zum Beispiel in Chamonix gibt es auch mehrere Standplätze für Wohnmobile, die für 24 Stunden kostenfrei sind. Die nutze ich ja selbst ständig, und aus eigener Erfahrung kann ich euch sagen, dass man da auch zwei Wochen stehen kann, ohne dass es jemanden interessiert. Also sind wir uns einig? Diese Person hat erst einmal Priorität."

„Wir müssen uns erst einmal um die alten Meldedaten von diesem Eisenhut kümmern", bestätigte Renard. „Es existiert ein Passfoto, das allerdings über dreißig Jahre alt ist, soviel wissen wir schon. Ich kann mich um die digitale Bearbeitung kümmern und versuchen, es so darzustellen, wie er heute aussehen könnte."

„Okay, super", meinte Simond, „es wäre vielleicht auch hilfreich, mit den Campingplatzbetreibern in Cassis Kontakt aufzunehmen. Möglicherweise haben die noch irgendwelche Erinnerungen an den Typen."

„Lasst uns damit noch solange warten, bis ich das Bild bearbeitet habe. Vielleicht ist das ja von Nutzen."

„Okay, einverstanden, aber Priorität hat erst einmal die Suche nach dem Jungen. Es kann ja nach wie vor eine ganz einfache Erklärung für sein Verschwinden geben", gab Moulin zu bedenken.

„Ja, damit sind die örtlichen Kollegen schon beschäftigt. Sie verteilen Fahndungsplakate und informieren die Verkehrsbetriebe, wie im letzten Jahr."

„Kommen sie bitte mal in mein Büro" platzte der Dienststellenleiter in die Besprechung. Die plötzliche Stille, die in dem Raum herrschte, hatte etwas Bedrohliches. Schlagartig war allen klar, es war etwas geschehen, aber es traute sich niemand, die entscheidende Frage zu stellen, ja überhaupt was zu sagen.

Der Dienststellenleiter räusperte sich: „Meine Herren, wir müssen leider davon ausgehen, dass der Junge tot ist. Dieser Raftingveranstalter, der sich mit seinen Gästen in Neoprenanzügen auf diesen halben Surfbrettern die Arve runtertreiben lässt, hat in Les Bossons die Leiche eines Jungen gefunden, auf den die Beschreibung passt. Der Körper hatte sich an einem Baumstamm verfangen, der als Treibgut unter der Brücke hängengeblieben ist, die den Ort mit den Wanderwegen verbindet. Wären diese Rafter nicht vorbeigeschwommen, wäre das niemandem aufgefallen. Eine Streife ist schon vor Ort und sichert das Gelände. Ich gehe davon aus, dass sie sich wahrscheinlich zusammen einen Eindruck von der Fundstelle machen wollen, oder?"

„Na klar", antwortete Simond und schaute zu Renard und Moulin, die sich nur sehr langsam aus ihrer Schockstarre lösten. Moulins Kopf fühlte sich an wie ein Brummkreisel, als wäre er für das Schicksal des Jungen verantwortlich. Renard hatte ähnliche Gedanken, das konnte er ihm ansehen.

„Was hat die Auswertung der Meldedaten gebracht, oder sind sie noch nicht so weit?" wollte der Chef wissen.

„Doch, doch", berichtete Simond, „ein Treffer, der besonders interessant ist, ein Deutscher ohne aktuelle Meldedaten, der das letzte Mal in Traunstein in Deutschland im Jahr 1986 in Erscheinung getreten ist. Die Bitte um Amtshilfe betreffs dieser Person ist schon raus. Das Passbild von damals inklusive letzter Meldedaten muss noch in das Gesichtserkennungsprogramm eingegeben werden, um es an das aktuelle jetzige Alter anzupassen, um gegebenenfalls ein Fahndungsfoto zu haben."

„Okay, meine Herren, dann fahren sie am besten gleich zum mutmaßlichen Tatort, bevor es anfängt zu regnen und vielleicht die restlichen Spuren verschwunden sind."

Als sie in Les Bossons ankamen, war die Schranke hinter dem Bahnhofsgebäude gerade geschlossen. Die Straße, die sie nach dem Öffnen des Bahnübergangs entlangfuhren, hatte nach kurzer Zeit den Anspruch auf diese Bezeichnung verloren und mündete in einen Schotterweg, der in einem großen Schotterplatz endete.

Als erstes sah man das Absperrband, welches die Brücke großflächig abgrenzte, als nächstes fiel Moulin ein Kombi auf, dessen Insassen einen äußerst verschlafenen Eindruck machten und vor dem Wagen stehend von der Polizeistreife vernommen wurden. Die Rafter waren ebenfalls alle noch vor Ort und warteten geduldig, fröstelnd und mit blauen Lippen auf das Eintreffen der Kriminalpolizei. Zumindest die Frauen hatten von den Streifenbeamten Erste-Hilfe-Aludecken bekommen, mit denen sie sich gegen den auffrischenden Wind schützten. Auf dem Platz waren noch die Reste eines Lagerfeuers zu sehen, das umrahmt von Steinen vor sich hin qualmte. Den Insassen des Kombis, ein junger Mann und eine ebenfalls recht junge Frau, war der Schrecken ins Gesicht geschrieben, als sie erfuhren, dass sie die ganze Nacht quasi neben einer Kinderleiche verbracht hatten.

All diese Menschen sahen Renard mit fragenden Augen an, als er sich auf den Weg zu der Sandbank machte, die sich zu einem großen Teil unter der Brücke befand und zu dem angespülten Baum, an dessen Astgabel sich der Junge verfangen hatte.

Renard war schon länger bei der Spurensicherung und hatte schon viele Leichen gesehen, aber Wasserleichen und Kinderleichen waren auch nach all den Jahren immer noch etwas Besonderes, besonders schrecklich. Aber eine Kinder-Wasserleiche!

Für einen Moment hatte er das Gefühl, den Boden unter den

Füßen zu verlieren, als er dem Jungen direkt in die geöffneten Augen schaute, die ihn aus dem aufgedunsenen Gesicht anzustarren schienen. Er hatte das Gefühl, sich übergeben zu müssen. Dieses Gefühl, das ihn bei den ersten Leichen während seines Studiums einige Male zuverlässig heimsuchte und das er in den Griff bekommen hatte, nachdem er bei seinen ersten Einsätzen die Verantwortung bekommen hatte, die Verantwortung zur Klärung der Schicksale dieser Menschen.
Doch nun war dieses Gefühl der Hilflosigkeit wieder da. Er musste sich für einen Augenblick in den Sand setzen und hoffte, dass ihn niemand in diesem Moment beobachtete.

„Und?" fragten Moulin und Simond fast gleichzeitig, als Renard unter der Brücke wieder hervorkam.
„Also, rein objektiv kann ich noch gar nichts ausschließen, Unfall, Tötungsdelikt, wir müssen die Obduktion abwarten. Eine ertragreiche Spurenlage vor Ort können wir so gut wie vergessen. Mein erster Eindruck ist, dass die augenscheinlichen Verletzungen im Gesicht und an den Händen daher stammen können, dass der Junge eine ganze Weile im Wasser getrieben ist. Aber genaue Aussagen sind erst nach der Obduktion möglich."
Als ob er damit ein Stichwort gegeben hätte, kam der Wagen der Spurensicherung den Schotterweg herunter. Die Kollegen fluchten, als sie ausgestiegen waren und die Örtlichkeiten am Fluss inspizierten, doch nachdem sie den Jungen gesehen hatten, der wie ein Segel im Wasser an einer Astgabel des gestrandeten Baumes hing, wechselte die Stimmung in angespannte Konzentration. Es war Eile geboten, die ersten Tropfen fielen bereits und der Wetterbericht sagte nichts Gutes voraus, bei Regen wurde die Arve zu einem reißenden Strom.

„Fertig", sagte Renard und hielt das Foto von Erich Eisenhut hoch, dass ihn im aktuellen Alter darstellen sollte, dann legte er es auf den Tisch zur Ansicht.

„Tja, was soll ich sagen, der Name Max Mustermann würde besser passen. Nach heutigen biometrischen Gesichtspunkten ist dieses Bild unbrauchbar. Ich weiß noch nicht, wie das gemacht wurde, es sieht zwar nach einer bestimmten Person aus, aber die zur Identifikation besonders wichtigen Punkte des Gesichtes scheinen bis zur Beliebigkeit retuschiert. Also, für das Jahr 1986 eine unglaubliche Anstrengung, wobei sich die Frage stellt, warum sich jemand solche Mühe gibt, so anonym zu bleiben."

„Was heißt das jetzt genau?" wollte Moulin wissen.

„Ganz konkret heißt das, du erkennst den Menschen auf dem Foto zweifelsfrei, wenn der direkt vor dir steht, aber allein mit dem Foto können wir selbst mit den heutigen Methoden nicht wirklich etwas anfangen. Wenn sich dieser Eisenhut, oder wie immer er heißen mag, einen Bart stehen lässt oder die Haare etwas länger trägt, oder auch so wie wir es vermuten aussieht, werden wir ihn nicht zweifelsfrei identifizieren können. Das alte Passfoto ist eine Profiarbeit, und zwar vom allerfeinsten."

Simond griff sich in seinen geflochtenen Ziegenbart und zog daran, so dass man für einen Moment den Eindruck haben konnte, er möge sich diesen herausreißen. Sein Blick schweifte konzentriert zur Decke, wo er eine geraume Zeit verweilte.

„Wir müssen mit dem Campingplatz in Cassis Kontakt aufnehmen und dieses Foto dorthin mailen. Vielleicht gibt es die Möglichkeit, mit den Betreibern zu skypen, ansonsten müssen die örtlichen Kollegen die halt befragen. Merde, ich habe das Gefühl, uns rennt die Zeit davon. Ich werde mal checken, ob wir die Chance auf eine Skypeverbindung haben, aber vor morgen früh macht das keinen Sinn."

„Ich denke, wir sollten die Obduktion des Jungen abwarten, vielleicht ist das ja alles Zufall mit diesem Eisenhut, und der Tod des Jungen stellt sich als Unfall heraus" konterte Moulin.

„Na klar, und der Papst ist evangelisch!" entrüstete sich Simond, „lasst uns rüber ins Elevation auf ein Bier gehen, ich glaub, ich muss euch mal einiges über die 80-er erzählen."
„Wie läuft das da mit der Obduktion, Renard?" wollte Moulin noch wissen.
„Die müsste morgen früh auch abgeschlossen sein. Dieser Politiker hat sich für morgen angekündigt. Die Kollegen haben ihn schon informiert. Er kommt morgen früh mit seiner Frau aus Paris zurück. Das Kindermädchen, das die Vermisstenanzeige aufgegeben hatte, hat einen Zusammenbruch erlitten, als sie erfuhr, dass ein toter Junge gefunden wurde, auf den die Beschreibung passt."

Im Elevation war es schon recht voll, als die drei dort eintrafen. Simond hatte kurz einen Blick auf seinen Wagen geworfen, an dem sich schon einige Strafzettel hinter dem Scheibenwischer angesammelt hatten. Man konnte aber diesbezüglich keine Veränderung seiner Mimik beobachten. Er war auch den ganzen Weg über still gewesen, er dachte immer noch nach.
Als sie auf der Bank am Fenster Platz genommen hatten, änderte sich das allerdings schlagartig. Er wurde von einer Menge Leuten wie eine Art Popstar begrüßt.
„Abso, geil, du wieder hier", begrüßte ihn der Kellner mit der Afro-Frisur und dem beachtlichen Bart. Simond war das Procedere etwas unangenehm und er versuchte, das Gespräch, das sein Gegenüber beginnen wollte, mit der Aussage einzugrenzen: „Wir müssen noch arbeiten, bring uns mal drei Pression."
„Okay" war die knappe Antwort des Kellners, bevor er sich auf den Weg zur Theke machte.
„Ihr könnt euch gar nicht vorstellen, was mir momentan alles durch den Kopf geht. War eine heiße Zeit, die 80-er. Ich bin allerdings nicht auf alles stolz, was ich damals angestellt habe.

Die Entscheidung, zur Polizei zu gehen, hängt auch mit diesen unangenehmen Geschichten zusammen, mit der Desillusionierung, die nach dem Zusammenbruch des Ostblocks in unseren Kreisen die Runde machte. Wir waren damals auf der Suche nach etwas Gerechterem, nach etwas Sozialerem als dem Kapitalismus mit seiner Profitgier. Viele haben im Sozialismus eine lebenswertere Alternative gesehen. Einige haben sich so verblenden lassen, dass sie ihre ganze Existenz aufgegeben haben, um etwas für die Sache zu tun. Doch dass sie damals nur ein Instrument der Sache waren, von Agenten schamlos ausgenutzt, kam erst viel später raus, als es für einige schon zu spät war. Ich meine damit die Staatssicherheit der DDR, die in der Studentenszene in Westdeutschland kräftig versucht hat zu rekrutieren, aber auch bei uns in Frankreich waren die aktiv. Die haben Studenten finanziell unterstützt, um sie nach dem Studium in relevanten Stellungen zu platzieren. Unser feiner Herr Politiker Muller war auch einer, der für diese Ideen zumindest empfänglich war. Mehr will ich ihm auch nicht unterstellen, aber meine Gedanken kreisen die ganze Zeit darum, ob es da vielleicht einen Zusammenhang geben könnte."

„Aber wie passt da Cassis hinein?" fragte Renard.

„Das ist mein Problem", entgegnete Simond. „Aber ich bekomme diesen Eisenhut nicht aus dem Kopf. Einige Mitstudenten, die damals in der DDR waren, schwärmten regelrecht von der sexuellen Freiheit der Jugend dort, von den Möglichkeiten, die alleinerziehende Mütter hätten, Kindergärten, Hort, Schule, alles auch ohne Familienrückhalt zu schaffen, problemlos. Aber die sexuelle Freiheit hatte trotzdem enge Grenzen. So etwas wie Homosexualität gab es offiziell nicht in der DDR, es gab natürlich auch keine Pädophilie oder Vergewaltigungen. Das passte alles nicht in die neue sozialistische Welt. Tauchte in keiner Statistik auf, zumindest in keiner offiziellen, naja, und freie Medien gab es nicht. Bei mir hat es auch eine Weile gedauert, bis ich die rosarote Brille abgenommen habe."

„Verstehe", sagte Moulin, „du meinst nun, einer dieser Leute, die es offiziell in der DDR und deren Statistiken nicht gab, reist nun durch Europa und hat seine Neigungen nicht im Griff."

„Ganz genau, das vermute ich, Moulin", antwortete Simond, „und wenn dieser Mensch damals noch ein Spezialist der Staatssicherheit war, dann wird es ganz, ganz schwer für uns. Wenn die eines gelernt haben, konspirativ zu operieren gehörte zu deren Paradedisziplin. Aber wie gesagt, momentan krieg ich das alles noch nicht zusammen. Wir warten die Obduktionsergebnisse ab und skypen morgen mit Cassis, dann sehen wir weiter, einverstanden?" Simond schaute in die Runde. Moulin und Renard sahen sich kurz an.

„Okay", meinte Moulin, „aber nur, wenn du uns erklärst, was das mit ‚Abso' bedeutet."

Simond verdrehte genervt die Augen: „Ihr müsst mir allerdings versprechen, mich nicht so zu nennen."

„Einverstanden", sagte Renard.

„Mein Vater ist damals in so einer christlichen Sekte groß geworden und hat auch bis zu seinem Tod mit meiner Mutter innerhalb dieser Sekte gelebt. Ihr könnt euch vielleicht vorstellen, was das für eine spaßfreie Kindheit für mich bedeutete. Und wenn du dann noch Absolon getauft wirst, das ist dann der Hauptgewinn, das war mein Sektenname und bedeutet so viel wie ‚Vater des Friedens'. Als Kind wurde ich dann immer ‚Abso' gerufen. Irgendwann, als ich mal ein Bier zu viel hatte, ist mir die Geschichte dann rausgerutscht. Na, und wie ihr hört, so was bleibt natürlich hängen."

Alle drei mussten lachen und stießen mit ihren Biergläsern an: „Zum Wohl, Abso", sagte Moulin, um gleich hinterher zu schieben: „war nur ein Spaß. Ab jetzt wieder Simond."

Politiker Muller erschien um acht Uhr in der Polizeiwache wie eine Urgewalt, er hatte seine Frau im Schlepptau, der sein Auftritt sichtlich unangenehm war. Sie war den Tränen nahe und sagte, indem sie ihn am Ärmel zog: „Hier kann doch niemand etwas dafür." Sie waren gerade aus der Gerichtsmedizin gekommen und hatten nun die traurige Gewissheit, ihr Sohn Brunelle war tot.

Muller begann gerade mit einer lautstarken Forderung, indem er sich vor dem Dienststellenleiter aufbaute: „Ich erwarte, dass sie mit allen verfügbaren Mitteln dieses abscheuliche Verbrechen aufklären!", als Moulin, Renard und Simond den Raum betraten und Muller abrupt verstummte.

„Das gibt es doch nicht, was machst du denn hier, Simond?" fragte Muller sichtlich erstaunt.

„Ich ermittle", entgegnete dieser, „wie dir vielleicht nicht entgangen ist, bin ich Polizist."

„Ist mir nicht entgangen, obwohl ich nicht nachvollziehen kann, dass die dich überhaupt genommen haben, naja, aber was man so gehört hat, sollst du ja ein einigermaßen passabler ..."

„Hör endlich mal auf!" schrie ihn plötzlich seine Frau an und brach gleichzeitig in Tränen aus, „hier geht es heute mal ausnahmsweise nicht um dich und deine Eitelkeiten, falls du dich erinnern kannst, wir haben gerade unseren Sohn identifiziert!"

Moulin unterbrach nach einer angemessenen Zeit die eingetretene Stille: „Madame, Monsieur, wir haben gerade die Ergebnisse der Obduktion erhalten. Dass ihr Sohn einem Gewaltverbrechen zum Opfer gefallen ist, ließ sich nicht nachweisen. Sämtliche Spuren und Verletzungen sind mit großer Wahrscheinlichkeit auf einen längeren Aufenthalt in der Arve zurückzuführen, in der er einige Zeit getrieben sein muss. Der Ort, wo er aufgefunden wurde, ist dadurch fast mit vollständiger Sicherheit als Unglücksort auszuschließen. Die Schürfwunden und Prellungen sind typisch für eine Person, die in einem derart reißenden Fließgewässer getrieben ist. Einen Missbrauch können wir ausschließen, dafür gibt es keine Hinweise. Wir müssen nach derzeitigem Stand von einem tragischen Unfall ausgehen."

„Was soll das heißen?" fragte Muller, nach Luft ringend.

„Dass die Möglichkeit besteht, dass ihr Sohn auch zum Beispiel beim Spielen in den Fluss gefallen sein kann, aber die Ermittlungen sind noch nicht abgeschlossen, wir halten sie auf dem Laufenden."

„Soll sie jemand nach Hause fahren?" fragte der Polizeichef noch.

„Nicht nötig, mein Fahrer wartet draußen."


„Was war das denn?" fragte Renard an Simond gerichtet.

„Ach, das kenn ich nicht anders, wir werden in diesem Leben keine Freunde mehr", sagte der nachdenklich.

„Was haben denn eigentlich die Kinder ausgesagt, die mit dem Jungen auf dem Rummel waren? Hat ihn jemand angesprochen oder kannte er jemanden?"

„Nein, nichts", entgegnete der Chef, „Brunelle sei einfach irgendwann verschwunden gewesen."

„Gut, dann lasst uns jetzt versuchen, eine Skype-Verbindung zum Campingplatz herzustellen. Wir sind uns einig, dass dieser Eisenhut zumindest eine heiße Spur ist, Chef. Aber keine Ahnung, wie und ob das überhaupt alles zusammenhängt."

„Ich glaube da auch nicht mehr an einen Zufall", antwortete der Dienststellenleiter.

In diesem Moment klingelte Renards Handy: „Ja, okay", sagte er nach längerem Zuhören und legte dann wortlos auf.

„Gibt es was Neues, Renard", wollte Simond wissen.

„Das kannst du laut sagen. Der Junge hat einen Genickbruch, die haben ihn nach der äußeren Untersuchung nochmal sicherheitshalber ins CT geschoben."

„Kann das nicht auch durch einen Unfall, beispielsweise einen Sturz entstanden sein?"

„Kann, kann nicht, merkwürdig ist, dass das der einzige Bruch ist. Falls der Junge zum Beispiel aus großer Höhe gestürzt sein sollte, wäre das zumindest etwas unwahrscheinlich", erwiderte Renard.

„Aber nicht ausgeschlossen?" wollte Moulin wissen.

„Nein, ausschließen kann man das natürlich nicht."

Die Chefin des Campingplatzes stellte sich freundlich vor, als die Verbindung stand. Die drei Kommissare taten es ihr gleich, als etwas verspätet noch ein Mann auf dem Bildschirm auftauchte, der sich als Ehemann der Chefin vorstellte.

„Also, wir haben das Foto per E-Mail erhalten. Dieser Eisenhut, das könnte der schon sein. Er hatte einen Oberlippenbart, der an den Mundwinkeln runtergezogen war, aber ansonsten könnte das schon passen." Auch ihr Mann nickte zustimmend.

„Das Gesicht war nicht das Auffälligste an dem Typen, sondern seine Erscheinung", führte sie weiter aus, „er trug so auffallende Militärklamotten, allerdings keine normalen, sondern mit kleinen Strichen drauf, und dazu kurze Hosen, weiße Tennissocken und Sandalen, naja, merkwürdig halt."

Ihr Mann vervollständigte die Beschreibung noch: „Der hatte so einen alten Lada Niva und einen Anhänger, so einen Zeltanhänger, auch nicht mehr das neueste Modell. Ach ja, und er saß öfter mit einem Pärchen zusammen, auch Deutsche, glaub ich, die waren abends öfter in der Bar auf dem Platz."

„Gab es irgendetwas auffälliges in seinem Benehmen?" wollte Moulin wissen.

„Der ganze Typ war auffällig", meinte das Paar übereinstimmend, und der Mann fuhr fort: „aber jetzt, wenn ich noch mal drüber nachdenke, da gab es eine Beschwerde. Der soll

doch mal nachts über den Zaun geklettert sein, hinten bei den Dauercampern, kannst du dich erinnern?" fragte er an seine Frau gerichtet. „Wir haben das aber nicht für voll genommen. Das ist ein altes Ehepaar, er war früher Oberstudienrat in Marseille, die beschweren sich ständig und über alles."
„Stimmt", bestätigte diese, „aber ansonsten ein ganz normaler Gast, war auch nicht sehr lange da."
„Haben sie zufällig das Kennzeichen seines Autos?" wollte Simond wissen.
„Leider nein, aber ich glaube, der war dunkelblau."
„Okay, besten Dank", sagte Moulin, „bitte melden sie sich, wenn ihnen noch etwas einfällt."
Als die Skype-Schaltung beendet war, dauerte es eine Weile, bis Renard als erster das Wort ergriff: „Wir könnten versuchen, über die Videoaufzeichnungen der Mautstellen das Kennzeichen herauszufinden. Ansonsten brauchen wir Amtshilfe aus Deutschland."
„Ich will euch ja nicht bremsen", warf Simond ein, „aber wenn es das ist, was ich vermute, werden wir nichts finden."
„Mir wird die Sache langsam auch unheimlich", bestätigte Renard. „Wir finden den Typ, das ist doch nicht möglich, dass einer jahrzehntelang mit einer anderen Identität lebt und quasi offiziell gar nicht existiert."
Renards Handy klingelte schon wieder: „Hallo, Renard hier", dann kam ein langes, langes Schweigen. „Okay, thank you", dann legte er auf.
„Jetzt wird's verrückt, das war Interpol, die haben etwas zu den Spuren, die ich gesichert habe, herausgefunden, es müsste eigentlich schon per E-Mail da sein. Unser Klient ist kein gewöhnlicher!"

Ralf hatte sich verändert, Regina kam nicht mehr an ihn heran. In den letzten Tagen hatte sie manchmal überlegt, ob sie nicht besser nach Hause fahren sollte, zurück nach Eisleben. Ralf lief den ganzen Tag einfach nur herum, trotz des Scheiß Wetters, wie er immer sagte. Er wollte sich auch nicht mit ihr darüber aussprechen. Ganz schlimm war es geworden, als er Erich angerufen hatte. „Du bist selbst ein verdammtes Arschloch!" hatte er zum Schluss ins Telefon geschrien und aufgelegt. Danach war er noch mal fünf Stunden weg, im strömenden Regen.

Als er zurückkam, stand er völlig neben sich und reagierte nicht, als sie ihn fragte, was denn los wäre. Einzig als sie ihm das Ultimatum stellte: „Morgen Abend sprechen wir uns aus, oder ich bin weg!", sah er ihr in die Augen. „Okay, machen wir", war seine kurze Antwort.

Diesen Abend wollte Simond anfangen, auf den Campingplätzen der Vororte zu übernachten. Eigentlich hatte er ja schon gestern damit beginnen wollen, aber nach dem doch erheblichen Biergenuss wollte er dann besser nicht mehr fahren. Doch heute musste er damit starten.

„Wenn nicht Kommissar Zufall dazu kommt, wird es schwer", dachte er sich. Es war ihm auch etwas mulmig zumute bei dem Gedanken, mit wem sie es vermutlich zu tun hatten, aber was soll's. Er steuerte wie automatisch den Campingplatz „Marmottes" in Les Bossons an, nicht, weil er eine Liste abarbeiten wollte, Nacht für Nacht, sondern weil er vor Jahren dort mit anderen Bergbegeisterten seine Basisstation hatte für die Mont Blanc-Besteigung.

Doch der Campingplatz ähnelte einer Baustelle, überall wurden neue Blockhäuser gebaut. Er scannte noch schnell die vorhandenen Wohnmobile und Autos nach deutschen Kennzeichen, dann fuhr er weiter.

Der nächste interessante Platz war der zwischen den Gletschern, denn der benachbarte Platz des „Marmottes" war fast ausschließlich mit Dauercampern belegt. Als er sich in der Rezeption anmelden wollte, war niemand dort, nebenan befand sich ein kleines Restaurant, in dem schon einiges los war. Nachdem er eine Weile gewartet hatte, kam eine Frau durch die Tür, welche die Rezeption mit dem Lokal verband und grüßte ihn freundlich.

„Wie lange wollen sie denn bleiben?" fragte sie ihn nach kurzem Smalltalk.

„Eine Nacht, Madame, ich zahl auch gleich, ich muss morgen früh raus."

„Kein Problem, für eine Nacht können sie sich hinstellen wo sie wollen."

Simond fuhr gleich auf den ersten freien Stellplatz, der sich hinter dem Parkplatz befand, der von Einheimischen genutzt wurde, die auf der Terrasse des Restaurants ihr Bier tranken.

Für einen kurzen Moment hatte der Regen aufgehört, die Wolken waren aufgerissen und der Mont Blanc war zu sehen. Er war in ein diffuses Licht getaucht, das ihm etwas Mystisches verlieh. Simond blieb auf dem Weg zur Dusche fast andächtig stehen und genoss die besondere Stimmung.

Oberhalb, auf einer der Terrassen stand ein Camper mit deutschem Nummernschild. Simond musterte den Mann, der mit leicht humpelnden Gang die Markise einrollte, nachdem er gekonnt die Regentropfen abgeschüttelt hatte. Er hatte eine kräftige Statur, aber mehr war nicht zu erkennen.

Simond wollte gerade weitergehen, als eine Frau aus dem Camper trat. Sie war um einiges kleiner und hatte eine zierliche Figur. „Irgendwie sieht sie nicht aus wie eine Deutsche" dachte sich Simond, dann hörte er, wie sie ihren Mann fragte: „Und du bist sicher, dass du morgen weiterfahren möchtest?"

„Ja, bin ich", sagte dieser knapp, „meine Knochen, das Scheißwetter, mir tut alles weh."

„Gut", entgegnete seine Frau, „ich helfe dir mit dem Tisch und

den Stühlen."
Die Wolken hatten sich wieder vor die Berge geschoben und es begann erneut zu regnen. Simond beeilte sich, zu den Duschen zu kommen. Er konnte die beiden verstehen. Wäre er hier, um Urlaub zu machen, würde er sicherlich auch überlegen, weiterzureisen. Doch er ahnte, dass das, was er und seine Kollegen vor sich hatten, alles andere werden würde, bloß kein Urlaub. Wie zur Bestätigung knackte hinter ihm der Bossons-Gletscher bedrohlich, um sofort wieder zu verstummen.

Simond erwachte erst kurz vor acht Uhr, als er auf die Uhr sah, stieß er ein kurzes „Merde" aus. Er hatte einen ziemlich dicken Schädel, was einerseits an dem Bier lag, das er sich nach dem Essen im Restaurant des Campingplatzes gegönnt hatte, aber auch an der Hitze, die sein alter Ölofen abstrahlte, den er vergessen hatte, abzuschalten, bevor er eingeschlafen war. Er fühlte sich völlig ausgetrocknet und sein Rachen schmerzte. „Was für ein Sommer" dachte er sich, „dass man überhaupt heizen muss." Das letzte Mal hatte er den Ofen in der Bretagne benutzt, ungefähr Mitte März.
Er überlegte noch kurz, das Kennzeichen des Campers der Deutschen aufzuschreiben, warum genau wusste er allerdings nicht. Als er jedoch die Gardine zurückschlug, sah er, dass das Wohnmobil schon verschwunden war. „Na ja, was soll's", ging es ihm kurz durch den Kopf, er setzte sich hinter das Lenkrad, startete den Motor und fuhr los in Richtung Elevation, musste aber während der ganzen Fahrt über das deutsche Paar nachdenken.

Die letzten Tage waren äußerst anstrengend und ernüchternd gewesen. Sämtliche Spuren verliefen im Sand. Der Junge wurde zur Bestattung freigegeben. Die Medien hatten sich mit Spekulationen erstaunlich zurückgehalten. Die

Autobahnüberwachung hatte nichts ergeben, kein Lada Niva mit Anhänger und deutschem Kennzeichen. Auch die Information von Interpol, die die Spurenlage in dem alten Fabrikgebäude mit geheimdienstlichen Spurenbeseitigungsmethoden aus dem ehemaligen Ostblock in Zusammenhang gebracht hatten, erzeugte bei allen Ermittlern ein einvernehmliches Schulterzucken. Das ergab doch alles keinen Sinn.
Dieser Eisenhut war ein Phantom geblieben, auch in Deutschland gab es keinen Hinweis auf seinen jetzigen Aufenthaltsort und ein passendes Fahrzeug war auf den Namen ebenfalls nicht angemeldet. Der interessanteste Hinweis kam aus Traunstein, seiner letzten Meldeadresse. Nach deren Information war er mit der ersten großen Ausreisewelle aus der DDR 1984 nach Bayern eingereist und angeblich 1986 auf der Transitstrecke nach Berlin von der Staatssicherheit auf einer Raststätte verhaftet worden. Der Vorwurf lautete „Menschenschmuggel". Eisenhut hatte angeblich versucht, in seinem Wohnmobil Leute aus der DDR rauszuschmuggeln. Die letzte Information war, dass er im Gefängnis von Bautzen inhaftiert gewesen sei. Die BRD hatte zwar Protest eingelegt, aber irgendwann war das alles im Sand verlaufen.
„Das ergibt doch keinen Sinn", meinte Moulin genervt.
„Doch, für mich schon", entgegnete Simond, „das war eine spannende Zeit. 1984, bei dieser ersten großen Ausreisewelle hat die Stasi einige Agenten für Kommandoaktionen im Westen eingeschleust, und wenn diese abgeschlossen waren, hat man sie durch solche Legenden wieder verschwinden lassen. So macht auch die Spurenlage in Cassis wieder Sinn, für mich zumindest."
Alle schauten sich ratlos an.
„Klar, so gesehen macht das schon Sinn", entgegnete Renard, „aber seien wir mal ehrlich, das klingt schon mächtig absurd, können wir uns darauf einigen?"
„Okay, aber ich würde schon gern noch in dieser Richtung

weitermachen" führte Simond weiter aus, „ich habe da noch so die ein oder andere Idee. Ich werde bei der Birthler-Behörde offiziell einen Antrag auf Akteneinsicht von diesem Eisenhut stellen, wenn der wegen Menschenschmuggel verurteilt wurde, muss es dort ja eine Akte geben. Aber die andere Sache ist, die haben 1984 viele Menschen direkt aus dem Knast in die BRD abgeschoben, und das waren nicht nur politische Häftlinge. Da waren auch solche dabei, die sie ganz einfach loswerden wollten."

„Du meinst Pädophile und so, die es offiziell in der DDR nicht geben durfte?" wollte Renard wissen.

„Ja, genau."

„Ich glaube, du musst dich mal entscheiden", meinte Moulin, „entweder war dieser Eisenhut ein Spezialist der Stasi, der für einen Kommandoeinsatz in die BRD eingeschleust wurde, oder ein Pädophiler, den die loswerden wollten."

„Oder vielleicht doch beides", stellte Simond in den Raum, „und genau da fehlt mir noch der Zusammenhang."

„Ach, weißt du Simond", entgegnete Moulin, „auch wenn du diese Theorie noch zehn Mal wiederholst, für mich ergibt das keinen Sinn, ich glaube, du verrennst dich."

Der Sommer hatte sich doch noch entschieden, ein Sommer zu werden. Der Dauerregen hatte irgendwann aufgehört und nun machte sich die trockene und heiße Wetterperiode drauf und dran, sämtliche Rekorde zu brechen. Die ganze Zeit über waren keine Vorfälle mehr bekannt geworden, die in das Schema ihres „Klienten" passte. Auch die Auswertung aus Italien brachte nur eine vage Übereinstimmung in Tende in den Seealpen, oberhalb von Monaco gelegen. Zumindest fühlten sich Moulin und Renard ansatzweise in ihrer Camper-Theorie bestätigt, da das schon zu ihrer fiktiven Rundreise passte, die die Tatorte miteinander verband. Nach und nach wurden immer mehr

Einsatzkräfte von dem Fall abgezogen, auch Simond hatte sich in den Urlaub zurückgezogen, vorübergehend jedenfalls. Irgendwie hatten alle ein ungutes Gefühl, was den September in Les Saintes-Maries-de la-Mer betraf, und Simond hatte sich schon Mitte August dorthin auf den Weg gemacht.

Einerseits mochte er diese ursprüngliche Gegend und das unkomplizierte Leben dort. Außer in der Bretagne war es nirgendwo mehr möglich, direkt am Strand zu campen. Aber er wollte auch die ankommenden Touristen scannen. Er konnte sich nicht von seiner Theorie trennen.

Er hatte sich wieder direkt an den Strand gestellt, neben diesen alten Citroën, der schon eine halbe Ewigkeit nicht mehr fahrbereit an der gleichen Stelle stand, an der Zufahrt zu den Salzbecken, die in den achtziger und neunziger Jahren mit Hilfe von Hausmüll begrenzt worden waren. Mit dieser Methode hatte man zwar seit einigen Jahren aufgehört, aber die Flamingos kamen immer noch in die nährstoffreichen Brackgewässer, an denen sie sich anfangs von den Müllresten ernährt hatten. Auch Tiere folgen halt ihren Gewohnheiten.

Aber dieser Platz hatte zwei Vorteile. Er war direkt an der Düne, circa fünfzig Meter vom Meer entfernt, ideal um Surfen zu gehen, und seine Lieblingsstrandbar war in etwa der gleichen Entfernung erreichbar. Aber auch der kommunale Campingplatz war nur einen Katzensprung entfernt, den er regelmäßig aufsuchte, um Duschen zu gehen und ab und an nach wie auch immer auffälligen Personen oder Fahrzeugen Ausschau zu halten.

Je länger er hier nichts tat, umso unzufriedener wurde er. Simond hatte sich von der Überlegung verabschiedet, dass das Verschwinden von Brunelle und dessen Tod vielleicht sogar etwas mit Mullers Vergangenheit zu tun haben könnte. Auch die obskursten Theorien diesbezüglich machten keinen Sinn. Er hatte sich das Foto, das diesen Eisenhut in der heutigen Zeit darstellen sollte, an die Rückseite seines Beifahrersitzes geheftet. Er sah es jeden Morgen als erstes und jeden Abend vorm Schlafengehen als letztes an. Er war sich sicher, der würde ihm auffallen, wenn er ihm über den Weg lief.

Ralf und Regina hatten sich ausgesprochen. Ralf hatte sich nach den schlimmen Tagen mit Dauerregen, als er völlig neben der Spur war, wieder eingekriegt. Er hatte Regina zugesagt, dass er nach ihrer Rückkehr nach Eisleben, die sie für Ende Oktober geplant hatten, zum Arzt gehen wollte. Die letzten drei Jahre, nachdem er die Medikamente abgesetzt hatte, hatten ihnen beiden zugesetzt.
Doch jetzt war ein Moment für Regina gekommen, wo sie nicht mehr bereit war, so weiterzumachen. Auch sie hatte ihre Dämonen der Vergangenheit, doch sie hatte sich entschlossen zu kämpfen, es zu schaffen, ein halbwegs normales Leben zu führen, zur Not auch ohne Ralf.
Sie hoffte inständig, dass er das kapierte, sie hatte Angst davor, alleine zu sein. Zwar hatte sie ihre Familie, ihre Sippe, klar, aber auf den Einen oder Anderen konnte sie verzichten. Zum Beispiel auf ihren Onkel, aber über dieses Kapitel ihres Lebens wollte sie nicht mehr nachdenken.
Sie hatte bewusst dieses Jahr darauf verzichtet, am 24. Mai nach Les Saintes-Maries-de la-Mer zu ihrem Treffen zu fahren, dem Treffen der Fahrenden aus ganz Europa, ja der ganzen Welt, zu dieser Prozession, bei der die heilige Sarah von der mittelalterlichen Wehrkirche zum Meer getragen wird. Ihr Onkel hatte sich dorthin angekündigt, er war vorzeitig aus dem Gefängnis entlassen worden. Ralf hatte letztes Jahr gelitten unter diesem ganzen Trubel, den lauten, spielenden Kindern. Sie hatte es ihm ganz groß angerechnet, dass er trotz allem die ganzen zehn Tage mit ihr dortgeblieben war. Auch nicht zuletzt wegen

der Auseinandersetzungen, die er mit ihrem Onkel-Arschloch hatte. Sie hätte Ralf vielleicht doch nicht alles erzählen sollen.

Kurz nach dem Treffen wurde ihr Onkel verhaftet. „Jetzt ist er endlich da, wo er hingehört", hatte sie sich gedacht. Nur leider viel zu kurz.

Sie hielt nicht mehr viel von den ganzen Traditionen und Riten, aber einen Teil von ihrer Sippe wollte sie nochmal im September treffen, wie letztes Jahr auch. Die zwei Tage waren für Ralf okay. Nach der Abreise aus Chamonix waren sie durch den Mont-Blanc-Tunnel gefahren, hatten eigentlich nochmal in Tende oder Sospel Station machen wollen, bevor sie, wie im letzten Jahr, an der Küste entlang langsam nach Westen fahren wollten. Doch dann hatte Ralf von sich aus vorgeschlagen, noch die Wanderung in der Verdonschlucht zu machen. Allerdings hatte er weder in Castellane noch in La Palud sur Verdon Lust, Station zu machen. Regina war ambivalent, was Ralf betraf, manchmal sagte er stundenlang überhaupt nichts, so dass sie Angst hatte, dass er wieder in eine seiner schlimmen Depressionen abrutschte, in denen er nachts, von Albträumen geplagt, schweißgebadet wach wurde. Manchmal überlegte sie, ob sie nicht doch schon im September nach Hause fahren sollten, da sie seine Launen nicht mehr aushielt. Er wollte sich erkundigen, ob es andere Medikamente gab, die ihm gegen seine Stimmungsschwankungen halfen und dabei seinen Knochen nicht weiter schadeten. Aber auch seine Schmerzen konnten kein Dauerzustand mehr sein. Auch was Erich betraf, wollte er einen Schlussstrich ziehen. Das wäre alles viel zu schön, um wahr zu sein.

Der ganze Sommer zog sich wie ein Gummiband in die Länge, sie konnte es nicht erwarten, ihren Ralf von früher zurückzubekommen, dann endlich, wenn er sich ab Oktober wieder behandeln lassen würde.

Sie machten sich langsam auf den Weg nach Les Saintes-Maries-de la-Mer, zum Treffen ihrer Sippe, um danach den Weg über das Zentralmassiv und den Jura zurück nach Deutschland anzutreten.

Bei Simond war schon so etwas wie Routine eingekehrt, wie immer, wenn er frei hatte. Er war jetzt so intensiv mit Nichtstun beschäftigt, dass ihm das Denken so langsam wieder schwerfiel. Er selbst nannte diesen Zustand immer scherzhaft seinen „Stand-By-Modus".
Er ging jeden Morgen in das Café im Ort, um sein Smartphone aufzuladen und ein, zwei Espressi zu trinken und die Zeitung zu lesen, dann machte er ein paar Einkäufe, um danach auf dem Campingplatz zu duschen und die Lage zu checken. Die Betreiberin hatte ihm, nachdem er ein paarmal dort erschienen war, ihr Leid geklagt: „Zu wenig Touristen dieses Jahr, und wenn welche kommen, dann hauen die nach spätestens zwei Tagen wieder ab. Völlig genervt und zerstochen. Die Mückenplage dieses Jahr war einfach monströs. Erst das feuchte Wetter im Frühjahr und dann diese Hitze, einfach unerträglich."
Simond konnte darüber nur schmunzeln. Natürlich hatte er sein Moskitonetz dabei, das musste man doch, wenn man hierherfuhr, andererseits könnten die hier auch ganz einfach welche verkaufen, aber was soll's. Das war nicht sein Problem. Er wusste, dass er langsam wieder anfangen musste, seine Sinne zu schärfen.
Renard und Moulin hatten sich angekündigt, wie vereinbart eine Woche vor dem Jahrestag des Vorfalls im letzten Jahr wollten sie noch einmal einen letzten Versuch starten, um diesen Typen zu aufzuspüren. Simond erschrak sich kurz selbst über seine Gedanken, „Vorfall".
Solche Vorfälle waren leider traurige Realität geworden, ständig und überall verschwanden Kinder und tauchten schlimmstenfalls nie wieder auf. Traurige Tatsache, in Europa

erregte so etwas ja noch Aufsehen, aber in Afrika, Asien, Lateinamerika, sogar mittlerweile in Osteuropa interessierte das außer bestenfalls die Eltern kaum noch jemanden. Die Welt geriet immer mehr aus den Fugen.

Manchmal war er froh, dass er schon so alt war, er mochte keine dreißig, vierzig oder fünfzig mehr sein. Er freute sich auf die Zeit, wenn er nichts mehr tun musste, andererseits hatte er auch Angst davor, nicht mehr gebraucht zu werden. Und wenn er ganz ehrlich zu sich selbst war, das Surfen war ihm auch schon mal erheblich leichter gefallen, vom Bergwandern mal ganz abgesehen, und was blieb dann noch?

Es kamen ihm aber auch Zweifel, ob er in diesem Fall, wenn es sich überhaupt um einen Fall handelte, wirklich eine Hilfe gewesen war. Gut, um diesen Eisenhut muss man sich mal intensiver kümmern, aber ob der wirklich etwas mit ihrem Delikt zu tun hatte, wer weiß.

Sein Smartphone riss ihn aus seinen Gedanken. ‚Moulin' stand auf dem Display. Er wischte über den grünen Hörer und fühlte sich sofort hellwach und voller Energie.

„Hallo Simond, wie geht es dir?"

„Danke, gut, und selbst? Wann kommt ihr denn?"

„Etwas später als gedacht, du kannst dir ja sicherlich denken, warum. Das öffentliche Interesse an unserem Fall hat abgenommen, ja und die katastrophale Spurenlage in Chamonix war wie üblich auch nicht besonders hilfreich. Wir haben quasi nichts. Unser Chef hat uns trotzdem für das Wochenende, an dem sich das Verschwinden des Jungen jährt, noch einmal von Freitag bis einschließlich Montag offiziell genehmigt zu ermitteln. Davor und danach haben Renard und ich noch jeweils drei Tage Urlaub eingereicht, der Chef will aber noch prüfen, ob wir das mit unseren Überstunden verrechnen können.

Ach, und übrigens, dein alter Freund Muller hat auch nicht die Welle geschlagen, die wir vermutet haben. Der hat wahrscheinlich genug mit seiner Frau zu tun. Es gab da so einige Gerüchte, dass die sich trennen wollen oder dass er zumindest allein nach Paris geht. Aber das nur so am Rande.

Renard und ich, wir haben uns mal so ein Wohnmobil gemietet, macht ja wahrscheinlich Sinn, wenn wir direkt vor Ort auf dem Campingplatz sind, wenn wir einen Camper suchen."

„Ja, durchaus, das könnte hilfreich sein."

„Gut, wir sehen uns also übermorgen", verabschiedete sich Moulin.

Simond wischte über den roten Hörer und legte das Smartphone zurück. Während seines Telefonats waren am Strand eine Gruppe Reiter vorbeigeritten auf diesen typischen weißen, robusten Pferden. Diese konnten bei der Suche nach Futter ihre Nüstern verschließen, um auch in den feuchten Wiesen weiden zu können.

Das war schon ein spezieller, wunderschöner Fleck Erde, diese Camargue. Früher hätte er es hier ewig ausgehalten, doch mit dem Alter kam auch eine diffuse Unruhe in sein Leben, nicht mehr so viel Zeit zu haben, aber vor allem war er nicht mehr so gern allein. Er freute sich auf seine Kollegen, obwohl dieser Moulin eigentlich überhaupt nicht der Typ war, mit dem er privat Kontakt gesucht hätte, zumindest früher nicht.

Ralf und Regina waren in Les Saintes-Maries-de-la-Mer angekommen. Sie waren recht zielstrebig zu diesem Strand etwas außerhalb des Ortes gefahren, an dem die Sippe immer stand, wenn sie hier waren. Es hatte schon etwas von Gewohnheitsrecht, dort zu campieren, unweit der Stierkampfarena. Schön fand Regina es nicht, sie wäre lieber auf den Campingplatz gefahren, schon allein wegen der sanitären Anlagen und auch wegen Ralf. Aber der hatte sein Okay für den Stellplatz direkt am Meer gegeben. Regina vermutete, dass seine Zustimmung etwas mit seinem schlechten Gewissen zu tun hatte, welches er im Laufe des Sommers ihr gegenüber aufgebaut hatte. Sie sah es ihm an, dass er keine Lust auf dieses Familientreffen hatte, aber auch das gehörte dazu, wenn man zusammenleben wollte, der gegenseitige Respekt vor den Familien und Freunden des Anderen.

Sie hatte das auch immer versucht, war vor lauter „es ihm recht machen wollen" zu einer beliebigen Person geworden, ohne Konturen, ohne eigene Bedürfnisse. Sie konnte es nicht richtig in Worte fassen, selbst ihre Gedanken- und Gefühlswelt spielte ihr ab und an Streiche, aber die neue Klarheit und Entschlossenheit, ihre Beziehung zu Ralf neu zu ordnen, gewann immer mehr die Oberhand.

Sie war aber trotz allem guten Mutes, was sie und Ralf betraf. Seine Zusage, sich in ärztliche Behandlung zu begeben, machte ihr Hoffnung. Sie konnte sich gar nicht mehr daran erinnern, wann er überhaupt jemals wegen seines Problems, was auch immer das genau war, das letzte Mal beim Arzt war. Diese Tabletten, die er all die Jahre genommen hatte, sie hatte keine Ahnung, woher er die bekam und wofür sie eigentlich waren.

Als er dann wegen seiner Schmerzen zum Arzt ging und der feststellte, dass seine Knochendichte einen bedenklichen Wert erreicht hatte, setzte er die Medikamente einfach ab, ohne Erklärung und Begründung. Die restlichen Pillen hatte er ohne Kommentar in den Müll geworfen und auf ihre Nachfrage einfach geantwortet: „Die brauche ich nicht mehr." Mehr Information gab es nicht, so war Ralf, das musste halt reichen.

Kurz nach ihrem Eintreffen in Les Saintes Maries-de-la-Mer war ihr Arschloch-Onkel vorbeigekommen, hatte sie süffisant angegrinst und sie zur Begrüßung in den Arm genommen. Sie ließ es ohne Regung über sich ergehen. Ralf hatte er einfach ignoriert. Sie hatte bis zuletzt gehofft, dass er vielleicht doch nicht kommen würde, dieser Mensch, der für die schrecklichste Zeit ihres Lebens verantwortlich war, aber nun war es halt so.

Ralf hatte nur kurz gesagt: „Ich brauche frische Luft", und war verschwunden. Ihr Onkel hatte darüber laut gelacht und war dann ebenfalls fortgegangen. Sie ging dann erst mal den Rest der Familie begrüßen und wollte noch einige Einkäufe erledigen. Gott sei Dank war das jetzt möglich, im Mai war das alles eine Katastrophe, alles war geschlossen und verbarrikadiert, und die kleinen Lebensmittelläden, die geöffnet hatten, machten zu dieser Zeit unverschämte Preise.

Sie hatte die Vorurteile gegen ihre Leute satt, wenn auch solche Menschen wie ihr Arschloch-Onkel alles dafür taten, dass sich in alle Ewigkeit nichts daran ändern sollte.

Als sie mit dem Einkauf zurückkam, beschloss sie, erst einmal den Camper sauber zu machen, der Sand war überall und ihr Onkel hatte es nicht für nötig gehalten, sich die Schuhe auszuziehen. Sie holte den Besen aus dem Stauraum des Wohnmobils und stellte die Campingmöbel vor das Auto. Nebenbei bemerkte sie, wie ihr Onkel und andere Männer der Sippe ihre Hemden ausgezogen hatten und stolz ihren Körperschmuck präsentierten.

Sie versuchte, nicht hinüberzuschauen, keinen Anlass zu bieten, dass die Männer sie ansprachen, doch ihr Onkel hatte sie schon bemerkt. Er kam auf sie zu und kokettierte mit seinen neuen Tattoos und seinem trainierten Oberkörper. Er war früher als Rummelboxer aufgetreten, ungeschlagen bis zum Schluss. Ab und an hatte sie bemerkt, dass sogar Ralf eine gehörige Portion Respekt vor ihm hatte, wenn die beiden sich stritten.

„Na, vielleicht willst du ja mal wieder einen richtigen Mann", sprach er Regina mit einem breiten Grinsen an.

„Verpiss dich ganz einfach", antwortete sie, „mir wird schlecht, wenn ich nur daran denke."

„Ach, bei mir wird dir schlecht, aber mit diesem Kinderficker lebst du die ganze Zeit zusammen. Glaub mir, gegen den bin ich ein anständiger Mensch. Wo ist er denn? Weißt du eigentlich, was der schon wieder macht? Der versucht schon wieder, kleinen Jungen nachzusteigen! Na, wie wär's, der kommt so bald nicht wieder, soll ich's dir in der Zwischenzeit mal ordentlich besorgen?"

„Verpiss dich!" schrie Regina zurück, so laut, dass sämtliche Leute auf dem Platz zu ihnen rüber schauten. Sie schnappte ihren Besen und überlegte einen kurzen Moment, ihrem Onkel damit den Schädel einzuschlagen. Doch dann ging sie zurück in den Camper, schlug die Tür zu und verschloss diese.

Sie hatte das Gefühl, dass ihr jemand den Boden unter den Füßen wegzog und setzte sich hin. Sie war nicht in der Lage, einen klaren Gedanken zu fassen, was hatte dieses Arschloch vor? Sie fluchte vor Verzweiflung. Am liebsten hätte sie das gleich mit Ralf geklärt, aber der weigerte sich ja, sich ein eigenes Handy anzuschaffen.

Sie hatte erstmals seit vielen Jahren wieder den unbändigen Drang, eine von diesen Pillen zu brauchen, die ihr Onkel ihr damals gegeben hatte, als sie sich vor sich selbst ekelte und nicht mehr anschaffen gehen wollte. Doch diesen Triumph wollte sie ihm nicht gönnen, nein, sie wird mit Ralf reden, ihn direkt darauf ansprechen.

Sie stand auf, irgendwie musste sie sich beschäftigen, etwas tun gegen das Gefühl der Hilflosigkeit, das immer stärker wurde.

Sie schaltete das Radio an, nahm den Besen und fing an zu kehren. Das machte sie oft so, meistens sang sie dabei mit, wenn ihr ein Lied gefiel. Regina versuchte zu singen, doch dann fing sie an zu weinen. Es war ein wahrer Sturzbach, der sich da Bahn brach. Sie hatte den Besen so fest in den Händen, dass diese knallrot anliefen und bis zu den Handgelenken anschwollen. Plötzlich holte sie mit einem lauten Schrei aus und schlug mit voller Kraft den Besen gegen das Podest, welches das Fahrerabteil mit einer Stufe vom Wohnbereich trennte. Der Stiel zerbrach in mehrere Teile und das Unterteil hatte sich abgelöst.

Regina konnte wieder atmen. Der aufgestaute Druck hatte sich entladen. Sie begann, die Einzelteile des Stiels und die Splitter aufzusammeln.

„Ach, Scheiße" fluchte sie, als sie sah, dass sie mit dem Besen eine Kantenleiste getroffen hatte, die nun, halbgelöst, einige Zentimeter abstand und verbogen war. Sie kniete sich davor, um sie geradezubiegen und vielleicht wieder dranzustecken, als sie bemerkte, dass unter dem Bodenbelag an einer Stelle die Isolierung fehlte und an dieser Stelle ein alter beigefarbener Schnellhefter steckte. Was war das denn? Mit zittrigen Händen zog sie ihn heraus, klappte ihn auf und sah sich die erste Seite an.

**MINISTERRAT**
**DER DEUTSCHEN DEMOKRATISCHEN REPUBLIK**
Ministerium für Staatssicherheit

| | |
|---|---|
| Verwaltung | Merseburg Leuna |
| Abteilung | IX Bezirksverwaltung |
| Referat | 13 |
| Sachbearbeiter | Schubert |
| Telefon | 6545 |
| Hauptabteilung | Halle |
| Kreisdienststelle | Eisleben |

**Ermittlungsbericht**

Es soll ermittelt werden          Krüger, Ralf

Verdacht auf sexuelle Belästigung eines achtjährigen Jungen einer vietnamesischen Kontingentarbeiterfamilie.

Zu ermittelnde Fakten

1. Politische Einstellung, gesellschaftliche Aktivitäten
2. Leumund, Charakter, Organisation
3. Hobbys, Interessen, auffällige Lebensgewohnheiten
4. Bekanntenkreis im Wohn- und Freizeitbereich
5. Finanzielle Verhältnisse
6. Familiäre Verhältnisse, Beziehungen, Freundschaften
7. Positive Quellen im Wohn- und Freizeitbereich

Regina merkte, wie ihr Blut in den Schläfen pulsierte, was passierte hier? Sie bekam ihre Gedanken nicht in den Griff, sie sprangen hin und her wie der Ball auf einer Tischtennisplatte. Sie fing an zu lesen und versuchte, sich zu konzentrieren.

Krüger gab an, schon seit der Zeit der Pubertät an entsprechenden Fantasien zu leiden. Er hatte Angst, in seinem Elternhaus sowie bei Schulkameraden sein Problem anzusprechen. Auch in der FDJ, in der sich Krüger aktiv beteiligt, hat er sich nicht den Genossen der Ortsgruppenführung anvertraut, was seine Neigung betrifft. Als Grund gab er an, Angst vor der Ausgrenzung oder Ausschluss aus der Gruppe zu haben. Krüger gab weiterhin an, unter massiven Selbstverletzungsanfällen zu leiden, um dadurch seine Fantasien einzuschränken. Krüger berichtete ferner, sich einmal kochendes Wasser über den Arm geschüttet zu haben, als er sich das erste Mal zu einem kleinen Jungen sexuell hingezogen fühlte. Er konnte dadurch seinen Drang kurzzeitig unterbinden. Der Vorfall ist als Haushaltsunfall in der Poliklinik Eisleben aktenkundig. Die großflächige Verbrennung am Unterarm und Ellenbogengelenk musste stationär behandelt werden wegen Verdacht auf Sepsis. Als besonderes Erkennungsmerkmal hat Krüger eine großflächige Narbe am rechten Unterarm und Ellenbogen.

Später hat er versucht, seiner nach eigenen Angaben unnatürlichen Gedanken mit Sport Herr zu werden. Seine ausgezeichneten Leistungen in der Gesellschaft für Sport und Technik wurden positiv erwähnt. Krüger wurde in das Programm der chemischen medikamentösen Kastration aufgenommen, in dem das neue Medikament „Androex", das in Lizenz für das NSA hergestellt wird, getestet wurde. Krüger gab an, dass nach wenigen Wochen der „Reaktor" abgeschaltet war, der in seinem Kopf diese schlechten Gedanken produzierte. Seitdem ist Krüger diesbezüglich unauffällig. Die Kontaktperson Erich Lehmann meldete eine positive charakterliche Entwicklung in der letzten Zeit.

Beide, Lehmann und Krüger, die sich schon aus der Schulzeit in Eisleben kennen und gemeinsam eine Ausbildung in Leuna absolvieren, haben sich nun auch gemeinsam zu einer Laufbahn als Unteroffizier bei der Nationalen Volksarmee beworben. Es ist davon auszugehen, dass Krüger ein wertvolles

Mitglied unserer sozialistischen Gemeinschaft werden kann.
Es wurde veranlasst, die vietnamesische Kontingentfamilie und den angeblich betroffenen Jungen ins Herkunftsland zurückzuführen. Verfahrensweise: Abschlägiger Bescheid bei Antrag auf Kontingentverlängerung erteilen.

Regina merkte, wie ihr Puls etwas zurückging. Tränen liefen ihr wieder über die Wangen. Sie schlug die Akte zu, sie konnte nicht glauben, was sie da gerade gelesen hatte. Doch dann blätterte sie weiter.

Kommandoeinsatz „Abseits", streng geheim,

las sie auf einem weiteren Deckblatt.

Auftrag: Rückführung des Fußballspielers Lutz E. auf das Staatsgebiet der DDR; gegebenenfalls Liquidierung und Bereinigung
Anklage: Staatsfeindliche Hetze nach Flucht in das NSA
Durchführung:

- Genosse Ralf Krüger, Deckname Lieblich,
  Rückführungsspezialist
- Genosse Erich Lehmann, Deckname Eisenhut, Spezialist für Tatortbereinigung

Auf Vorschlag der Genossen wurden die Vornamen der Klarnamen bei Kommandoeinsätzen beibehalten, um

Verwechslungen auf Grund der langjährigen Freundschaft auszuschließen.

„Das kann doch alles nicht wahr sein", dachte Regina, wer war Ralf eigentlich? Als er beim Wachregiment anfing, hatte er gesagt, seine Aufgaben seien Wachschutz und Objektschutz, sie hatte zwar immer eine Ahnung, dass das nicht alles war, aber was sie hier las, konnte sie nicht begreifen.
Sie blätterte im Schnellverfahren weiter, indem sie die Seiten zwischen Daumen und Zeigefinger laufen ließ. Willkürlich stoppte sie nochmals und las weiter.

Zentrale Adoptionsbehörde der Deutschen Demokratischen Republik

Auf Ministerratsbeschluß ist der Antrag der Eheleute Ralf und Bärbel Krüger auf Adoption im Schnellverfahren zu genehmigen. Das Kind Günter Bäcker ist unverzüglich zur Adoption freizugeben. Die ursprünglichen Bedenken bezüglich der gesundheitlichen Einschränkungen des Adoptivvaters Ralf Krüger sind als gegenstandslos zu betrachten.

Regina saß regungslos da, sie konnte nicht mehr weiterlesen. Mit wem hatte sie da all die Jahre zusammengelebt? Sie ließ die letzten Jahre Revue passieren, jetzt ergab so vieles plötzlich einen Sinn. Ihr Arschloch-Onkel hatte recht. Sie legte die Akte auf den Tisch, sie musste sich setzen. Wie in Trance vernahm sie ein Klopfen.
Ralf rüttelte an der Tür und rief laut ihren Namen: „Regina, bist du da?"
Sie war nicht imstande, zu antworten oder gar aufzustehen, sie

hatte Angst, dem Mann in die Augen zu schauen, von dem sie geglaubt hatte, ihn zu kennen. Sie hörte, wie ein Schlüssel ins Schloss gesteckt wurde und sich die Tür öffnete. Ralf trat in den Camper und sah sich um. Er hatte drei Kratzer an seiner linken Wange, die leicht bluteten. Seine Augen hatten wieder diesen Ausdruck, den sie hasste, diesen leeren Blick. Er sah die Akte und zuckte zusammen. Er blickte Regina an, die völlig erstarrt vor ihm saß und sich nicht traute, etwas zu sagen. Ralf sah zu der Fußbodenleiste, die verbogen vor dem Versteck hing.
„Du blöde Schlampe!" schrie er sie an, „was hast du da gemacht?"
Regina zitterte am ganzen Körper. Ralf steckte die Akte zurück in das Versteck und versuchte, die Leiste wieder anzubringen. Er fluchte laut und schlug mehrmals mit der Faust dagegen, um sie wieder in Form zu bringen.
Irgendwie musste Regina aufgestanden sein. Sie hatte plötzlich das lange Brotmesser in der Hand, sie wusste nicht, wo dieses gelegen hatte. Als sie noch darüber nachgrübelte, stach sie wie automatisch zu.
Ralf schrie vor Schmerz: „Was machst du da?"
Regina zog das Messer heraus und stach nochmals zu. Ralf drehte sich um, schaute sie mit großen, hilflosen Augen an: „Was machst du da?" wiederholte er verdutzt seine Frage.
„Es muss irgendwann aufhören" sagte Regina und rammte ihm mit voller Wucht das Messer in den Bauch.
Ralf schleppte sich mit letzter Kraft zur Tür und lief hinaus. Er kam noch zehn Meter weit, bevor er zusammenbrach. Er drehte sich um und sah Regina auf sich zukommen. Sie kniete sich neben ihn und stach zu, immer und immer wieder.
Sie wusste nicht, wie oft sie zugestochen hatte, sie ließ das Messer fallen und setzte sich neben Ralf. Erst jetzt bemerkte sie die ganzen Leute um sie herum. Sie hörte ihren Onkel lachen und sah, wie jemand aus ihrem Camper kam. Der Mann hatte

einen langen Vollbart und halblanges Haar, das bis über die Ohren reichte. Er hielt den beigefarbenen Hefter in der Hand. Für einen Moment blickte er zu ihr herüber und sah ihr direkt in die Augen.

„Erich", sagte sie noch leise, bevor sie zusammenbrach. Der Mann stieg in einen alten braunen VW-Kombi und fuhr davon.

Moulin und Renard waren gerade in Les Saintes Maries-de-la-Mer angekommen und hatten ihr Wohnmobil auf dem Campingplatz abgestellt. Sie hatten sich mit Simond in zehn Minuten in der Stadt in dem Café bei der Kirche verabredet, als Moulins Telefon klingelte.
„Ja, was gibt's?"
„Hier ist Simond, kommt schnell zu dem Strand hinter der Stierkampfarena, da ist gerade ein Mord passiert!"
„Was?" fragte Moulin, „ein Junge?"
„Nein, soweit ich das mitbekommen habe, hat eine Frau ihren Mann umgebracht, erstochen. Ich habe das auch nur von ein paar Leuten gehört, die am Strand waren, als es passiert ist und die weggelaufen sind. Die waren völlig verstört und panisch, haben gefragt, wo hier die Polizei ist. Als ich mich ausgewiesen habe, erzählten sie mir alles und haben mir die Richtung gezeigt. Ich bin gleich da."
„Alles klar", sagte Moulin, „wir kommen."
„Was ist los?" fragte Renard.
„Ein Mord, komm schnell!" Beide rannten in Richtung der Arena.

Es dauerte eine Weile, bis sie sich einen Weg durch die Menschenmassen gebahnt hatten, die um das Szenario herumstanden. Simond hatte es vor ihnen geschafft, er kniete neben Regina und versuchte, sie anzusprechen: „Madame, ich bin von der Polizei, was ist passiert?"

Moulin und Renard standen nun auch endlich neben Simond. Moulin schaute zu Regina und danach zu Ralf. Das Blut, das aus den unzähligen Stichwunden herausgeströmt war, hatte sich mit dem Sand zu kleinen Skulpturen verbunden. Renard hatte die Tatwaffe gesichert, die wie mit Sand paniert neben Regina lag.
„Madame, was ist denn passiert?" wiederholte Simond seine Frage.
„Jetzt weiß ich, woher ich die beiden kenne", platzte Moulin heraus, „aus Cassis!"
„Ich habe die, glaube ich, in Chamonix auf dem Campingplatz gesehen", bestätigte Simond den Gedanken seines Kollegen.
Regina starrte immer noch vor sich hin und sagte leise: „Es musste irgendwann aufhören."
„Was musste aufhören, Madame?" fragte Simond.
„Er musste irgendwann aufhören."
„Ich rufe mal besser den Service Medico Psychologique an", sagte Renard.
„Hat jemand gesehen, was hier passiert ist?" fragte Moulin in die Runde der Schaulustigen.
„Die hat den Scheiß Kinderficker kalt gemacht, mein Mädchen", sagte der Arschloch-Onkel und lachte laut.